古典詩歌研究彙刊

第十三輯

龔鵬程 主編

第1冊

六朝玄言詩史論（上）

黃偉倫 著

國家圖書館出版品預行編目資料

六朝玄言詩史論（上）／黃偉倫 著 — 初版 — 新北市：花木
蘭文化出版社，2013〔民 102〕
目 4+212 面；17×24 公分
（古典詩歌研究彙刊 第十三輯；第 1 冊）
ISBN 978-986-322-069-5（精裝）
1. 玄言詩 2. 詩評
820.91   102000921

ISBN-978-986-322-069-5

9 789863 220695

古典詩歌研究彙刊
第十三輯　第 一 冊   ISBN：978-986-322-069-5

六朝玄言詩史論（上）

作　　　者　黃偉倫
主　　　編　龔鵬程
總 編 輯　杜潔祥
出　　　版　花木蘭文化出版社
發 行 所　花木蘭文化出版社
發 行 人　高小娟
聯 絡 地 址　235 新北市中和區中安街七二號十三樓
　　　　　　電話：02-2923-1455／傳眞：02-2923-1452
網　　　址　http://www.huamulan.tw 信箱 sut81518@gmail.com
印　　　刷　普羅文化出版廣告事業
初　　　版　2013 年 3 月
定　　　價　第十三輯 20 冊（精裝）新台幣 28,000 元

六朝玄言詩史論（上）

黃偉倫　著

作者簡介

黃偉倫，國立政治大學文學博士，曾任國立高雄師範大學國文系助理教授，現為政治大學中文系助理教授，主要從事六朝文學、古典文論及道家哲學研究。著有專書《魏晉文學自覺論題新探》及〈樂記「物感」美學的理論建構及其價值意義〉、〈《文心雕龍》的「物感」生成圖式及其心物辯證觀〉、〈蘭亭修禊的文化闡釋——自然的發現與本體的探詢〉、〈物感與情景交融之辨——一個歷史與邏輯並觀的考察〉、〈漢代感應哲學的美學意蘊〉、〈致樂以治心，反情以和志——《禮記・樂記》音樂養生思想析論〉、〈論蘇軾和陶詩中的「本色」意義〉、〈六朝隱逸文化的新轉向——一個「隱逸自覺論」的提出〉、〈陶詩創作主體論〉、〈工夫、境界與自然之道——阮籍〈達莊論〉的理論思維〉、〈莊子是否為文學否定論者——對黃保真等著《中國文學理論史》理解莊子思想型態的一個反省〉等論文。

提　　要

　　本論文旨在探討魏晉南北朝時期，「玄言詩」興起之內因外緣、發展流變以及精神主題、審美方式與美感意境等諸多問題，並在以「玄言詩」為研究核心的問題意識下，對之展開多層面、多向度的探討，冀能用補歷來六朝詩歌研究中所缺漏的一段，同時也為「玄言詩」的評價活動提供一發言的起點與可能性的參考。全文共分十章，近二十五萬言，分別論述以下主題：

　　第一章：說明本文之研究動機與目的、方法與範圍，檢討前人之研究成果並歸納、商榷了前人對於玄言詩定義的相關問題，從而加以反省並說明本文對於玄言詩的界定標準及其理據。

　　第二章：分從「天下多故，常慮禍患」、「莊老代興，佛道繼起」、「希企隱逸，執志箕山」、「因談餘氣，流成文體」、「自我挺立，文學自覺」五節，由精神條件、思潮氛圍、社會背景、文人心理、語言基材、自我意識等面向，來探賾促使「玄言詩」興起的內因、外緣。

　　第三至七章：將六朝玄言詩的發展演變之跡，作一分期的研究，分從「醞釀期」、「發展期」、「全盛期」、「轉變期」、「衰退期」，依其作品特徵，標誌其在不同時期內容特色、代表作家與玄言風貌，進而將之狀繪成一幅六朝玄言詩的發展圖式。

　　第八章：玄言詩作為一種「魏晉知識分子追求獨立理想人格的精神境界的描述」，而這種「詩人心靈的傾吐與表現」，事實上就標誌了那蘊涵於作品之中的作者的情志、價值理想和生命情調，是以本章在「生命是文學的本質」、「文學是生

命的反映形式之一」的認知下，探究玄言詩的精神主題，並將之歸納為「憂生之嗟的排遣」、「適性逍遙的追求」、「山水怡情的玄思」、與「仙佛世界的嚮往」等四個面向。

第九章：主要探討玄言詩的詩歌美學，分由「審美方式」與「美學意境」來把握玄言詩所展現的審美活動方式及其所蘊涵的美感意境等問題。在「審美方式」上，主要可分為：「神與物遊」、「得意忘言」與「即色游玄」，用一種自由無礙、虛靜玄鑒的態度來呈顯審美主體與客體之間的交融；在一個具象事物的觀照裏，擺落言荃，悟其神理；透過現象去認識本體，不離感性而達到理性；至於在「美學意境」上則「別是一色」的表現出「平淡自然」、「沖虛空靈」、「寧靜閑適」的美感竟境來。

第十章：扼要地回顧了本文各章之主要論題；討論了玄言詩之價值和影響；以及本論題的可發展性。

目

次

第一章　緒　論

第一節　本文之研究動機與目的

　　魏晉南北朝雖然是個政治混亂、民生困苦的動蕩時代,然而卻因著政權替換與戰亂的頻仍,由政治一元、經濟一元的崩解,連帶引發了精神價值一元的破滅,從一個穩定結構的解體中,提供並孕育了後來中國文化多元開放的發展基礎。就專以詩歌一項來說,由「文學自覺」及其獨立生命的取得,詩歌的創作意識不再以政治教化為蘄向,個體的感懷益顯,緣情的成分加重,於是以環繞主體為中心的各種題材,蜂出並作,如:玄言、遊仙、隱逸、田園、山水、宮體、詠史、詠懷等,皆蔚然可觀。而題材的開拓、修辭的錘鍊、形式的運用、聲律的講求,俱在中國詩歌的發展史上標誌著一定的里程意義,如果說李唐詩歌是中國詩史上的一個黃金時代,而其之所以能發皇鼎盛於後,亦必有待六朝詩歌的醞釀於前。〔註1〕

〔註1〕 譬如清人沈德潛即從詩歌發展是承繼增益而逐漸進化的必然性,論述了魏晉南北朝詩歌之於唐詩的積極意義,其謂:「詩至有唐為極盛,然詩之盛非詩之源也。今夫觀水者至觀海止矣,然由海而溯之,近于海為九河,其上為洚水,為孟津,又其上由積石以至崑崙之源。《記》曰:『祭川者先河後海』,重其源也。唐以前之詩,崑崙以降之水也。漢京魏氏,去風雅未遠,無異辭矣。即齊梁之綺縟,陳隋

　　六朝詩歌的重要性既然如此，故歷來研究的成果亦不可謂不夥，有的以作家個人爲中心，如曹植、阮籍、陶潛、謝靈運等，由生平際遇、文學創作、風格特色等面向來做一種「知人論世」的把握；有的則以時代爲斷限，如永明文學、齊梁文學、南北朝文學等，欲考索在特定時期裏的文學發展、參與作家和作品表現；亦有以文人集團爲核心者，如建安七子、竹林七賢、竟陵八友等，推究集團文學活動的主要傾向、作家、作品的內涵；以及以題材類型爲論旨者，如山水、玄言、宮體、隱逸、田園等，其著重在作家用以表現主題思想的素材，並進而探賾時代文學的風尚，凡斯種種，不僅表徵了研究者探討六朝文學的研究進路（Approach），同時，亦在一定的意義內透顯了文學自身發展的內在理路（Inner Logic）。

　　今茲就此題材一類來看，近人於六朝題材詩的研究，可謂燦若繁星，或述遊仙、或狀山水、或道詠懷、或言宮體、或敘田園、或陳隱逸，只是相對於其它題材詩類的研究，玄言詩就恍如被遺忘的一段，特別是自鍾嶸《詩品》以其一家的詩歌審美標準做出負面性的評價以來，「理過其辭，淡乎寡味」〔註2〕八字，似乎就成了玄言詩宿命性的印記，甚至人們對這八個字的瞭解與討論，還超過了玄言詩本身，以至於玄言詩從此便成了中國詩壇上黯淡孤寂的一隅，向來乏人問津，而後來的研究者，要不就片言未及，即便偶有著墨者，也多淡筆輕描，因襲於鍾嶸的論斷，成爲牢不可破之說，於是長久以來，人們對於玄言詩的客觀認識彷彿已經籠牢於《詩品》作者的主觀汰擇和審美判斷之中，今徵之諸家文學史所述，便可清晰地看到這樣的特徵與趨向。例如：劉大杰先生《中國文學發展史》

之輕艷，風標品格，未必不遜於唐，然緣此遂謂非唐詩之所由出，將四海之水，非孟津以下所由注，有是理哉！見〔清〕沈德潛撰・王蒓父箋註《古詩源箋注》（臺北：華正書局，民國73年9月初版），〈原序〉，頁1。
〔註2〕見鍾嶸《詩品序》，引自王叔岷：《鍾嶸詩品箋證稿》（臺北：中央研究院中國文哲研究所，民國81年3月初版），頁62。

以寥寥數語，十餘行文字，說「理過其辭，淡乎寡味」的玄虛詩風，
彌漫了東晉詩壇，孫綽、許詢的作品，都近乎歌訣和偈語〔註 3〕；
王忠林先生等八人合編之《增訂中國文學史初稿》，則引檀道鸞、鍾
嶸之語，以九行之數，說「孫、許、桓、庾諸人的玄言詩，如同偈
語，實在不足以言詩了。當時詩壇可以稱道的，只有劉琨、郭璞二
家而已」〔註 4〕；葉慶炳先生《中國文學史》，亦引鍾嶸之說作詮解，
篇幅僅佔八行〔註 5〕；華仲麐先生《中國文學史論》也舉《詩品·
序》，以六行之數，評玄言詩「大概都是談玄說理的道家而參雜佛理
之偈語而已，不可以言詩也。」〔註 6〕日人前野直彬主編之《中國
文學史》則以兩行之言，用闕疑之義，謂玄言詩留傳者尟，難窺全
豹〔註 7〕；游國恩先生《中國文學史》則於郭璞之後直接跳到陶淵明，
中間僅以四行之數，說東晉時期玄言文學佔了文壇的統治地位，這種
文學在內容上是「世極迍邅而辭意夷泰」，在藝術上則「理過其辭，
淡乎寡味」，失去了藝術的形象性和生動性〔註 8〕。這個情形一直到了
晚近出版的文學史著作中，才稍見轉變，如馬積高、黃鈞主編的《中
國古代文學史》〔註 9〕及袁行霈主編的《中國文學史》〔註 10〕各以四

〔註 3〕 參看劉大杰：《中國文學發展史》（臺北：華正書局，民國 80 年 7 月
版），頁 280～281。

〔註 4〕 參看王忠林等：《中國文學史初稿》（臺北：福記文化圖書有限公司，
民國 74 年 5 月修訂三版），頁 323～324。

〔註 5〕 參看葉慶炳：《中國文學史》（上冊）（臺北：臺灣學生書局，民國 79
年 9 月二刷），頁 152～153。

〔註 6〕 參看華仲麐：《中國文學史論》（臺北：臺灣開明書局，民國 74 年 10
月五版），頁 148。

〔註 7〕 〔日〕前野直彬主編、連秀華、何寄澎合譯：《中國文學史》（臺北：
長安出版社，民國 68 年 9 月初版），第三章、三〈詩：東晉詩歌〉，
頁 77～79。

〔註 8〕 參看游國恩：《中國文學史》（臺北：五南圖書公司，民國 79 年 11
月初版），頁 271。

〔註 9〕 見馬積高主編：《中國古代文學史》（臺北：萬卷樓圖書公司，民國
87 年 7 月），頁 270～373。

〔註 10〕 參看袁行霈主編：《中國文學史》（臺北：五南圖書公司，2003 年 1

頁及兩頁的篇幅，來論述東晉玄言詩的發展，只是，前者仍植基於鍾嶸之言，四頁之中，前論遊仙與玄言之異同，後敘山水詩之興起，眞正觸及玄言詩的部分也就可想而知了；至於後者內容又多觸及玄釋的合流，實際討論玄言詩也僅止於孫綽〈秋日詩〉一首。可見在上述提及玄言詩的文學史著作，幾乎多傾向於引述鍾嶸之說，甚至細審其論述內容與所持理據，也只是站在替《詩品》作注腳的意義下來引伸發揮而已。

對此現象，吾人倘若再做進一步的觀察與反省，當知《詩品》之作，本屬詩歌批評的專著，其中必然隱含了作者的評騭標準與審美判斷，因此即便是相同的作品，也常因著批評家及觀點的不同，而會得出迥異的結論。只是，以某種審美理想爲標準來評判某類詩歌是一個問題，而此類詩歌本身究竟在歷史進程上有著什麼樣的發展演變，包含了那些內容質素，其背後又涵攝了那些文化意義，又屬另一問題，這是兩種不同的問題意識，自須加以簡別，更不應專斷地持著在某種審美標準下所獲致的一家之言，逕自取代並簡單概括了此類詩歌在歷史上的眞實情狀。不過令人遺憾的是，歷來眞能從實際詩作中探賾玄言詩者甚少，多數人對於玄言詩的理解都是透過鍾嶸的理解，但曉「理過其辭，淡乎寡味」、「平典似道德論」，餘則茫然，似乎僅此數字就已道盡東晉百年詩壇的底蘊，而後繼的研究者，浸於此說，恍若習套，復斷以主觀印象的臆測，在討論此一階段的詩歌歷史時，既談「建安風力」，也談「山水方滋」，而切斷了「正始明道」的後續發展，獨漏了「玄風獨扇」、「歷載將百」的玄言詩，與「並爲一時文宗」的孫綽、許詢，同時還忽略了玄言詩與後來田園、山水之作的承轉關係，試問如此跳躍式、截斷式的文學史論，如何能「考鏡源流」、斷於可當？又如何能依循當時詩歌承遞演變的內在脈絡，作出既符合史實又富於邏輯關聯性的「歷史與邏輯」辯證交融的論述來？

月），頁403～406。

　　統合整個現象來看，諸多文學史在探討以玄言詩爲主要風尚的東晉詩壇時，其共同特徵便呈顯爲一種依循《詩品》之說以爲張本的開展模式，甚至逕以鍾氏的主觀判斷爲客觀事實，並依此作爲理論的基點以演繹其說，於是不免訛謬相益，鑿之愈深，則離題愈遠，在他們的論述中，鍾嶸的主觀價值已經轉化爲玄言詩本身的客觀屬性，這是一種「主觀判斷」與「客觀描述」的錯置，更混淆了作爲詩歌批評之書的《詩品》與一般文學史著作的區別，因爲從學科屬性的分類上來看，「文學史」它既不同於以分析、評價作品之藝術特色的「文學批評」，也有別於探討文學普遍規律的「文學理論」，而是要在時間序列裡，描繪文學的發展，闡釋各種文學內容、形式、思潮、流派的產生與發展、演變的歷史，尋求它們前承後繼、沿革嬗變的規律，進而鉤勒出文學發展的歷史圖式。所以就《詩品》的科學屬性來說，它主要是在一定的審美標準底下來品第、解釋作品的優劣；而「文學史」著作則應是對文學活動作歷史的論述，此中固然可有各家「史觀」的汰擇，不過，既然是作文學的歷史研究（文學史），自然就必須著重「史的脈絡」，且其陳述，也應當傾向於一種「狀態的描述」而非「評價的評估」，畢竟「描述」與「評價」不僅是兩種不同的思維方式，同時也正是文學「史」與文學「批評」作爲學科劃分的區別所在。因此，一個「文學史」的論述，自當有別於作爲文學批評之書的《詩品》，它除了在揭舉某種價值觀點之外，同時更應重視文學發展的其它要素，重視「史」的取向，而不應在一種宏大的敘事結構中過度簡單化或脫略了重要的演變、承轉的環節，這樣才能讓整個歷時性的發展脈絡，成爲一個有機的、有其內在理路的、可理解的結構，使其陳述，更具客觀性、眞實性、全面性與合法性，也讓它所揭舉的價值或史觀更富於理論的演述效力。誠如林文月先生所言：「修文學史的人往往以玄言詩『淡乎寡味』，而忽略此一時期在文學史上存在的事實與意義；將此一頁匆匆簡述，甚至一言不及於此。實則，玄言詩在六朝詩的承啓上有極重

要的過渡功用：上承正始以來『明道』之途，正式成就了六朝詩寫作的一種題材類型；其後又開啓了融匯田園、山水於哲理，以陶淵明爲代表之田園詩，以及以謝靈運爲代表之山水詩。」〔註11〕而洪順隆先生亦感歎的論道「研究古典文學，如不作實際的作品調查，而只憑前人的話，權威的印象去評斷，那是很危險的事」。〔註12〕

面對如此紛雜歧異的說法，若回到問題本身來看，吾人想置問的是：所謂「玄言詩」究何所指，它的定義爲何？又緣何而產生？玄言詩作之流傳至今者，眞的如斯之少？它在六朝詩歌的發展史上也果眞無足輕重？玄言詩的美學特徵只是「淡乎寡味」、形同偈語？其與作爲時代思潮的玄學之間又有否關聯？凡此諸多提問與檢視的面向，當是重新要再梳理與理解六朝玄言詩時的必要思考。因此，有見於玄言詩研究的「前修未密」，正提供了繼踵者「商量而加邃密」、「涵養而轉深沉」的可能，而本論文之主旨亦正用此立意，以「玄言詩」爲中心，以「六朝」爲範圍，試圖做一縱向流變的探索與橫向關係的考察，今綜其研究目的，約有下列數端：

一、秉持一「尊重作品先在的歸納判斷」予「玄言詩」之本質特徵作一概念式的義界，用以說明本文對「玄言詩」之定義究何所指，以相區別於其它主張，並執此確立本文的研究起點，重新來檢視玄言詩。

二、玄言詩的產生必有其內在的原因與外在的條件，而政治的背景、時代的風尚、學術思潮的傾向、社會心理的轉換、與夫詩歌內在的發展，文學思想的變遷，都是促成玄言詩產生的可能因素，因此本文欲「因枝振葉，沿波討源」，冀能抉發出玄言詩發生的特殊機緣，從一廣義的文化角度來思考當時的時代背景之於促成玄言詩的積極

〔註11〕參見林文月：〈關於文學史上的指稱與斷代──以六朝爲例〉一文，收於《語文、情性、義理──中國文學的多層面探討國際學術會議論文集》（1996年4月），頁9～23。

〔註12〕參見洪順隆：〈玄言詩論〉一文，收於《華學月刊》第九十四期，（民國68年10月二十一日），頁32～45。

因素。

三、玄言題材的興起，當在詩歌發展進程中，前有脈絡可尋，後有因革流衍，而本文則希望能透過對此全程脈絡的掌握，繪出一幅六朝玄言詩史的流變圖式，標誌玄言詩在各個發展階段的情狀及特色，將其發展史作一分期的研究。

四、任何題材詩類必有其在發展過程中，隨著作品累積而凝聚而成的獨特的風格特色與精神內涵，以成其自爲一體且別爲它體的理由，而本文亦試圖擺落前人主觀印象式的批評，重新審視玄言詩歌的精神向度與美學表現，從 A 是什麼的釐清，到 A 的價值爲何的考察，進而將之置入開放的詩歌美學座標中，尋找其該有的定位。

然後經由上述程序，希冀能藉此以：界定玄言詩的內涵特質、蠡測玄言詩的產生背景、梳理玄言詩的發展與流變、揭明玄言詩的藝術風格、確認玄言詩的價值影響，既爲六朝玄言詩的研究嘗試架構出一套歷時性發展與共時性內涵兩相並觀的言說，亦爲後續的文學史論述提供一可資參考視角。

第二節　前人之研究成果與檢討

長期以來，玄言詩的研究是黯而不顯的，而東晉詩壇獨盛百年的玄言詩作，亦是文學史中被簡單略過的一段，吾人每觀後之論者，咸引鍾嶸之語，淡筆帶過，而於述及過江詩壇時，只標劉琨、郭璞兩家，如劉大杰、王忠林、葉慶炳、謝无量、游國恩諸先生之作，率皆如此。然試究其源委，此或習於《詩品·序》之說，所謂「先是郭景純用雋上之才，變創其體；劉越石仗清剛之氣，贊成厥美。」於是乎，橫亙當時詩壇的事實，遂轉換成鍾嶸對長久以來人們之於玄言詩認識的宰制。因此，重新就六朝玄言詩作之內容和發展，進行一全面的探討，當有其迫切的需要與補闕的意義，而本文之研究價值亦在於此。

　　以下，便就搜籮所及，將近人討論玄言詩的文字，做一概述與反省，其所以取徑於此，不惟用顯各家論證的立場與內容，對前此的玄言詩研究作一回顧、總結和檢討，而本論題的研究價值——對於玄言詩的研究尚未有專門的論著出現——亦由此明。

　　茲就筆者檢索所得，洪順隆先生的〈玄言詩論〉當是以此題材作專題研究的權輿之作，而洪氏亦謂：「據我所知，這是第一篇認真去處理玄言詩的論文。」〔註13〕此文發表於一九七九年十月，文中分列玄言詩的定義和範圍、形成過程和背景、類型和特色及餘響等條目。以「一首詩的主題是在乎表現玄的本體以及映現這本體的境界，抒發企慕這本體的思想，描述追求這本體的心態，闡明這本體的概念的」為玄言詩的定義；而其形成過程乃「因談餘氣，流成文體」，假清談玄理之推波助瀾而入主詩國，復以時局兵馬倥傯，四境紛擾，遂替玄言詩的興起，提供了眾多的語言基礎和精神條件；至於所分玄言詩的類型，則有二端：一是「嚮往玄虛境界的篇什」、一是「闡揚玄理的詩章」；而詩體的特色則在根源於題材性質所表現的抽象特性上。

　　第二篇是蒲友俊先生於一九八三年發表的〈玄言・山水・謝靈運〉。〔註14〕文中，蒲氏最主要是以山水詩為主軸，來探討由晉至宋的詩歌發展，至於牽涉到玄言詩詩的部份，則可歸納為以下幾個要點：

　　一、魏晉玄學對當時的文學影響尤為直接和突出，這種影響走到了極端，便是詩歌的玄言化，造成了玄言詩的泛濫，給當時詩苑造成了災難。

　　二、玄言詩已拋棄了建安文學反映社會人生的優良傳統，完全蛻變為表達玄言的工具和臆解老莊的注腳，既沒有形象，也沒有感情，空虛抽象，枯燥乏味，已經墮落為玄學的奴婢。

　　三、那種認為山水詩只是玄言詩的繼續，莊老並沒有告退的看

〔註13〕同前註，頁44。
〔註14〕見蒲友俊：〈玄言・山水・謝靈運〉一文，收於《四川師院學報》第三期，（1983年），頁66～71。

法，實質上就是抹殺了山水詩的產生在文學史上的革新意義和美學價值。

第三篇是爲葛曉音先生於一九八五年二月發表的〈山水方滋，莊老未退──從玄言詩的興衰看玄風與山水詩的關係〉。〔註15〕篇中大抵秉持著「任何一種哲學思想對文學的影響都受某一時期特定的社會條件和文學自身發展規律的制約」之觀點，來釐清玄風與玄言詩、山水詩之間的複雜關係。而文中涉及玄言詩的論述，約可析爲四點來說明：

一、葛氏以爲「用玄言抒情說理的風氣實由正始詩人阮籍、嵇康首開其端，晉宋人因之而視他們爲玄言詩的遠祖，這無疑是正始玄風直接影響文學的結果。」且二人詩中的玄理每與「憂生之嗟」相雜糅，並以後者爲主調。

二、西晉前期文學並未明顯受到玄風影響，其時詩賦以述聖頌德爲多，抒情詩不脫擬古窠臼，而藝術上追求典雅、博奧、工麗的風格，玄言只是點綴其間。至於當西晉玄風極盛之時，玄言詩因何沒有得到發展？對於這一問題的解答，作者則由來三方面加以說明：（一）西晉尙玄，端在講究言談風度，追風「竹林七賢」之任誕，而少有玄理本身之研討，因此也不可能出現那種深入探究玄理的詩歌。（二）一種文風的形成，必賴於創作實踐，而王衍、樂廣雖爲天下風流之首，但無玄學論著傳世；郭象雖注莊，卻不擅詩賦，因而玄言文學不能大行於世。（三）西晉前期經學勢力頗盛，朝廷重禮興儒，對於尙玄之風有一定之抑制作用。惟太康、元康二期的詩風，已有議論化與平典的傾向，當可視爲玄言詩興起前的準備。

〔註15〕見葛曉音：〈山水方滋，莊老未退──從玄言詩的興衰看玄風與山水詩的關係〉一文，收於《學術月刊》第一八九期，（1985 年 2 月），頁 68～75。

三、自永嘉至東晉，玄理日熾，且當時玄學家大多能詩善賦，又有玄、佛以格義合流，於時名僧如竺道潛、慧遠、支遁等，皆黯於詞章，具談客風采，於是玄言詩復拓宇於「三世之辭」，而遮掩一切，獨盛詩壇踰百年之久。

四、論東晉後玄言詩沒落之因有四：首先，佛理需要依附玄學以弘其義理的階段已經過去；其次，東晉玄言詩之興盛與當時出現一些能詩善賦、精通玄理的名僧有關，而宋代僧人如釋惠休等，皆追求華麗，忽略玄致，遂無及於平典之玄言詩；再者，劉宋對文學的觀念日趨精審，已開齊梁「文筆之辨」的先河，而玄言詩自當被排除於「言觀麗則」的範圍外；最後，謝靈運在玄言到山水的過渡中，作出了重要的貢獻，於是山水詩成功的創作實踐造成了玄言告退的關鍵。

第四篇則為閻采平先生撰於一九八六年的〈玄學人生觀的藝術體現──論玄言詩的主旨〉。〔註16〕篇中大抵循著「文學是人學，人生觀的問題，貫串著中國古代文學發展的全過程」為預設視點的主軸開展，而以為玄言詩的主旨，就是玄言詩作者所反映的「因循自然」的人生觀，且以「隱顯出處」為其討論的中心問題。閻氏並謂，玄言詩作者所導奉的玄學理論有二：一是以王弼、嵇康等人為代表的玄學貴無派；一是以向秀、郭象為代表的獨化安命派。而「玄言詩的主旨，主要是根據這兩派的觀點來的。縱觀有晉兩代玄言詩，因循自然之說是貫串始終的一條紅綫。」從而詩人們對「隱顯出處」所持的不同看法，也就形成了玄言詩發展的不同階段，大抵西晉詩人以出處殊途而崇尚隱逸，故其詩，隱居游仙者多；至江左諸家則主張出處同一，乃至以朝隱為尚，鼓吹心隱，因而其詩重在闡發玄理。由是推論，玄言作家遂可別為「抗俗」與「順俗」兩派：「抗俗派」主要是西晉詩人，以阮籍、嵇康、郭璞為代表；「順俗派」主要是東晉作家，以孫、許、

<hr>

〔註16〕見閻采平〈玄學人生觀的藝術體現──論玄言詩的主旨〉一文，收於《文學遺產》第五期，（1986年），頁40～47。

王、謝諸人為典型。其於前者主張客觀生活方式上的得意，表現為任性而行；於後者則宣揚主觀精神上的得意，表現為和光同塵。而能掌握此一認識玄言詩的關節點，也才能瞭解玄言詩的內容與風格、判斷玄言詩的發生原因及其發展過程。

　　第五篇是王鍾陵先生發表於一九八八年的〈玄言詩研究〉。〔註17〕王氏此文，以相對其它諸篇的較大篇幅，討論了玄言詩階段的劃分、類別、及其興起和走向等問題，文中所述，可從幾點來說：

　　一、玄言詩的發展和過程：以玄言詩的遠源可追溯至建安之時，而其孕育階段則主要在西晉。再者，永嘉時玄言詩風雖已興起，但「考慮到永嘉詩歌應以劉琨淒戾的詩章為代表，考慮到中國詩歌是從東晉開始，方才在整體上具有一種鮮明的不同於西晉力弱采縟特徵的玄言面貌的」，所以玄言詩作為一個文學史階段，乃應以郭璞為正式起點。繼而，許詢、孫綽之時為玄言詩的鼎盛時期，至謝混之時，則為玄言詩這一文學史階段的終點。

　　二、玄言詩的定義與類別：王氏以「凡是以體悟玄理為宗旨的詩，概屬於玄言詩。」然體悟玄理之途有二，故玄言詩之類別亦有二。一是直接從理性入手，一是從感性形象入手；循前一途徑即形成枯燥之說理詩，從後一途徑則能產生一些將一定感性形象和一定理性內容結合起來的篇什，如《三月三日詩》、《蘭亭詩》、登覽詩和候景詩中的佳構，以後用形象手法歌詠玄理的詩，皆屬此類。

　　三、對靜態清趣之喜好：賞好清趣雖於建安詩人的作品中已露其端倪，然而清趣真正成為一種審美風尚，還是在東晉。由於清趣的體味，需要一種「萬慮一時頓滌，情累豁焉都忘」（湛方生《秋夜詩》）的心境，而這種心境的形成有賴於玄風的

―――――――――――――――――――――――――

〔註17〕見王鍾陵：〈玄言詩研究〉一文，收於《中國社會科學》第五期，（1988年），頁197～213。

拂塵散滯。故而南朝以下，清趣之成爲詩歌中彌漫一時的審美情趣，正是憑借了玄言詩玄淡詩風的暢達。

四、詩境開拓與寫佛詩的出現：玄言詩對後世詩歌的影響除了對山水文學的導向外，尚有二端：一是理思入詩後，中國詩歌的詩境有了新的開拓；一是寫佛詩的出現。茲就前者言，當玄言詩風由吸收玄理變爲充斥玄理，從生活形象中探求哲理變爲覆述老莊套語時，本應達到高微狀態的詩境遂流爲可憎枯燥的說教了，然而，中國詩歌卻也正是在付出了此種代價後，方才學會正確地以哲理入詩從而達到高微精深的境界。再就後者言，由於佛教日盛，名僧之與士子廣泛交遊，又有莊、老格義，於是佛理滲入玄談，而玄言詩在歌詠玄理時也就旁及於佛理。

五、玄言詩對中國詩歌發展的意義：玄言詩在相當程度上淡退了詩歌中歷時彌久的遷逝感，於寫景中透出高朗，於人生亦尋其自得之趣，於是發展到陶淵明時，方才一方面仍有遷逝之悲，另一方面又有自得之樂；一方面歷史感深沉，一方面又出現田園山水的一片欣意，表現了一種多色調的思想內涵。並且，此遷逝感的淡退，與外物愈益成爲描寫對象，乃是一組呈現反向運動的因果聯結，由於內心深沉的感蕩減弱，方能使外物的描寫從「有我之境」走向「無我之境」，使自然景物日益成爲獨立的審美對象；復且因著外物刻劃的需要，又必然刺激著對於語言表現藝術的講求，從而「刻劃」的藝術風氣才能彌漫開來。是以沈德潛《說詩晬語》謂：「詩至宋，性情漸隱，聲色大開」，在曹魏及西晉中那種豪邁高峻的氣骨、深沉凄切的傷痛，俱在東晉玄淡的詩風中被大大地釋化，而玄淡詩風中所追求的自得之趣、塵外之思，亦開啓了對自然聲色的描寫，聯繫到唐代詩歌是在南朝詩歌所取得的巨大藝術進步來發展，

那麼，從魏晉到李唐詩歌的演進，正是通過「玄言詩」這一環節而邁向一個極大的新的發展境地。

第六篇是盧明瑜先生的〈六朝玄言詩小探〉〔註18〕，該文發表於一九八九年五月，而論述的主旨則探討了玄言詩的定義內容、源起、盛行、沒落、特色及餘波等面向。盧氏首先指出玄言詩乃魏晉時代文士談玄說理所反映至詩篇中的作品，是為清談影響文學最直接的產物之一。其內容純以表現老莊之旨為主，少有個人感情，即使詩題以山水、贈答為名，而作者乃以說理為目的。至其起源則可上溯到正始時代，惟當時「天下多故」，文士「常慮禍患」，「因茲發詠，每有憂生之嗟」，是以嵇、阮諸作，常寓有一種悲切的筆觸和深沉的苦悶，尚未有典型玄言詩中那種舒緩平靜的情調。及過江之後，玄言真正入主詩國，形成流行百年的盛況，而此期詩風轉變的原因，約有三端：一是對太康「輕綺」之風的反動，二是清談繼續興盛的影響，三為世人逃避心態的促使。及至南朝，由於唯美文學代興，因而「淡乎寡味」的玄言詩便得消退下來。再者，文中亦從內容、手法、形式和風格上，歸納了玄言詩的四個特色：第一，內容以哲理說明為主；第二，手法多採平鋪直述、單刀直入式之賦體，少見比興及情采；第三，在形式上多以四言為主，且長篇居多；第四，風格平靜沖淡，但千篇一律沒有個人生命特色。最後，作者則以山水詩乃代玄言詩而興起，且老莊雖已告退，卻並未消失，而是融入了山水的天地中。

此外，於文學史或各類專著之中尚有一些零星的散論，如張伯偉《禪與詩學》闢有〈玄言詩與佛教〉一章〔註19〕；李春青《魏晉清玄》內有〈孫綽、許詢與「玄言詩」〉一段；〔註20〕王次澄《南朝詩研究》

〔註18〕見盧明瑜：〈六朝玄言詩小探〉一文，收於《中國文學研究》第三輯，（民國78年5月），頁1～17。

〔註19〕參看張伯偉：《禪與詩學》（臺北：揚智文化事業股份有限公司，民國84年1月）。

〔註20〕參看李青春：《魏晉清玄》（臺北：雲龍出版社，1995年12月初版），

立有〈玄言詩〉一節〔註21〕；鄧仕樑《兩晉詩論》標目〈玄言詩〉一章〔註22〕，惟此中較可觀者，如傅剛《魏晉南北朝詩歌史論》〔註23〕、盧盛江《魏晉玄學與文學思想》〔註24〕、錢志熙《魏晉詩歌藝術原論》〔註25〕、陳順智《魏晉玄學與六朝文學》〔註26〕、張海明《玄妙之境——魏晉玄學美學思潮》〔註27〕等，彼雖非為討論玄言詩的專門論著，然採擇立說，亦有不同的評價與觀點，本文於此不再詳列，待於引用時再予說明。

經由上述分析，首先可以掌握到的便是，玄言詩相對於六朝其它詩歌題材的研究實在是百不及一二，並且在上述這些研究的成果中，亦可歸結出幾項問題，供作進一步研究玄言詩的反省與檢討：

一、因襲舊說，忽略史實

一般誤解玄言詩的常見現象便是，因襲於鍾嶸《詩品》的主觀審美判斷，而持其評論，簡單地來概括玄言詩，用一種主觀的價值混淆了客觀的歷史事實，將玄言詩在某一美學標準下的優劣問題，錯置成詩歌發展的事實問題，如鍾優民先生即認為以孫綽、許詢為代表的玄言詩，是股「創作逆流」、是「『正始明道，詩雜仙心』的消極傳統在

第八章、（三）〈孫綽、許詢與「玄言詩」〉，頁131～134。
〔註21〕參看王次澄：《南朝詩研究》（中國學術著作獎助委員會，民國73年9月）。
〔註22〕參看鄧仕樑：《兩晉詩論》（香港：中文大學，1972年1月），第三篇、第三章〈玄言詩〉，頁158～174。
〔註23〕參看傅剛：《魏晉南北朝詩歌史論》（吉林：吉林教育出版社，1995年12月）。
〔註24〕參看盧盛江：《魏晉玄學與文學思想》（天津：南開大學出版社，1994年6月一刷）。
〔註25〕參看錢志熙：《魏晉詩歌藝術原論》（北京：北京大學出版社，1993年1月）。
〔註26〕參看陳順智：《魏晉玄學與六朝文學》（湖北：武漢大學出版社，1993年7月）。
〔註27〕參看張海明：《玄妙之境——魏晉玄學美學思潮》（吉林：東北師範大學出版社，1997年5月）。

新的歷史條件下的惡性發展」〔註28〕，並進而抹殺它的研究意義，取消了它在文學史上的應有地位。

二、狹義界定，難窺全貌

所謂的「狹義界定」就是持著「理過其辭，淡乎寡味」的審美標準來界定玄言詩，於是理所當然研究出的結論就只能得出玄言詩不過是些形同「偈語」、「歌訣」的作品。這實在是混淆了「批評」跟「定義」〔註29〕的不同，是一種「範疇的錯誤」（category mistake）〔註30〕，且有其方法論上的可議之處，因為它不是一種「尊重作品先在的歸納判斷」，而是趨近於一種「理論先在的演繹判斷」。畢竟，我們之所以說某類詩是玄言詩，那是基於「題材」的觀點來分類詩作，然後有所謂詠懷、遊仙、山水、田園、宮體等類型的產生，因此，對於玄言詩的界定也當回到「題材」這個邏輯的起點來，從而才能細審玄言題材在詩歌中的發展流變之跡，能夠溯源流而考嬗遞，對於詩、玄交流的文學現象，有一個更宏觀的把握。

三、搜羅未遍，以偏蓋全

在一些討論玄言詩的期刊論文中，或為篇幅所限制，於是舉引的作家與詩歌相當有限，甚至常被引用的還是那幾首，所以在作品數量的局限下，理論的效力和廣度當然也就有所限制，甚至會有推論過

〔註28〕見鍾優民：《中國詩歌史——魏晉南北朝》（高雄：麗文文化事業股份有限公司，1994年5月初版），頁6。

〔註29〕王鍾陵先生即謂：「文學史家們似乎一直是把劉勰、鍾嶸、沈約對玄言詩的批評當作玄言詩的定義的，從而在人們的眼裏，玄言詩就是以『柱下之旨歸，漆園之義疏』（《文心雕龍·時序》）為內容，而以『理過其辭，淡乎寡味』（《詩品·序》）為表現特色的詩。這種看法的實質，是把批評當作定義來看待了。」見氏著：《中國中古詩歌史》（江蘇：江蘇教育出版社，1988年5月一刷），第三章〈應給予雙向評價的玄言詩〉，頁496。

〔註30〕這是將原本屬於一個範疇的描述挪用於另一個範疇。至於其在哲學領域的意義，可參看《哲學字典》（臺北：仰哲出版社，民國82年10月），頁84。

當，以偏蓋全的現象產生。是知「文學史及批評史之研究，必待資料證據，以建構若干歷史知識，匪可憑虛臆造，幻築蜃樓，殆爲學者所共知。雖歷史材料永不可能完整無闕，歷史知識亦永不可能周密無罅，然掌握資料愈豐富美備者，歷史知識愈可信」〔註31〕，而理論效力也就愈強。

第三節　本文之研究範圍與方法

一、研究範圍

　　本文名爲「六朝玄言詩研究」，故當以「六朝」爲研究範圍。惟歷來對「六朝」一詞的指涉，多有不同，洪順隆先生曾歸納「六朝」一詞在中國歷史上的五種提法〔註32〕，論甚精詳，今條列如下：

　　　　一、唐許嵩《建康實錄》等，以「六朝」爲史地名詞，用以指稱建都於建康的吳、東晉、宋、齊、梁、陳六個朝代。

　　　　二、《楞嚴圓覺壇經宗鏡》等，以「六朝」爲夾在「秦漢」和「唐」之間的一個段落，包括「三國」至「隋」的朝代。

　　　　三、清孫德謙《六朝麗指》以宋、齊、梁、陳、北朝、隋等爲「六朝」。

　　　　四、宋胡仔《苕溪漁隱叢話》等，以「晉」迄「隋」爲「六朝」，並混合南北雙方而言。

　　　　五、宋王珪《六朝國朝會要》以趙宋太祖、太宗、眞宗、仁宗、英宗、神宗六個相繼帝王爲「六朝」。這是一般名詞概念的使用，指同一朝代的六個君王之朝爲「六朝」。

然而，文學的發展並不一定與歷史的發展相一致，同樣的，文學史的

<hr>

〔註31〕引自龔鵬程：《江西詩社宗派研究》（臺北：文史哲出版社，民國72年10月初版），頁21～22。

〔註32〕見洪順隆：〈六朝題材詩系統論〉一文，收於《抒情與敘事》（臺北：黎明文化事業有限公司，1998年12月），頁363～437。又，該文發表於（南京大學：魏晉南北朝文學國際學術研討會）（1995年7月）。

斷代也並不一定等同於歷史的斷代，因此，本文對「六朝」的界定，
蓋指魏、晉、宋、齊、梁、陳而言，而且這樣的界定，並不是根據歷
史的考量，而是植基於對玄言詩發展演變的整全把握，同時這樣的界
定，亦不是取其空間的概念，而是取時間的概念，所以它自然包含了
相對於南朝的北朝，因爲對玄言詩的研究並不存在著地域性的差別。

二、研究方法

　　近人黃俊傑先生於〈思想史方法的兩個側面〉〔註33〕一文中，
曾探究「外在研究法」與「內在研究法」兩觀念，其意以爲所謂「外
在研究法」乃是強調人心與環境的互動關係，而處理的重點便是將思
想還原到其所處的廣大歷史背景當中，而由此來尋繹該思想的歷史意
義，至於所謂的「內在研究法」則是強調人運思的自主性，因此整個
研究的重心便是放在其「自主過程」之內，亦即著重思想系統內部觀
念間結構關係的釐清。雖然，黃氏此文本爲探究思想研究方法的作
品，其意在簡別「發生歷程」與「內含意義」〔註34〕的不同，但是茲
就欲瞭解某一對象而言，此對象究竟是在什麼樣的背景環境下產生，
其與當時的政治、經濟、宗教、哲學、文學、科學、風俗時尚、社會
心理等有何關係？以及此一對象本身的特質爲何？有著什麼樣的演
變發展？其內部結構爲何？表現出何種的面貌？雖分屬兩個層面的
問題，可是自身之內在發展必無法完全的絕緣於外在刺激，這也是一
項事實，所以余英時先生即認爲「內在解釋」與「環境解釋」兩者並
非相背相反之敵體，而係互相補充之說明〔註35〕。

　　從而，本文爲求能在一個更爲開闊的研究視野來看待玄言詩，甚

〔註33〕參看黃俊傑：〈思想史方法兩個側面〉一文，收於黃俊傑編譯：《史
　　　　學方法論叢》（臺北：臺灣學生書局，民國66年8月初版），頁151
　　　　～152。
〔註34〕見勞思光：《新編中國哲學史》（一）（臺北：三民書局，民國80年1
　　　　月增訂六版），〈後序・第三：關於方法問題〉，頁406～409。
〔註35〕參看余英時：《歷史與思想》（臺北：聯經出版社，民國81年4月第
　　　　十七次印行）。

至將其視爲一個文化現象，以期能更開放多元的來把握玄言詩，因此便借鑑於「外在研究」與「內在研究」兩種方法意識，並將之納入到本文的脈絡下來使用，其於前者，將依循「外在研究」的進路，著意於玄言詩與環境的互動關係，用以考察促使玄言詩產生、轉變的內因與外緣，由政治局勢、學術思潮、文人心理、社會習尙、文學趨向以及自我意識等層面來切入；其於後者，則依循「內在研究」的方法，著重在玄言詩自身情狀的說明，用以推究玄言詩的發展、演變以及自身的語言表現、精神蘊涵和藝術風格等問題。

第四節　玄言詩定義問題之商榷

一、「玄言」作爲一題材詩類的提出

　　從文學現象的角度來看，「玄言」之作爲一題材詩類的提出，實有其合理性基礎，譬如檀道鸞《續晉陽秋》載云：「正始中，王弼、何晏好《莊》、《老》玄勝之談，而世遂貴焉。至過江，佛理尤盛。故郭璞五言始會合道家之言而韻之。詢及太原孫綽轉相祖尙，又加以三世之辭，而《詩》、《騷》之體盡矣。」〔註36〕鍾嶸《詩品》謂：「永嘉時，貴黃老，稍尙虛談。於時篇什，理過其辭，淡乎寡味。爰及江表，微波尙傳，孫綽、許詢，桓、庾諸公，詩皆平典似道德論，建安風力盡矣。」〔註37〕、又云：「永嘉以來，清虛在俗。王武子輩詩，貴道家之言。爰汲江表，玄風尙備。眞長、仲祖，桓、庾諸公猶相襲，世稱孫、許，彌善恬淡之詞。」〔註38〕劉勰《文心雕龍‧明詩》：「正始明道，詩雜仙心，何晏之徒，率多浮淺。……江左篇製，溺乎玄風，嗤笑徇務之志，崇盛忘機談，袁孫以下，雖各有雕采，而辭趣一揆，

〔註36〕引自徐震堮：《世說新語校箋》（臺北：文史哲出版社，民國74年7月初版），頁143。

〔註37〕引自王叔岷：《鍾嶸詩品箋證稿》（臺北：中央研究院中國文哲研究所，民國81年3月初版），頁62。

〔註38〕同前註，頁340。

莫能爭雄。」〔註 39〕、又〈時序〉謂:「自中朝貴玄,江左稱盛。因
談餘氣,流成文體。是以世極迍邅,而辭意夷泰,詩必柱下之旨歸,
賦乃漆園之義疏。」〔註 40〕沈約《宋書謝靈運傳》:「有晉中興,玄風
獨振。爲學窮於柱下,博物止於七篇,馳騁文辭,義殫乎此。自建武
迄乎義熙,歷載將百,雖綴響聯辭,波屬雲委,莫不寄言上德,託意
玄珠,遒麗之辭,無聞焉爾。」〔註 41〕蕭子顯《南齊書・文學傳論》:
「江左風味,盛道家之言。」〔註 42〕《隋書・經籍志》:「永嘉以降,
玄風既扇,辭多平淡,文寡風力,降及江東,不勝其弊。」〔註 43〕凡
此,俱是對於當時文學發展雜揉玄風的描述,也是證明「玄言」文學,
作爲一客觀歷史性存在的證據。

　　再者,從近人第二序、第三序的文學研究來看,其於論列魏晉南
北朝文學之際,亦存在著使用「玄言詩」這一題材詩類,來說明當時
文學發展的現象,如劉大杰《中國文學發展史》說劉琨、郭璞之詩,
「同當日流行的那些『理過其辭,淡乎寡味』的玄言詩,大有差別」、
舉例孫綽詩作說「由這些詩句,很可看出當日玄言詩的趨勢」〔註 44〕,
王忠林等八位先生合編之《中國文學史初稿》說:「正始時代的清談
玄風在太康時曾一度消沈,到了永嘉時又告復盛。詩家喜歡在作品中
談玄說理,興起了玄言詩」〔註 45〕,鍾優民《中國詩歌史》說:「東
晉詩壇,玄言詩統治達百年之久」〔註 46〕,邱燮友於《中國文學概論》

〔註 39〕引自李曰剛:《文心雕龍斠詮》(上編)(臺北:國立編譯館中華叢書
　　　　編委員會,民國 71 年 5 月),頁 239～240。
〔註 40〕同前註,頁 2127。
〔註 41〕見〔梁〕沈約:《宋書》(臺北:鼎文書局,民國 76 年 5 月五版)(冊
　　　　三),卷六十七、列傳第二十七〈謝靈運〉,頁 1778。
〔註 42〕見〔梁〕蕭子顯:《南齊書》(臺北:鼎文書局,民國 76 年元月五版),
　　　　卷五十二、列傳第三十三〈文學〉,908。
〔註 43〕引自〔唐〕魏徵等撰:《隋書》(冊二)(臺北:洪氏出版社,民國 63
　　　　年 7 月一日初版),卷三十五、志第三十〈經籍四〉,頁 1090。
〔註 44〕同註 3,頁 280～281。
〔註 45〕同註 4,頁 323。
〔註 46〕同註 28,頁 6。

中，從內容區分，歸納我國古典詩歌為十大類型，而「玄思詩」即佔其一，並認為此類詩作「是受道家思想影響，寫些清談玄言的哲理」〔註47〕，而張雙英《中國歷代詩歌大要與作品選析》更論述道：「事實上，若從詩歌題材來看，六朝最受後代矚目的詩歌狀況，乃是產生了下類題材的詩歌：玄言、遊仙、田園、山水、宮體等」〔註48〕，餘如洪順隆、盧明瑜、閻采平、葛曉音等諸位先生，皆曾專就「玄言詩」發表過單篇論文〔註49〕，此中，對於「玄言詩」的發展流變與內容特質，或許詳略不等、評價不一，但從這些研究現象來看，將「玄言詩」作為一個專門的論題，也是存在的事實。

因此，「玄言」之作為一個題材詩類的提出，不僅在於它的客觀歷史性存在，同時也在於研究現象的具體事實，兩者都足以撐起「玄言詩」論題成立的合理性論據。

二、前人對玄言詩之定義

在一些近人的單篇論文、鑑賞辭典以及詩歌概論著作中，他們或從不同的層面，或採不同的標準，來介紹、評價、定義玄言詩的發生緣由、作品價值和內容特徵等相關問題，此中雖然包含著不同的解讀觀點與判斷，呈現著理解上的歧異，然而本文正欲通過這些既成主張的理解、繼承、反省與檢討，用作建構一足以解釋玄言詩現象與特質的資糧。以下，便就搜籮所及，將近人之於玄言詩的定義，臚列於後：

（一）洪順隆先生

所謂玄言詩，顧名思義，是以玄言為表現工具的詩。也就是說，一首詩的主題是在乎表現玄的本體以及映現這本體的境界，抒發企慕

〔註47〕見李鍌等編著：《中國文學概論》（臺北國立空中大學，民國78年9月三版），頁201～208。本書〈詩歌〉一章由邱燮友先生主筆，而其所分詩歌十類型為：「言志詩」、「詠懷詩」、「玄思詩」、「游仙詩」、「詠史詩」、「田園詩」、「山水詩」、「詠物詩」、「宮體詩」、「邊塞詩」。

〔註48〕見張雙英：《中國歷代詩歌大要與作品選析》（臺北：新文豐出版公司，民國85年10月初版），第九章〈古詩（四）〉，頁578。

〔註49〕諸位先生之作，請參看本文「參考書目」之「期刊論文」。

這本體的思想，描述追求這本體的心態，闡明這本體的概念的，就叫做玄言詩。又云：所謂玄言詩，以玄言為表現工具的詩。詩的內容在於表現本體以及映現這本體的境界，抒發企慕這本體的心境，闡明這本體的概念，進而用玄學語言詮釋生活的詩。〔註50〕

（二）盧明瑜先生

玄言詩是指魏晉時代文士談玄說理反映至詩篇中的詩，所以它也可以說是清談影響文學最直接的產物之一。這類詩的內容純粹以表現老莊之旨為主，少有個人情感，即使詩題以山水、贈答為名，作者仍以道理的說明為目的。〔註51〕

（三）邱燮友先生

玄思詩：是受道家思想影響，寫些清談玄言的哲理。在魏晉時代，老莊盛行，清談玄理的風氣有更進一步的發展，士族分子一方面利用老莊任誕思想，支持自己的縱欲享樂生活；一方面又從老莊超然物外的思想，尋求苟安生活中的恬靜心境。同時，還以清談高妙的玄理，來點綴風雅，炫耀才華。於是有玄思詩的產生，最早寫這類詩的是魏正始詩人嵇康，他以出世的觀念，表現道家玄思、清峻脫俗的詩境。〔註52〕

（四）王次澄先生

所謂玄言詩者，亦即談道說理之篇什耳。其所講求者為「天之道、地之道、人之道」，而非天、地、人之實質與功能，但論其所蘊涵之「理」，固不必明言其「事」。此乃極高明博厚之哲學，惟博學深思者始能明其全體之大用也。〔註53〕

〔註50〕見〈玄言詩論〉，同註12，頁32。及〈六朝題材詩系統論〉一文，同註32。
〔註51〕同註18，頁2。
〔註52〕同註47，頁203。
〔註53〕同註21，第三章第二節〈玄言詩〉，頁108～109。

（五）韋鳳娟先生

玄言詩乃：一種以闡釋老莊和佛教哲理爲主要內容的詩歌。約起於西晉之末而盛行於東晉。自魏晉以後，社會動蕩不安，士大夫託意玄虛以求全身遠禍。到了西晉後期，這種風氣，逐步影響到詩歌創作。尤其是東晉時代，更因佛教的盛行，使玄學與佛學逐步結合，許多詩人都用詩歌的形式來表達自己對玄理的領悟。〔註54〕

（六）張雙英先生

玄言詩的基本特色有二。首先是在表達的語文上，乃以「玄言」爲主；而所謂玄言，最常出現的詞彙大約可歸納成三類。第一類爲與「自然」和「玄虛之境」有關者，如「自然」、「道」、「理」、「太極」、「太清」等；第二類爲和上述境界合一的人物與地點，如「幽人」、「逸民」、「蒙園」、「柱下」等；第三類是與這種境界相關的心境和態度，如「守眞」、「含虛」、「握玄」、「窮理」等。其次爲其內容，玄言詩的內容大抵在描述玄虛之境或闡揚玄妙之理。當然，所謂玄虛之境實包括了具體可接觸處所，如深林、曲水等絕少人煙之地，以及想像中的世界，如「冥古」時代的「茫茫太素」之境地。而闡揚玄妙之理，則是指以說明自然之廣漠、世事之無常、人生之渺小、以及人如何自處等道理。〔註55〕

（七）陳莊先生

（釋玄言詩條）云：東晉詩歌流派。以孫綽、許詢爲代表。玄言詩產生於永嘉之亂以後。當時中國北方社會經濟和文化趨於崩潰，上層貴族文人和名士沒有勇氣來正視和挽救社會現實，他們企圖通過追求一種超脫現實的玄遠的審美理想來擺脫生活的苦悶。於是在正始年間興起的以何晏、王弼爲代表的祖述老莊哲學、崇尚清談的風氣染及詩歌，形成了風靡一時的玄言詩。玄言詩拋棄了魏晉以來爲人們所共

〔註54〕引自《中國百科全書・中國文學 II》（北京：中國百科全書出版社，1988年9月），頁1123～1124。

〔註55〕同註48，頁578～579。

同認識的「詩緣情」的基本審美特徵，代之以枯燥、抽象的玄理說教。它企圖用有限的語言來傳達出玄學思想中不可言說的宇宙體現觀念，從中發現一種純粹精神的玄遠境界，使詩成為有韻的談玄工具，喪失藝術的審美價值，變成單純的玄學思想的傳聲筒。〔註56〕

(八)《漢魏六朝詩鑑賞辭典・附錄・文學術語》釋玄言詩條云

一種多用《老》、《莊》語，發揮玄理的詩歌。三國魏正始年間，玄學興起，已對詩歌有所影響。西晉永嘉時，士人好清談，王濟、孫楚等人詩頗多道家之言。至東晉時，玄風大熾，文人清談成習，其思想感情深受玄學熏染，玄言詩遂籠罩詩壇達百年之久，著名著作有許詢、孫綽等。當時佛學亦盛，且與《老》、《莊》相融合，文人思想亦受其影響，并與僧徒交往，故玄言詩中亦染有佛家語。至東晉末年，謝混、殷仲文等人詩體漸變。劉宋時山水詩興，乃取代玄言詩的地位。玄言詩恬淡寡情，缺少形象，語言質直，南朝人多鄙棄之，其作品流傳至今甚少。〔註57〕

又其「正始體」條云：

三國曹魏後期詩歌的一種風貌。因其開始出現于齊王芳正始年間，故名。其時統治集團內部鬥爭劇烈，文人多憂生畏禍之嗟，而《老》《莊》哲學風行，玄學開始形成。影響及於詩歌，常表現宅心玄遠、鄙視塵俗、高蹈風塵之外的意向，所謂「詩雜仙心」(《文心雕龍・明詩》)；又運用《老》《莊》語入詩，于是形成「篇體輕淡」(同上《明詩》)的風貌。但當時表現此種風格的典型作品已大多失傳，諸家所作也有所不同。《文心雕龍・明詩》云：「何晏之徒，率多浮淺。唯嵇志清峻，阮旨遙深，故能標焉。」何晏詩多已不存。

〔註56〕引自王世德主編：《美學辭典》(臺北：木鐸出版社，民國76年12月初版)，頁266。

〔註57〕引自吳小如等撰：《漢魏六朝詩鑑賞辭典》(上海：上海辭書出版社，1996年5月五刷)，頁1682。

嵇康、阮籍之作，則仍有情思慷慨的一面，流露對實現的不滿，阮詩尤被後人譽有建安風骨。不過從他們的詩中，確也可見出受玄風影響的一面，嚴羽《滄浪詩話·詩體》有正始體。〔註58〕

（九）張海明先生

張氏認為，從玄學對詩歌影響的角度入手，可將問題分為三個層面，或者說，玄學對詩的影響大體可分為三種情況。

（一）玄學作為一種人生哲學對不同題材的詩歌的影響，這種影響首先是對魏晉士人心態和生活方式的影響，進而在作品中得到表現。在此意義上說，這種影響應該是十分寬泛的，玄學既然成為時代思潮，左右社會風氣，當然會在這個時期的詩歌中留有明顯的痕跡。我們所以說遊仙、山水等題材的詩都和玄學有關，便是基於此種認識。

（二）在詩中表現玄思、玄理者。這比較接近一般說的玄言詩，但有所不同。玄思、玄理在此已內化為詩人的一種人生感受，所以雖不以情緒感人，卻仍能以哲理予人啟迪；而且在表現方式上，大多觸物生感，假象見意，因之仍不失其為詩。諸如王羲之的《蘭亭詩》乃至孫綽等玄言詩人的一些可讀之作，都可歸入此類。

（三）純粹以詩為工具，演繹闡述玄理者。這類作品實際上已不是詩，不過徒具詩的形式而已。它不但內容枯燥乏味，而且形式上也的確是質木無文。〔註59〕

（十）葉桂桐先生

玄言詩是魏晉玄學人生觀的藝術體現，是中國詩人真正用詩歌來闡抒人生哲理的開始。……玄言、山水、宮體，是魏晉南北朝時期我

〔註58〕同前註，頁1681。
〔註59〕引自張海明：《玄妙之境》（吉林：東北師範大學出版社，1997年5月一刷），第三章〈玄言·詩〉，頁180。

國進入「人的覺醒時代」的重要標誌，也是中國人，特別是知識分子意識覺醒過程中留下的三個連續的腳印。……整體來說，玄言詩是當時士大夫知識分子的思想的表達，是玄學人生觀的藝術體現。〔註60〕

此中，對於玄言詩的諸多描述，約可歸納成幾個問題意識：一、玄言詩的界定問題，如「所謂玄言詩，顧名思義，是以玄言為表現工具的詩」、「玄言詩是談玄說理反映至詩篇中的詩」、「所謂玄言詩者，亦即談道說理之篇什耳」、「一種多用老莊語，發揮玄理的詩歌」、「在表達的語文上，乃以『玄言』為主」；二、玄言詩的內容特徵問題，如「主題是在乎表現玄的本體以及映現這本體的境界，抒發企慕這本體的思想，描述追求這本體的心態，闡明這本體的概念」、「這類詩的內容純粹以表現老莊之旨為主」、「一種以闡釋老莊和佛教哲理為主要內容的詩歌」；三、玄言詩的發生背景問題，如「自魏晉以後，社會動蕩不安，士大夫託意玄虛以求全身遠禍」、「魏晉時代，老莊盛行，清談玄理的風氣有更進一步的發展」、永嘉之亂以後「上層貴族文人和名士沒有勇氣來正視和挽救社會現實，他們企圖通過追求一種超脫現實的玄遠的審美理想來擺脫生活的苦悶」；四、玄言詩的存在年代問題，如「東晉詩歌流派」、「約起於西晉之末而盛行於東晉」；五、玄言詩的藝術表現問題，如「枯燥、抽象的玄理說教……使詩成為有韻的談玄工具，喪失藝術的審美價值，變成單純玄學思想的傳聲筒」、「玄言詩恬淡寡情，缺少形象，語言質直」、「表現道家玄思、清峻脫俗的詩境」。

對此諸多見解的各自表述，倘若吾人加以反省，便不禁要問道：到底要如何來分辨各種定義的真實性及其理論效力？以及分辨定義間的真實性及效力時，又應持著何種的標準，並且此一標準之作為一後設判準的理據又為何？於是，對這樣一個問題的回答，便必須要順著研究步驟回到研究對象本質特徵的定義上來，因為研究結論的獲致

〔註60〕引自葉桂桐：《中國詩律學》（臺北：文津出版社，1998 年 1 月一刷）第四章〈玄言、山水、宮體〉，頁 232～239。

本就是植基於對對象特質的歸納，從而對象特質的認定與對象範圍的區界，便成為左右結論的重要因素，甚至在「方法論」的意義下，研究對象之特徵和演變本就是朝著對象界定本身來開放的，這是「研究方法」的前提預設，也是研究者基於其見識與觀點所採取的態度，只是，這個「前提預設」或「態度」雖然可以立足於純主觀性的立場，可是在不同預設下所分析出的結果，卻存在著各個詮釋體系間解釋效力的差異，所以這也就牽涉到了各種預設之間，優劣的問題、相不相應的問題以及所提出的理論能夠解釋多少對象的理論效力和理論涵蓋性的問題。以六朝玄言詩來說，當我們定義了玄言詩為何時，實際上就已經決定了它的對象及範圍，簡擇了何者為玄言詩？何者不是玄言詩？並且此一「定義」本身也必須承擔起能否解釋所有六朝詩作的責任，務必追求一「理論」與「對象」間的契應，然後才能在此研究對象的確定及其合理性基礎底下，進一步展開有關玄言詩產生背景、發展流變及詩歌美學等問題的探討。

三、「題材中心論」的劃分標準及其合理性基礎

對於玄言詩的定義問題，本文所採取的一個基本態度是：所謂的玄言詩當是相對於六朝其它的詩歌類型所做的整體的、統觀的判斷，因為在前行的研究中常有種分類上的迷思就是，認為所謂玄言詩乃是以「理過其辭，淡乎寡味」作為判準，於是以這樣的觀點來篩選，當然也就只能得出近乎「歌訣」和「偈語」的結果，這是在「理論預設」的方法論上，由界定所產生的對對象的制約，明顯存在著不合理的因素，所以本文在前提預設上，並不贊成這種界定方式。

對此，本文認為任何對於六朝詩歌的分類工作，它必須要有一個邏輯起點，即是任何的分類，它必然是整全地考察全部的六朝詩作，然後才在一個統一標準的汰擇下，歸納出分類的結果，如此一來，才能將不同類型之間因著分類所產生的歧異與矛盾減至最低，並使著此一分類的理論效力能達到最大，客觀性也就越強。畢竟，任何對於六

朝詩歌的分類理論，都是一個「後設理論」，當時的詩人作家，並不知道千百年後會有人提出不同的理論來定位他的作品，而詩人在創作時自然也不是循著某種的規範來進行，譬如有位詩人因著對人世的感懷，遂觀遊山水，欲借此以化其鬱結，然後因悟萬物的生滅消息本有其應然的理序，於是便援引了老、莊的哲理作結，以為生命的安頓，那麼這應該算是詠懷詩呢、還是山水詩、亦或玄言詩？所以不同的類型之間必有其「重合地帶」〔註61〕，這是也分類理論的困難處。因此，在分類工作的規則上，它既強調分類須有其「單一性」，同時也認為類別之間有其「靈活性」，所謂的「單一性」是指：「在一個文體分類系統中，分類標準只能有一個，必須前後一貫，不允許同時存在兩個以上的分類依據」；而「靈活性」則是指：「在文體分類中，有些文體的歸屬不是絕對的，而是具有某種相對性。因為在文體種類之間，存在著一些跨類的文體邊緣形態」，所以「分類的層次或級目越低，文體重疊、交叉的現象就越明顯，而邊緣文體歸屬的靈活性也就越大。」〔註62〕

　　基於以上的認識，本文對玄言詩的界定，乃是主張以「題材」為判準，並取效洪順隆先生的研究成果與方法意識，洪先生於〈六朝題材詩系統論〉〔註63〕一文中，曾經反省了傳統詩歌分類學，「分析角

〔註61〕　在文體的一般內涵中，有一項名為「相對性」，其意指：「文體之間有著內在的聯繫，其界限不是絕對的。相類文體之往往存在著一條『重合地帶』，文體分得越細，這條『重合地帶』也就越寬。」參看朱豔文主編：《文章寫作學──文體理論知識部份》（高雄：麗文文化事業公司1994年11月），第一章〈文體概論〉，頁6～9。

〔註62〕　同前註，第一章、第四節〈三、文體的分類規則〉，頁33～37。

〔註63〕　參看洪順隆：〈六朝題材詩系統論〉一文，同註32。文中，洪先生乃以「題材」為元素，著手歸納題材類似的詩作，再由各題材詩群所形成的組織單元，合成一完整而有序的系統，繼而將六朝詩作分成兩系統，十六類型：一為「抒情系統」底下有「隱逸詩」、「田園詩」、「游仙詩」、「玄言詩」、「山水詩」、「詠物詩」、「抒情詩」、「詠懷詩」、「宮體詩」等九類；一為「敘事系統」底下有「建國史詩」、「家族史詩」、「史詩」、「游獵詩」、「游俠詩」、「征戍詩」、「邊塞詩」等九類。

度不一，設類標準不專，以致混淆蕪雜」的弊病，如其論《文選》分詩爲二十五支類，然其中〈補亡〉、〈挽歌〉、〈樂府〉、〈郊廟〉、〈祖餞〉、〈公讌〉、〈獻詩〉、〈皇太子釋奠會作詩〉、〈行旅〉、〈應詔詩〉、〈遊覽〉等十二類，蓋按「用途」分；〈述德〉、〈詠史〉、〈詠懷〉、〈遊仙〉、〈招隱〉、〈反招隱〉、〈哀傷〉、〈軍戎〉等八類，以「題材」分；〈贈答〉、〈雜歌〉、〈雜詩〉、〈雜擬〉按「題名」分；〈百一〉按「形式」分；〈雜〉類中有個別詩題的，「以雜名類」。因此，「這樣的分類，分析觀點繁雜，分類標準不一，以致類型的總數目不足爲憑，類型的內容混淆，類型的系統紛亂，不足以構造整體類型結構，不能呈現詩歌的有序狀態。《昭明文選》如斯，後繼的詩體分類學，設類愈多，取材愈蕪，系統愈亂，甚至以名分類，不可殫詰。」因此，洪先生乃執「題材」爲判準，重新審視六朝詩作，用以建立其「六朝題材詩系統」，來解決上述的缺失。

至於所謂的「題材」（Subject matter），《文藝辭典》說：「題材，material，即藝術家用來作爲藝術作品內容的東西。其種類有自然、人生和其它。按藝術家底記憶、想像、空想、理想、信仰等成爲作品而表現出來。」《大漢和辭典》說：「題材是文藝作品的題目和材料。」而《漢語大辭典》則解釋道：「題材是文學、藝術創作用語。指作爲寫作材料的社會生活的某些方面。亦特指作家用以表現作品主題思想的素材，通常是指那些經過集中、取捨、提煉而進入作品的生活事件或生活現象。」進而專就玄言詩來看，所謂的「題材」就是以使用易、老、莊、釋等語料爲詩歌素材者（如：道、玄、自然、太素、太清、守眞、含虛、握玄、齊物、沖懷、眞人、至人、神人、崇虛、絕智棄學、謙而益光、大慈、菩薩、三觀、釋迦等），而本文也在此意義下，將玄言詩定義爲：凡詩歌中使用易、老、莊、釋等語言材料者，即屬玄言詩。至於之所以用此觀點來定義，則是基於以下幾點理解：

第一、從「題材」來界定玄言詩乃是採取一種本質特徵的觀點，這樣的觀點，自與其它從「表現樣態」、「語言藝術」、「盛行年代」、「代

表作家」等角度來描述玄言詩，所有差別，因爲，只要抽離出詩中的
「玄言」題材，那麼它作爲一首玄言詩的成立條件便已喪失，而「玄
言」題材作爲玄言詩本質特徵的理據，亦由此明。

　　第二、從「題材」來界定玄言詩實有其優點存在，因爲它能在消
極意義方面，免去詩類畫分標準不一的缺失，符合文體分類「單一性」
的原則；並在積極意義方面，賦予「詩」、「玄」合流的文學現象一個
更廣袤、更開放的研究視野，讓這樣一段黯而不顯的詩歌史，因著取
樣對象的擴大，而能俾益研究結論的眞實性，使著對於玄言詩的理解
能有更好的把握。

　　第三、從「題材」來界定玄言詩，既是最低限度的標準，同時也
是最寬泛的標準。因爲相對於一些以「偈語」、「歌訣」來看待玄言詩
的論調，即便詩中使用了玄言題材，也不見得就符合他所謂的玄言
詩，從這個角度來談，以「題材」爲界定是寬泛的標準，是「有之不
必然」；而就最低限度的標準來看，如果抽離了玄言題材，那它就不
成爲玄言詩，是「無之必不然」。

　　總上所述，是知本文以玄言題材來簡別玄言詩，其根本的態度與
用心實基於：六朝詩類的劃分，它當是相對於其它六朝詩作在同一標
準下所作的區界，這也是任何分類理論在「分類判準」上的同一性要
求；再者，以題材來劃分雖然是較爲寬泛的標準，但是也有其積極作
用，因爲它能爲研究詩、玄交涉的文學現象提供一個更加開放的視
野，讓觀察的觸角延伸的更遠、更廣，「寧失之蕪，勿失之略」的，
以增益研究內容的全面性和眞實性。

第二章　玄言詩產生的時代背景

　　《文心雕龍・時序篇》云：「文變染乎世情，興廢繫乎時序。」〔註1〕誠然，文學與時代之間，有著相協調的一致之處，且兩者之間也經常呈現一辯證融合的關係，故而檢之歷來文獻，每可得出文學反映時代的論證來。如《荀子・樂論》言：「亂世之徵，其服組，其容婦，其俗淫，其志利，其行雜，其聲樂險，其文章匿而彩，……治世反是也」〔註2〕、《毛詩・序》曰：「治世之音安以樂，其政和；亂世之音怨以怒，其政乖；亡國之音哀以思，其民困。……至於王道衰，禮義廢，政教失，國異政，家殊俗，而變風、變雅作矣。」〔註3〕又孔穎達《毛詩正義・序》云：「若政遇醇和，則歡愉被於朝野；時當慘黷，亦怨刺形於詠歌。」〔註4〕是知彥和所謂「幽厲昏而板蕩怒，平王微而黍離哀」，便是站在由時代背景來考察文學的表現及其影響，從而歸結出「歌謠文理，與世推移」的批評法則來。

〔註1〕　參見李曰剛：《文心雕龍斠詮》（下編）（臺北：國立編譯館中華叢書編審委員會，民國71年5月），頁2127。

〔註2〕　見〔清〕王先謙：《荀子集解》（臺北：藝文印書館，民國77年6月五版），頁636。

〔註3〕　見〔漢〕毛亨傳、鄭玄箋、〔唐〕孔穎達等疏：《毛詩正義》（臺北：藍燈書局影印清嘉慶二十年江西南昌學府刊刻十三經注疏本）卷一之一，頁14上～頁16下。

〔註4〕　同前註，頁3上。

　　然而在文學與時代關係的論述中,除了上述諸家對文學現象及其時運世情的因果說明,對於「文學與時代」或「文學與社會」的論題,則仍有其更根源的理論可說。今細究所謂的「文學活動」,其中必然包含了文學的「創作者」、文學成果的表現——「作品」和作品的「閱讀者」等幾個部分而言。先從「創作者」來看,每一作者都來自他所隸屬的社會,而且也必然受著他的環境、際遇及文化傳統的制約,因此在許多以作家爲主體的研究當中,常喜歡考察他的生平、交遊、經歷等,而這種「知人論世」的研究進路,亦正說明了人的社會屬性以及社會影響作家的因素。再以「作品」來看,作品內容的事件,往往取材於社會和生活,而作品所蘊含的思想也通常與社會有關,其中或描述了社會的景況、或表達了對社會事件的看法、或抒發自我身處於當時社會中的感懷。凡此種種,都在在顯示了作品與時代背景的密切關係。最後以「閱讀者」來看,由於文學作品必訴諸於讀者,不同的讀者各以其不同的視域來解讀、評價作品,因而作品在不同讀者、不同時代各有其「接受」〔註5〕的程度,並且文學活動也在作品與讀者的互動關係中,成爲一「社會活動」〔註6〕。誠如涂公遂先生在論述

〔註5〕 如興起於六十年代的「接受美學」即明確提出,文學研究不能只以作品爲對象,而應該把讀者也作爲對象。由於文學作品從創作到欣賞是一個「動力過程」,它由「作者到作品的創作過程」和「作品到讀者的影響過程」(即讀者接受作品的過程)兩者構成。作品的生命,開始於它被讀者接受,並在讀者的心靈之中喚起審美感應,從而作品的美學價值和社會功能方得現實。所以在文學研究的領域中,將不再拘限於作者、作品等二元對象,而是對於作者、作品、讀者等交互關係的多元考察。參見王世德主編:《美學辭典》(臺北:木鐸出版社,民國76年12月初版),〈接受美學〉一條,頁469~471。
〔註6〕 如涂公遂先生所言:「文學雖然是個人所創作者,但是它要訴之於讀者,也就是要訴之於社會。既要訴之於讀者與社會,那麼作者的思想感情,自然必須與讀者與社會發生關聯。托爾斯泰說:『藝術是人類的活動,這種活動是存在於下列的那種事實——就是:我人意識的由著某種一定的外在的符合,把他所有的感情傳給他人,而他人因之感染他的感情而經驗之。』」故而說文學活動是一種社會的活動。見涂公遂:《文學概論》(臺北:五洲出版社,民國79年8月)第八章第一節〈文學與社會〉,頁247。

「文學與社會」時所言：

> 社會，是眾人精神的結合體，也是人生各種生活的綜合體。
> 一切文學的表現，集合起來說，便是各種社會的呈現；各
> 種社會的表現，見之於文字，也就是文學的呈現。

涂氏並引了法國美學家居友（Guyan 1854～1888）的話說：「藝術的感情，在它的本質原是社會的。成爲結果而表現的，是依了使個人的生命與更大的普遍的生命結合而擴大之。藝術的最高目的，即在使發生具有社會的特質的審美感情。」〔註7〕

　　經由以上論述，可見在作家、作品、讀者及其所對應的社會之間，確實呈現了元交錯的來往，並起著互爲影響的作用。因此，當我們作一何以某種文學會發生在這個時代，而不發生在那個時代的設問？或此一文學之所以產生在這個時代的特殊機緣爲何時？探究文學與社會的交互關係，便成了回答此一設問的必要手段。

　　基於以上的認識，本章主要的討論重點便是在探賾玄言詩之所以產生在六朝時期的可能因素？到底是那些特殊的社會文化背景促成了玄言詩發生的有利條件？從而在這樣一個問題意識下，本文將探索的觸角，伸向政治局勢、學術思潮、文人心理、社會風氣、文學趨向以及自我意識等各層面，繼則以玄言詩爲中心，審視其與上述諸項的可能關係，然後歸結出六朝玄言詩之所以產生的內因和外緣。儘管對於如此推論的理論效力只有其概然性而無必然性，然而本文仍希冀得在一個開闊廣袤的視野下，積極的來求索玄言詩之所以產生於此一時期的特殊機緣，從而也在這一認識下，對於玄言詩產生之時代背景的考察，取得了合理性的意義。

　　以下，便分由五個方面加以論述。

第一節　天下多故，常慮禍患

　　縱觀六朝時期，可說是中原板蕩、海宇揚塵、兵燹漫天，而黔

〔註7〕同前註，頁245。

庶塗炭；不惟內有蕭牆之禍、同室操戈，權宦相爭、篡弒不斷；外
復有夷狄交侵、境履不安。置身此一爭戰不息、內亂相尋、殘殺迭
起的時代裏，文士們不僅是質實地面對政權的禪代與政治集團間的
鬥爭，更是時時身處於一種充滿變數與不確定的詭譎氣氛當中，從
而那種感於生命存在的恐懼和焦慮〔註8〕的危迫感便油然而生，於
是端就玄言詩產生因緣的關係上來說，這種生命存在的危迫感無疑
提供了玄言詩在發生動能上的精神條件。在此一條件下，作者不僅
消極地避免於詩歌中評騭時政、臧否人物，以免罹謗遇禍，更積極
的意義是，經由玄言詩的創作，抒發了一種對玄遠的追求和逍遙適
性的嚮往，從而以此來遣淨並昇華胸中的抑鬱及慨歎。所以張仁青
先生在論述此期的文學發展時，即謂：「蓋文人生值亂世，既思高
翔遠引，避禍全身，同時復以不能忘情家國，絕意存亡，又感生命
之無常，知世累之難脫，而陷於極端之旁皇與苦悶，最後則以文苑
藝圃作精神之逋逃藪矣。」〔註9〕因此，「天下多故，常慮禍患」之
所以為玄言詩產生的因緣之一，正是站在此精神條件的視域下，所
得到的結果。至於「多故」的實際內容，約可從政局、戰亂、殘殺
等三方面來考察（但舉其較著者）。

〔註8〕 在心理學意義下的恐懼（fear）和焦慮（anxiety）其實仍有區別。所
　　　謂的恐懼，乃指在主觀感受的危險情境下，個體產生的一種強烈情
　　　緒反應。至於焦慮，則是指一種「不愉快的情緒狀態，性質上類似
　　　恐懼。所不同者，恐懼常有可指陳的對象，個人自己了解恐懼的原
　　　因，而且恐懼的情緒狀態也較為強烈。焦慮的對象不明確，不能在
　　　現存的環境中指陳何種刺激引起個人焦慮。焦慮可以說是個人應付
　　　環境無把握又對不可知的未來感到威脅時的一種恐懼、憂慮交織而
　　　成的迷惘感受。」參見張春興：《心理學》（臺北：臺灣東華書局，
　　　民國78年9月二十九版），第九章第三節〈情緒與情緒經驗〉，頁442；
　　　及其《張氏心理學辭典》（臺北：臺灣東華書局，1989年6月初版），
　　　〈恐懼〉條，頁249～250。而本文所意指的，正是文士質實地面對
　　　具體的政治局勢，「常恐罹謗遇禍」的恐懼感，以及長期的身處於動
　　　蕩、殺戮的氛圍下，所積累的未可名狀的焦慮。
〔註9〕 見張仁青：《魏晉南北朝文學思想史》（臺北：文史哲出版社，民國
　　　67年12月初版），書前〈自序〉，頁5。

一、政治局勢

環顧整個魏晉南北朝，其政治局勢乃長期處於動盪、分裂的狀態中，此期上承漢末黃巾、董卓之亂，繼而群雄蜂起，爲此一混亂之局拉開序幕。先是魏文帝黃初元年（西元 200 年）代漢建國，至魏元帝咸熙五年（西元 264 年）魏亡，凡四十五載。而後晉武帝太康元年（西元 280 年）滅吳，中國歸於統一。然晉室於惠帝元康元年（西元 291年）以賈后密諭楚王司馬瑋入朝誅滅楊駿，其後又計殺楚王、汝南王，於是歷時十六載的八王亂起。及至晉懷帝永嘉五年（西元 311 年），劉曜陷洛，晉愍帝建興四年（西元 316 年），劉曜入長安，十一月愍帝肉袒銜璧輿櫬出降，西晉遂亡。其後典午南遷，是謂東晉。自元帝建武元年（西元 317 年）至恭帝元熙二年（西元 420 年），劉裕受禪，凡一百三年，東晉覆滅。時入南朝，宋自武帝建國，歷四世八君，祚五十九載；齊自高帝建國，歷三世七君，祚二十三載；梁自武帝建國，歷三世四君，祚五十五載；陳自武帝建國，歷三世五君，祚三十三載。至於北朝方面，北魏自道武帝建國，歷九世十三君，祚一百九十四年，後分爲東魏、西魏。東魏一君，祚十六年；西魏歷二世三君，祚二十二年；北齊繼東魏，歷三世六君，祚二十八年；北周繼西魏，歷三世五君，祚二十四年。是以綜觀此一時期，其朝代改易之速，爲往史所僅見〔註10〕。

二、內亂外患（僅舉其較著者）

（一）內亂方面如

1. 八王之亂：晉武踐祚，鑑於曹魏孤立，乃大封宗室，冀爲藩屏。及至賈后亂政，遂演爲同室操戈。晉惠帝元康元年，賈后忌楊

〔註10〕故錢賓四先生於論究此段歷史時，曾謂：「將本期歷史與前期（秦漢）相較，前期以中央統一爲常態，以分崩割據爲變態。本期則以中央統一爲變態，而以分崩割據爲常態。」參見錢穆：《國史大綱》（上冊）（臺北：臺灣商務印書館，民國 79 年 3 月修訂十七版），第十二章、第一節〈魏晉南北朝之長期分裂〉，頁 160。

駿秉持朝權、勢傾內外，故遣使諭楚王司馬瑋入朝誅殺楊駿，並廢楊后，收駿弟珧、濟等，夷其三族。後復聯瑋殺汝南王司馬亮，並乘機殺楚王，於是八王亂起。永康元年，賈后以計殺愍懷太子遹，趙王倫乃起兵，廢賈后爲庶人，尋賜死，收賈謐、賈午、裴頠、張華等殺之，皆夷三族。元康九年，淮南王允以趙王反，率兵討倫，後爲伏胤所害，其子郁、迪皆被殺，坐允夷滅者數千人。永寧元年，趙王倫僭即帝位，齊王司馬冏、河間王司馬顒、成都王司馬穎起兵攻殺趙王，迎惠帝復位。太安元年，河間王以齊王輔政驕恣專擅，欲設計除之，於是檄長沙王乂以兵廢冏，其黨皆夷三族。太安二年，成都王忌長沙王，乃與河間王會攻洛陽，後穎軍大敗。當是時，東海王越適在京，以穎、顒聯軍，圍洛日久，城中大饑，慮城終不可守，遂於永興元年，潛與左衛將軍朱默執長沙王，開城納穎，長沙王爲顒部將張方炙殺。其後，成都王僭侈日甚，東海王奉詔討穎，又有幽州督都王浚率鮮卑、烏桓勁騎攻鄴，成都王於是挾惠帝奔長安。光熙元年，東海王合王浚攻入關中，殺成都王與河間王，奉惠帝還洛陽。是歲十一月，東海王毒弒惠帝，立豫章王熾，是爲懷帝，而八王之亂乃告終結。

自元康以迄光熙，其間先有賈后擅政，後有諸王攘權，宗室相殘，斲傷國本，故而《晉書‧八王傳序》言其「西晉之政亂朝危，雖由時主，然而煽其風，速其禍者，咎在八王。」卷末「史臣曰」又言：「自惠皇失政，難起蕭牆，骨肉相殘，黎元塗炭，胡塵驚而天地閉，戎兵接而宮廟隳，支屬肇其禍端，戎羯乘其間隙，悲夫！《詩》所謂『誰生厲階，至今爲梗』，其八王之謂矣。」〔註11〕

2. 晉明帝太寧二年（西元 432 年），王敦謀逆，帝命溫嶠討之。

3. 成帝成和二年（西元 327 年），蘇峻作亂，後爲溫嶠、陶侃、庾亮平之。

〔註11〕引自〔唐〕房玄齡等撰：《晉書》（臺北：鼎文書局，民國 76 年 1 月五版），卷五十九、列傳第二十九，頁 21590、1627。

4. 晉安帝隆安三年（西元 399 年），孫恩以五斗米道狂惑百姓，諸郡皆亂，爲謝琰、劉牢、劉裕平之。

5. 晉安帝元興二年（西元 403 年），桓玄篡晉，劉裕、劉毅舉兵討之。

6. 宋少帝景平二年（西元 424 年），徐羨之、傅亮、謝晦等弒少帝。

7. 宋文帝元嘉三年（西元 426 年），帝誅羨之及亮，並令到彥之、道濟討滅謝晦。

8. 宋文帝元嘉三十年（西元 453 年），太子劭弒文帝，後爲武陵王劉駿誅之。

9. 宋孝武帝孝建元年（西元 454 年），臧質、義宣等反，後爲柳元景、王玄謨所平。

10. 宋孝武帝大明三年（西元 459 年），竟陵王誕反，帝詔以沈慶之率眾討之，盡誅誕左右心腹，同籍期親之在建康者，死者以千數。

11. 宋前廢帝景和元年（西元 465 年），壽寂之等弒廢帝。

12. 宋明帝泰始元年（西元 465 年），晉安王子勛之亂起，後爲沈攸之殺之。

13. 宋後廢帝元徽二年（西元 474 年），桂陽王休範反，後蕭道成討平。

14. 宋順帝昇明元年（西元 477 年），沈攸之以蕭道成專制朝權，心不能平，遂以討蕭之名舉兵，後攸之兵敗自縊。

15. 齊廢帝隆昌元年（西元 494 年），西昌侯蕭鸞廢廢帝爲鬱林王，改立新安王昭文，是歲十月，又廢昭文爲海陵王，尋遣醫弒之，自即帝位。

16. 齊明帝永泰元年（西元 498 年），王敬則與明帝猜忌致隙，遂起兵反，後敗死。

17. 齊東昏侯永元元年（西元 499 年），始安王遙光反，帝遣蕭坦之率軍討之，遙敗被殺。同年，陳顯達舉兵作亂，爲崔慧景等討平。

18. 齊和帝中興二年（西元 502 年），蕭衍廢和帝自立，齊亡。

19. 梁武帝太清二年（西元 548 年），侯景叛變，直下建康，武帝憂憤而卒，簡文帝爲之縊殺，後爲元帝所平。

20. 梁敬帝太平元年（西元 555 年），陳霸兒殺王僧辯，立晉安王方智爲帝。翌年，廢帝自立，梁亡。

21. 陳廢帝光大二年（西元 568 年），安成王頊廢帝爲臨海王，入纂大統，是爲宣帝。

（二）外患方面如

1. 永嘉、建興之亂晉懷帝永嘉五年（西元 311 年）三月，東海王越憂憤成疾，卒於項，王衍統其眾護越喪還葬東海。四月，石勒遣輕騎追越喪，於苦縣寧平城大敗晉軍，王公大臣以下死者十餘萬，晉軍精銳於是乎盡〔註12〕。五月劉聰遣呼延晏將兵二萬七千寇洛陽，劉曜、王彌、石勒等皆引兵會之，六月城陷。懷帝自華林園出，欲幸長安，爲曜等所追及，遷於平陽。曜等焚燒宮廟，逼辱后妃，百官士庶死者三萬餘人。永嘉七年二月，懷帝遇弒，崩於平陽。晉大臣擁立秦王鄴即帝位，改元建興，是爲晉愍帝。建興四年（西元 316 年）七月，劉曜攻取北地，進兵長安。十一月，愍帝肉祖銜璧，輿襯出降，西晉由是覆亡。

2. 晉哀帝隆和元年（西元 362 年），燕軍攻洛陽，河南太守戴施奔宛，留其將陳祐守洛。祐告急於桓溫，溫遣軍助守洛陽。

3. 晉廢帝太和元年（西元 366 年），前秦符堅將王猛、楊安攻南鄉，荊州刺史桓豁救之，師次新野而猛、安退。

4. 晉孝武帝太元八年（西元 383 年），前秦符堅傾國入寇，眾號百萬，後爲謝玄大敗。

〔註12〕近人勞榦先生於述及寧平城一役時即謂：「自此晉朝的國軍主力完全崩潰，而州郡兵又自晉武帝時罷廢（見《晉書・陶璜傳》）無兵可用，故五胡勢力一天一天的大起來。」見勞榦：《魏晉南北朝史》（臺北：中國文化大學出版部，民國 69 年 8 月新一版），第三章、〈乙、八王之亂〉，頁 36。

5. 梁武帝天監二年（西元 503 年），北魏舉兵南下，拔義陽，至六年爲鍾離所破。

6. 梁元帝承聖三年（西元 554 年），西魏攻江陵，元帝出降，後爲西魏所殺。

三、迫害殘殺

起自漢末，士大夫由於「桓、靈之閒，主荒政謬，國命委於閹寺，士子羞與爲伍，故匹夫抗憤，處士橫議，遂乃激揚名聲，互相題拂，品覈公卿，裁量執政」〔註13〕，遂與宦官集團發生鬥爭，史稱「黨錮之禍」。其間共有兩次，第一次發生於漢桓帝延熹九年（西元 166 年），名士張儉及陳寔之徒二百餘人，遭到逮捕。第二次發生於漢靈帝建寧元年（西元 168 年），名士陳藩合外戚竇武等與宦官曹節等爭，結果虞放、杜密、李膺、荀翌、魏朗、劉儒、范滂等百餘人，俱遭殺害，諸門生故吏死徙廢禁者，六七百人。綜計此禍起於延熹九年迄於中平元年，而「人之云亡，邦國殄瘁」，漢室遂萌覆亡之幾。〔註14〕下迫魏晉南北朝，則殺戮益熾，權者以刀鋸鼎鑊相待，文士口言手指，動輒得咎。據張仁青先生「罹難名士表」所計，此四百年間，名士之死於非命者，共二百餘人，且其表中所列「乃直接慘遭迫害而死者，其間接遭受迫害而死，或史料殘缺，無法遽爾認定者則未計。……而各

〔註13〕引自〔南朝宋〕范曄撰‧〔唐〕李賢等注：《後漢書》（冊四）（臺北：洪氏出版社，民國 67 年 10 月十日四版），卷六十七、〈黨錮列傳第五十七〉，頁 2185。

〔註14〕司馬光於評論此禍時即謂：「天下有道，君子揚於王庭以正小人之罪，而莫敢不服。天下無道，君子囊括不言以避小人之禍，而猶或不免。黨人生昏亂之世，不在其位，四海橫流，而欲以口舌救之，臧否人物，激濁揚清，撩虺蛇之頭，虎狼之尾，以至身被淫刑，禍及朋友，士類殲滅而國隨以亡，不亦悲乎！」由於此二十年間，「諸所漫衍，皆天下善士」，人才橫破摧殘，讒邪高張，時郭林宗聞黨人之死，乃私爲之慟曰：「《詩》云：『人之云亡，邦國殄瘁。』漢室滅矣，但未知『瞻烏爰止，于誰之屋』耳！」參見〔宋〕司馬光：《資治通鑑》（臺北：天工書局，民國 77 年 9 月），〈漢紀四十七‧桓帝延熹八年～漢紀四十八‧靈帝建寧二年〉，頁 1777～1823。

史傳多云『夷三族』，以每家平均十人推之，則罹難者當十倍於此數。」故不得不歎云：「自古名士運數之窮，遭遇之慘，未有甚於六朝者也。」〔註15〕

綜合上述，可見文士們遭逢如此亂世，時時面臨迫害、殺戮的威脅，於是那種感於生命存在之危迫的恐懼與焦慮便應運而生。由是情積於中，不能不發，意蘊於內，非抒而何？遂相率縱身文苑、悠遊藝圃，以求得精神上之忻慰。而原乎詩歌之發生及其功用，亦正符合並提供了「世情」影響「文變」的證據。是以梁朝鍾嶸在其《詩品》中即從社會生活的層面，提出詩歌發生和功用的「人際感蕩說」，其云：

> 嘉會寄詩以親，離群託詩以怨。至於楚臣去境，漢妾辭宮；或骨橫朔野，或魂逐飛蓬；或負戈外戍，或殺氣雄邊；塞客衣單，孀閨淚盡；或士有解佩出朝，一去忘返；女有揚蛾入寵，再盼傾國。凡斯種種，感蕩心靈，非陳詩何以展其義，非長歌何以騁其情。故曰：「詩可以群，可以怨。」使窮賤易安，幽居靡悶，莫尚於詩矣。〔註16〕

可見詩歌的表現不僅是社會生活的反映，人際的遭遇與詩歌的發生有關，進而，詩歌的創作更可使心之所感，起到一種排遣、慰藉、補償、抒發的精神作用，「使窮賤易安，幽居靡悶」，而自我生命也由是得到安頓。另外，近人童慶炳先生從心理美學的角度，曾提出一「審美昇華」的觀念，認爲所謂的「昇華作用」乃是以文化領域中較高的目標來「移置」（displacement）慾望能量，而此本能的昇華不惟是美和藝術的根源，甚至作爲本能的昇華的審美體驗，對人的精神具有補償作用。〔註17〕因此，在著眼於玄言詩產生的特殊機

〔註15〕同註9，第三章、第三節〈三、屠戮大行〉，頁199～217。
〔註16〕引自王叔岷：《鍾嶸詩品箋證稿》（臺北：中央研究院中國文哲研究所，民國81年3月初版，頁77。
〔註17〕於此，童氏的論述大抵循弗洛依德的精神分析學說來展開，只是弗洛依德過分的注重人的動物性，忽略人的社會性，從而把美和藝術

緣下，六朝時局的政治動盪、戰亂相乘、殘殺迫害，正是處於此氛圍中的士子之所以感到恐懼與焦慮的來由，而爲尋求對此危迫感的排解並躲避禍患，遂投身詩圃，寄語玄遠，以獲得性命之苟安、精神之慰藉。故言「天下多故，常慮禍患」，乃爲玄言詩的產生提供了一定的精神條件。

第二節　莊老代興，佛道繼起

漢魏之際於學術思潮上有一個很大的轉折，即是儒學衰微、莊老代興，而道教、佛教亦在此期取得高度的發展。今細探此一現象的因緣，則又呈現一互爲關聯的動態發展結構，一方面由於政局紛擾，作爲官學的儒學不僅無法再維繫住當時社會的名教綱常，更失去了官方的支持力量。另一方面，又由於儒學本身摻進了陰陽五行、讖諱符命之說，將儒學神秘和宗教化，復於經學的研究上，日趨繁瑣與支離，而這一外在環境的制約和儒學本身的異化衰微，遂營造了道家學說起而代興的契機。由於莊、老之學的批判精神迎合了當時人對現實社會的不滿，其處世的態度與智慧並提供了人們在精神生命上的自我安頓，以及道家在解釋天地存在的自然主義色彩恰好消解了漢代天人感應神學目的論的傾向，凡此種種，都促成了莊、老取代儒家，而從思想界的伏流一躍成思潮之主流的發展結果。其後，又有清談論辯兼及佛理，名士、僧人廣泛交遊，加以佛理格義使玄釋合流；又莊、老所論，羽翼道教，於是服食修仙、養生祈壽

都歸結爲性慾的作用，因此陷入「泛性慾主義」的泥淖中。因此童氏亦言明，關於藝術可以成爲精神痛苦者的慰藉和補償的思想，中國古代文論早有論述，（如司馬遷〈報任安書〉所指「聖賢發憤之所爲作」一段、及鍾嶸《詩品》「嘉會寄詩以親」一段等）而且他們所講的痛苦要廣泛的多，並不專指性苦悶，這比弗洛依德要高明得多。見童慶炳《中國古代心理詩學與美學》（臺北：萬卷樓圖書有限公司，民國 83 年 8 月初版），第二輯、第七篇〈慾望的代替性滿足——談審美昇華〉，頁 176～184。

之說，茲風並起，使佛、道兩教俱成爲當時盛行的宗教信仰。以下便分由儒學衰微、莊老代興及佛、道繼起等面向，作一敘述，以明當時學術思潮轉變的景況。

　　首先以儒學本身的發展來看，儒學入漢，乃斲喪原有之精神，當時解經多雜糅陰陽五行之說，如「始推陰陽爲儒者宗」的董仲舒，倡天人相應之論，使先秦儒價值根源內在於德性自覺之「心性論中心之哲學」，改塑爲價值根源於「天」之「宇宙論中心之哲學」〔註18〕。其後這種天人感應的哲學又附益以讖諱、符命等怪論，遂使儒學染上了神秘、迷信的色彩。及至東漢，而有揚雄、桓譚、王充諸輩的大力批評，其中如王充即以「疾虛妄」的態度，力主天道自然、天人不相應等觀點，強烈的批駁了儒學的異化。再者，當時儒學的衰微還有一點原因就是經學的僵化。由於經書訓詁和注釋的繁瑣，使經書及學者失去了原本的用意與面貌，所以班固《漢書・藝文志》在描繪並批評當時經學研究的概況和弊病時，即謂：

> 後世傳經，既已乖離。博學者又不思多聞闕疑之義，而務碎義逃難，便辭巧說，破壞形體。說五字之文，至於二三萬言，後進彌以馳逐，故幼童守一藝，白首而後能言。安其所習，毀所不見，終以自蔽，此學者之大患也。〔註19〕

是知當時的經學研究迂滯若此，從而這也加速了儒學的衰頹。下逮曹魏，儒學更是一蹶不振，如劉靖上疏陳儒訓之本時，即描述道：

> 自黃初以來，崇立太學二十餘年，而寡有成者，蓋由博士選輕，諸生避役，高門子弟，恥非其倫，故無學者。雖有其名而無其人，雖設其教而無其功。〔註20〕

〔註18〕參見勞思光先生：《新編中國哲學史》（二）（臺北：三民書局，民國80年8月，增訂六版），第一章、（C）〈漢儒之沒落〉，頁10～17。

〔註19〕引自〔漢〕班固撰・〔唐〕顏師古注：《漢書藝文志》（臺北：華聯出版社，民國62年5月），〈六藝略〉，頁20～21。

〔註20〕引自〔晉〕陳壽撰・〔宋〕裴松之注：《三國志・魏書・劉馥傳（附劉靖傳）》（臺北：洪氏出版社，民國73年8月31日再版），卷十五、〈劉司馬梁張溫賈傳第十五〉，頁464。

又《三國志‧魏書‧王肅傳》注引魚豢《魏略》曰：

> 從初平之元，至建安之末，天下分崩，人懷苟且，綱紀既
> 衰，儒道尤甚。……至太和、青龍中，中外多事，人懷避
> 就。雖性非解學，多求詣太學。太學諸生有千數，而諸博
> 士率皆麤疏，無以教弟子。弟子本亦避役，竟無能習學，
> 冬來春去，歲歲如是。又雖有精者，而臺閣舉格太高，加
> 不念統其大義，而問字指墨法點注之間，百人同試，度者
> 未十。是以志學之士，遂復陵遲，而末求浮虛者競逐也。
> 正始中，有詔議圜丘，普延學士。是時郎官及司徒領吏二
> 萬餘人，雖復分佈，見在京師者尚且萬人，而應書與議者
> 略無幾人。又是時朝堂公卿以下四百餘人，其能操筆者未
> 有十，多皆相從飽食而退。嗟夫！學業沈隕，乃至於此。
> 〔註21〕

其次，再由漢魏之際的政治局勢來看，由於漢末的動亂，儒學失
去了官方的支持，復以儒家的禮教綱常已無維繫社會的能力，迫使當
權者不得不轉益它途，以尋求適應新局勢的治世良策。據史籍所載，
魏武於建安年間即權變式的頒下用人重才不重德的三令：

（1）建安十五年令：……今天下尚未定，此特求賢之急時
　　　也。「孟公綽爲趙、魏老則優，不可以爲滕薛大夫」。
　　　若必廉士而後可用，則齊桓其何以霸世！今天下得無
　　　被褐懷玉而釣於渭濱者乎，又得無盜嫂受金而未知遇
　　　者乎，二三子其佐我明揚仄陋，唯才是舉，吾得而用
　　　之。

（2）建安十九年令：夫有行之士未必能進取，進取之士未
　　　必能有行也。陳平豈篤行，蘇秦豈守信邪？而陳平定
　　　漢業，蘇秦濟弱燕。由此言之，士有偏短，庸可廢乎！
　　　有司思明此義，則士無遺滯，官無廢業矣。

（3）注引王沈《魏書》建安二十二年令：昔伊摯、傅說出

> 於賤人，管仲、桓公賊也，皆用之以興。蕭何、曹參，
> 縣吏也，韓信、陳平負污辱之名，有見笑之恥，卒能
> 成就王業，聲著千載。吳起貪將，殺妻自信，散金求
> 官，母死不歸，然在魏，秦人不敢東向，在楚則三晉
> 不敢南謀。今天下得無有至德之人放在民間，及果勇
> 不顧，臨敵力戰；若文俗之吏，高才異質，或堪爲將
> 守；負污辱之名，見笑之行，或不仁不孝而有治國用
> 兵之術：其各舉所知，勿有所遺。〔註22〕

魏武以世局未定，特求賢之急時，故用人惟才是舉，即負污辱之名，
見笑之行，或不仁不義而有治國用兵之術者，皆得用之。從而世風一
變，儒家所崇尚的道德禮教，亦遭打擊。無怪乎後人論道：「近者魏
武好法術，而天下貴刑名；魏文慕通達，而天下賤守節」〔註23〕，清
人顧炎武更沈痛的指出：「而孟德既有冀州，崇獎跅弛之士，觀其下
令再三，至於求負污辱之名，見笑之行，不仁不孝，而有治國用兵之
術者，於是權詐益進，姦逆萌生。故董昭太和之疏，已謂當今年少，
不復以學問爲本，專更以交游爲業。國士不以孝悌清修爲首，乃以趨
勢求利爲先。至正始之際而一二浮誕之徒，騁其智識，蔑周孔之書，
習老莊之教，風俗又爲之一變。夫以經術之治，節義之防，光武明章
數世爲之而未足，毀方敗常之俗，孟德一人變之而有餘。後之人君，
將樹之風聲，納之軌物，以善俗而作人，不可不察乎此矣。」〔註24〕
由是儒學益衰。

　　此外，再從以老、莊爲代表的道家學說來看。起自西漢前期，
黃、老之學曾因作爲政治思想而盛極一時，如《史記・曹丞相世家》
記載：曹參向「善治黃、老言」的蓋公問政，蓋公答以「治道貴清

〔註22〕同註20，卷一、〈武帝紀第一〉，頁32、44、49～50。
〔註23〕所引爲傅玄上疏晉武帝之語。見〔唐〕房玄齡等撰：《晉書》（冊二）
　　　　（臺北：鼎文書局，民國76年1月五版），卷四十七、列傳第十七
　　　　〈傅玄傳〉，頁1317～1318。
〔註24〕引自顧炎武：《日知錄》（臺北：臺灣明倫書局據舊題何義門批校精
　　　　抄本排印，民國68年版），卷十七〈兩漢風俗〉條，頁377。

靜，而民自定」，其後曹參「用黃、老術」相齊九年，齊國大治，號
爲「賢相」，及擢昇至中央後，乃善用無爲之術。又漢文帝時，竇太
后崇尙黃、老，《史記·外戚世家》載：「竇太后好黃帝、老子言，
帝及太子諸竇，不得不讀黃帝、老子，尊其術」〔註25〕。由於當時
天下初定，民生經濟均遭破壞，是以主張「清靜自定」的黃、老思
想，遂得乘休養生息的歷史條件之便，盛行於世。其後漢武帝罷黜
百家，獨尊儒術，迄于東漢，黃、老之學遂有轉變，據任繼愈先生
主編之《中國哲學發展史》所述，東漢以來黃、老之學的演變大體
可分成三類：一爲「老子之學」，將漢初那種經國的治術轉而成學者
研究《老子》的學術；二爲「養生之學」，以恬淡無欲、清靜自守的
旨趣來作爲全性保身之道；三爲「道教神學」，由黃、老之學結合神
仙方術而蛻化成早期的道教。至桓帝時，老子成爲道教的祖師與尊
神。而在社會下層亦有以黃、老名義而發展起來的「太平道」、「五
斗米道」。〔註26〕

　　到了魏晉時期，老、莊之學便乘時勢之利與談辯之助，一躍成爲
主流思潮，這不僅是在思想史內在理路上，道家學說的自然主義傾向
易於擯棄漢代的天人感應論調〔註27〕，更是在學說旨趣上，其清虛恬

〔註25〕參見瀧川龜太郎：《史記會注考證》（臺北：洪氏出版社，民國75年
　　　　9月），〈曹相國世家第二十四〉，頁798～802、〈外戚世家第十九〉，
　　　　頁773～781。
〔註26〕參見任繼愈主編：《中國哲學發展史》（秦漢卷）（北京：人民出版社，
　　　　1985年2月一刷），〈黃老之學在漢代的流傳和演變〉，頁128～130。
〔註27〕韋政通先生曾論道：「從思想史看，漢代思想最重要的一個現象，
　　　　是建立天人感應的思想體系，以及如何擺脫這種感應思想的努力。
　　　　代表前者的是董仲舒，代表後者的是揚雄與王充。由於揚、王在建
　　　　立與天人感應思想相反的命題時，都曾援用道家的學說……」，又
　　　　言，要徹底瓦解天人感應之說，便必須把作爲這套思想核心的「感
　　　　應」作用完全抽掉，而道家理論在這方面是比較有效的，因爲道家
　　　　起初就是以天道自然來代替天神或上帝主宰萬物的地位。參見韋政
　　　　通：《中國思想史》（上）（臺北：水牛出版社，民國77年9月15
　　　　日八版），第十六章、第一節、四〈思想史的內在理路〉，頁605～
　　　　606。

淡、齊物逍遙之論，滿足了當時人在精神上冀求安身立命的渴望。自此以降，老、莊之學遂代儒而起，其影響亦廣被於哲學、藝術、文學等各個文化領域。至其詳細發展狀況，因於各時期皆有不同，故將於討論玄言詩的分期發展時，再予詳述。

最後，再就佛、道二教的發展情狀，略述一二。佛教到了晉世，名士與僧人交遊的風氣漸盛，僧人加入清談，士子研究佛理，如《世說新語‧文學篇》五九條即載：「殷中軍被廢，徙東陽，大讀佛經，皆精解，唯至『事數』處不解。遇見一道人，問所簽，便釋然。」又四三條：「殷中軍讀小品，下二百簽，皆是精微，世之幽滯。嘗與支道林辯之，竟不得，今小品猶存。」再如孫綽作《喻道論》、郗超作《奉法要》俱是名士研究佛理的著作。又如支道林，其與謝安、王羲之、孫綽、許詢、殷浩、王洽、謝朗、王脩、王濛等，皆往來密切，並受推崇。觀〈文學篇〉五五條即謂：「支道林、許、謝盛德，共集王家。謝顧謂諸人：『今日可謂彥會，時既不可留，此集固亦難常。當共言詠，以寫其懷。』許便問主人有《莊子》不？正得〈漁父〉一篇。謝看題，便各使四座通。支道林先通，作七百許語，敘致精麗，才藻奇拔，眾咸稱善。」而當時的高僧如道安、竺法深、慧遠等，其不僅宣揚佛理，且精諳中國哲學，俱為時流所敬重。復以釋家於闡明佛理之際，多引老、莊以表詮其義，使得一般人更易於了解，而佛理也緣是更易於流佈。降及南朝，又有帝王隆寵，如梁武帝時，「京師寺剎，多至七百。宮內華林園，為君臣經之所。宮外同泰寺，為帝王捨身之區。為無遮大會，道俗會者五萬」〔註28〕，而佛教遂盛極一時。

再者，佛教之盛行雖有動盪之世的心理需求、清談格義的助益與帝王的喜愛等多方面的因素，然尚有一積極之正因，即是「其時中國實有不少第一流人物具有一種誠心求法宏濟時艱之熱忱」，錢賓四先生論道：

〔註28〕參見錢穆：《國史大綱》（上冊）（臺北：臺灣商務印書館，民國 79 年 3 月修訂十七版），第二十一章、第三節〈魏晉南北朝之佛教〉，頁272。

其間品德學養尤著者，如道安，如僧肇，如慧遠，如法顯，
如竺道生，此等皆以極偉大之人格，極深美之超詣，相望
於數百年之間。蓋以當時中國政教衰息，聰明志氣，無所
歸嚮，遂不期而湊於斯途。此皆悲天憫人，苦心孤詣，發
宏願，具大力，上欲窮究宇宙真理，下以探尋人生正道，
不與一般安於亂世，沒於污俗，惟務個人私期求者爲類。
故使佛教光輝，得以照耀千古。若僅謂佛講出世，與一時
名士清談氣味相投，而社會民眾，亦以身丁荼毒，佛講未
來，堪資慰藉，並出家可以逃役，即獲現實福益。凡此種
種，固亦當時佛法盛行之世緣，然論其主要原因，則固在
彼不在此。〔註29〕

　　至於道教方面，雖然佛、道二教同時面對著時代背景有利於宗教
發展的優勢，可是道教卻有著佛教所不具備的多種社會功能。例如煉
丹成仙迎合了貴族世家永享榮華及亂世之人對生死問題普遍關注的
需求；符水治病可以滿足一般人的需要；養生、健身的理論則提供了
人們對健康長壽的渴望；而虛靜恬淡的修行方式亦正給予了一批疾俗
潔身之士的生活之道。再由於，道教於建構的過程當中，以著極大的
開放性，把老莊思想、神仙方術、醫藥衛生、陰陽五行、綱常禮教、
民間巫術等眾多內容加以吸收，並借鑑佛教的教義、儀規來充實自
身，復以道教推尊老子，遂得乘老、莊學說盛行之便，從而能在魏晉
之際迅速發展起來。〔註30〕例如嵇康在〈養生論〉裏提道：「神仙雖
目不見，然記籍所載，前史所傳，較而論之，其有必矣」，只是神仙
乃是「特受異氣，稟之自然」，非「積學所能致」，然而，如果能「導
養得理，以盡性命」，那麼「上獲千餘歲，下可數百年」則是可以有
的。所以嵇康提出他的養生理論，認爲在「養神」方面應作到「愛憎
不栖于情，憂喜不留于意，泊然無感而體氣和平」，在「養形」方面

〔註29〕同前註，頁275。
〔註30〕關於道教在魏晉南北朝發展的原因，任繼愈主編之《中國哲學發展
　　　　史》（魏晉南北朝卷），及鄺士元：《中國學術思想史》（臺北：里仁
　　　　出版社，民國81年1月一日），皆有論述，可資參考。

則要「呼吸吐納，服食養身」，使「形神相親，表裡俱濟」。〔註31〕可見其受有道教神仙思想的影響。又如《晉書・王羲之傳》載：「羲之雅好服食養性」、「與道士許邁共修服食，採藥石不遠千里」。〈附王凝之傳〉云：「王氏世事張氏五斗米道，凝之彌篤。孫恩之攻會稽，僚佐請為之備。凝之不從，方入靖室請禱，出語諸將佐曰：『吾已請大道，許鬼兵相助，賊自破矣。』既不設備，遂為孫恩所害。」〔註32〕又〈殷仲堪傳〉云：「仲堪少奉天師道，又精心事神」〔註33〕、〈何充傳〉謂：「于時郗愔及弟奉天師道，而充與弟準崇信釋氏，謝萬譏之云：『二郗諂於道，二何佞於佛』。」〔註34〕由此皆可得見當時士族對道教的信仰。其後，大量的道書及道教的理論著作如《黃庭經》、《抱朴子》相繼問世。降及南朝，道教分成靈寶與上清兩大派，前者重個人修煉，後者重符籙、科儀，各有其傳。

綜觀而言，由於儒學衰微，道家學說取代成為當時的主要思潮，復有佛、道二教，流行於民間信仰中。此一文化氣氛與社會環境，無疑地對玄言詩的產生和發展，供給了有利的孕育土壤與資益，是以在考察玄言詩產生的背景時，亦須留意於此。

第三節　希企隱逸，執志箕山

自古以來，修身正命、事君榮親、兼善天下似乎就是傳統知識分子一生所躬行踐履的理想和懷抱，而這種儒家所揭舉的對人倫社會的終極關懷，似乎也因著歷代統治者的提倡在悠遠的歷史中起著無遠弗屆的影響，而儼然成為烙印在傳統知識分子心志上的宿命印記。因此，《禮記・儒行篇》有言：「儒有席上之珍以待聘，夙夜強學以待問，

〔註31〕見夏明釗：《嵇康集譯注》（黑龍江：人民出版社，1987 年 1 月一版），〈養生論〉，頁 45～55。

〔註32〕同註 11，（冊三），卷八十、列傳第五十，頁 2093～2103。

〔註33〕同註 11，卷八十四、列傳第五十四，頁 2199。

〔註34〕同註 11，卷七十七、列傳第四十七，頁 2030～2031。

懷忠信以待舉，力行以待取」〔註35〕，而試探這種意欲「化民成俗」、「修己以安百姓」，對蒼生社稷有種不容自已的關愛之情的意識根源，則如余英時先生所謂，是「中國知識分子剛剛出現在歷史舞臺上的時候，孔子便已努力給它貫注一種理想主義的精神，要求它的每一個分子——士——都能超越他自己個體的和群體的利害得失，而發展對整個社會的深厚關懷。這是一種近乎宗教信仰的精神」。〔註36〕不過，孕育此一內在精神的具足雖只是自求完滿的修養工夫，然而當其踐履爲人文世界的圓成，卻是一有待化民成俗的外王事業，所以內在理想與外在現實遂不必然劃上等號，兩者有相一致之時亦有相背反之時。特別是在詭譎多變的政治局勢之中，理想得其實現固能一展經世濟民的抱負，然如時勢違礙，便只能徒呼負負，在理想、精神的失落中，或悲憤抗衡、或拂袖而去，或冷漠疏離，從而緣生了「隱」的問題。因此，如果說「入仕」是傳統知識分子實現理想與印證價值的必然道路，那麼「遁隱」便是理想幻滅、價值失落時的不二趨向。故而近人吳璧雍先生於論述傳統知識分子之仕與隱的問題時，便名之爲「士人生命的二重奏」，且謂：

> 仕，是中國文人生命的基調，當現實的社會政治失去了應有的秩序，不能契合文人心中的理想，又無力改變時，退隱似乎是較明智的選擇，尤其在以任重道遠自許的儒家思想體系裏，「隱」本來就是針對「仕」的問題而來，「知識分子從政治社會的參與中引身而退，是一種不得已的選擇，也是一種對當政者不滿的間接抗議和批判。」當然，又經過道家冷凝明淨的洗禮，「隱」似乎更強調珍視自我的意念，遠離了對自我的期許，成爲另一章生命之歌。〔註37〕

〔註35〕引自〔清〕孫希旦：《禮記集解》（下）（臺北：文史哲出版社，民國79年8月文一版），〈儒行第四十一〉，頁1399。

〔註36〕參看余英時：《中國知識階層史論——古代篇》（臺北：聯經出版社，1997年4月初版五刷），頁39～40。

〔註37〕參看吳璧雍：〈人與社會——文人生命的二重奏：仕與隱〉，收於《中國文化新論·文學篇一·抒情的境界》（臺北：聯經出版社，民國76

　　再者，專就隱逸現象於魏晉南北朝的情狀來看，希企隱逸不僅是當時流行的風尚，更在某種程度上積澱成士大夫和文人們的一般心理。特別是在相較於前代的隱逸文化時，更有其截然不同的殊異處，關於此點，吾人或可名之爲：「隱逸的自覺」。至於其「自覺」的具體內容，則可分由二端來說：其一，隱逸到了此一階段乃樹立了自身的理論基礎，並且取得了隱逸本身的意義和價值，緣此，遂能別於前代之「士不遇則隱」，而有「爲隱逸而隱逸」的現象發生；其二，由於隱逸理論的建立和探討，因此，透過對於隱逸目的的詮解便有了在隱逸方式上，或主張身隱、或主張心隱的不同。是以綜攝此一時期的隱逸風尚來看，乃是對隱逸自身的重新發現與深化，從而建立了隱逸自身的意義和價值，這是名其爲「隱逸的自覺」的理由所在。再者，之所以對「隱」能夠獨立地審視其意義並且賦予價值，則又是根源於對人能夠擺落道德使命的框架、能獨立地來看待自我的存在 —— 因其有開放的意義遂能呈顯多元的價值 —— 所以從這一角度來看，非惟「文的自覺」其邏輯基源在「人的自覺」，並且「隱的自覺」其邏輯基源亦在「人的自覺」。以下便分由原始儒、道兩家對待仕、隱的看法談起，以明六朝時期知識分子由儒入道的心理轉折。

　　首先就儒家來看，孔子云：「篤信好學，守死善道。危邦不入；亂邦不居。天下有道則見，無道則隱。」〔註38〕又言：「君子哉！蘧伯玉。邦有道則仕，邦無道則可卷而懷之。」〔註39〕可見孔子在仕隱出處的抉擇上，悉以「道」爲權衡，淑世是他的終極關懷，「道」是他的終極價值，至於祿位則完全不在考慮之列，故言：「君子謀道不謀食……憂道不憂貧。」〔註40〕又《論語・微子》收錄了一段孔子評

年2月第五次印行），頁165。

〔註38〕見〔魏〕何晏注・〔南朝宋〕邢昺疏：《論語注疏》（臺北：藍燈書局影印清嘉慶二十年江西南昌學府重刊十三經注疏本），〈泰伯第八〉，頁72上。

〔註39〕同前註，《論語・衛靈公第十五》，頁138上。

〔註40〕同註38，《論語・衛靈公第十五》，頁140下～141上。

騭古今隱逸人物的材料，透過此段文字亦可推知夫子對隱之方式與隱之高下的評價，

> 逸民：伯夷、叔齊、虞仲、夷逸、朱張、柳下惠、少連。
> 子曰：『不降其志，不辱其身，伯夷、叔齊與？』謂柳下惠、
> 少連：『降志辱身矣，言中倫，行中慮，其斯而已矣！』謂
> 虞仲、夷逸：『隱居放言，身中清，廢中權。』『我則異於
> 是，無可無不可。』〔註41〕

可見，孔子衡量的標準乃在道之得行與否，故其待時而動，「無可無不可」。不過，夷、齊二隱經由夫子的推尊之後，卻也影響了後世對隱者的人格形態有著傾向於高尚、尊崇的稱賞。再以孟子來說，其謂：「古之人，未嘗不欲仕也，又惡不由其道；不由其道而往者，與鑽穴隙之類也」，〔註42〕又言：「天下有道，以道殉身；天下無道，以身殉道。未聞以道殉乎人者也」〔註43〕，由此可知孟子對於出處的選擇仍以「道」為判準，所以當陳子問曰：「古之君子，如何則仕？」時，孟子便提出他或去或就的三原則，其曰：

> 所就三，所去三。迎之致敬以有禮，言將行其言也，則就
> 之。禮貌未衰，言弗行也，則去之。其次，雖未行其言也，
> 迎之致敬以有禮，則就之。禮貌衰，則去之。其下，朝不
> 食，夕不食，飢餓不能出門戶，君聞之曰：「吾大者不能行
> 其道，又不能從其言也，使飢餓於我土地，吾恥之。」周
> 之，亦可受也，免死而已矣。〔註44〕

由於君子之仕乃在「引其君以當道，志於仁而已矣」，所以對於國君有否行其言的可能，便成為重要的判斷。倘若真是時勢未濟，無法一展抱負，那麼孟子也對士之自處，也有自我的要求與安頓之

〔註41〕同註38，《論語・微子第十八》，頁166下。
〔註42〕見〔漢〕趙岐注・舊題〔南朝宋〕孫奭疏：《孟子注疏》（臺北：藍燈書局影印清嘉慶二十年江西南昌學府重刊十三經注疏本），〈滕文公下〉，頁109下。
〔註43〕同前註，《孟子・盡心上》，頁243上。
〔註44〕同註42，《孟子・告子下》，頁223上。

方，故言：「尊德樂義，則可以囂囂矣。故士窮不失義，達不離道。
窮不失義，則士得己焉；達不離道，故民不失望焉。古之人，得志，
澤加於民；不得志，修身見於世。窮則獨善其身，達則兼善天下」
〔註45〕而此一窮、達之道，經孟子提點後，似乎便成了後世知識分
子對待進退出處的取捨準則。

　　其次，再就道家方面來看，由於《老子》書中並無對隱逸活動
有具體而切確的言說，即以近人討論先秦隱逸思想所習引的《老子·
十三章》、《老子·九章》、《老子·四十四章》觀之，筆者仍認爲，
凡此諸條充其量只能援用作對隱逸正當性的補充發揮，而無法視之
爲《老子》對隱逸活動的直接論述，故本文於此處將存而不論。至
於《莊》書中，則有較爲具體討論到隱逸的材料，並且也是六朝
士人所援引與再詮釋的理論根源，故於此處當細審其大意。

　　《莊子·天地》云：

> 夫聖人，鶉居而鷇食，鳥行而無彰，天下有道，則與物而
> 皆昌；天下無道，則脩德就閒；千歲厭世，去而上僊；乘
> 彼白雲，至於帝鄉，三患莫至，身常無殃，則何辱之有！
>
> 〔註46〕

又《莊子·繕性》云：

> 古之所謂隱士者，非伏其身而弗見也，非閉其言而不出也，
> 非藏其知而不發也，時命大謬也。當時命而大行乎天下，
> 則反一無迹；不當時命而大窮乎天下，則深根寧極而待，
> 此存身之道也。〔註47〕

合此兩段觀之，雖然莊子言隱的動機是緣於外在客觀環境的無道、時
命的大謬，從而選擇了「脩德就閒」、選擇了「深根寧極而待」，只是
此「待」並非儒家意欲化民成俗待上位者之信吾道、待上位者之行吾

〔註45〕同註42，《孟子·盡心上》，頁230下。
〔註46〕見〔清〕郭慶藩：《莊子集釋》（臺北：木鐸出版社，民國77年元月
　　　　再版），頁421。
〔註47〕同前註，頁555。

言的「待」，而是「處常而待終年」、隨化安排、存身繕性的「待」，故其所以隱，雖有外在環境的因素，然其目的卻仍在保存自我之眞性。〔註48〕所以成玄英釋「脩德就閒」乃疏曰：「時逢擾亂，則混俗韜光，脩德隱迹，全我生道，嘉遁閒居，逍遙遁世。所謂隱顯自在，用捨隨時」；又疏「則深根寧極而待」曰：「時遭無道，命值荒淫，德化不行，則大窮天下。既而深固自然之本，保寧至極之性，安排而隨變化，處常而待終年，豈有窮通休戚於其間哉！」。可見遁隱只是全身繕性的手段，而適性得志才是最後的歸向，所以《莊子·繕性》又言：

> 古之所謂得志者，非軒冕之謂也，謂其無以益其樂而已矣。今之所謂得志者，軒冕之謂也。軒冕在身，非性命也，物之儻來，寄者也。寄之，其來不可圉，其去不可止。故不爲軒冕肆志，不爲窮約趨俗，其樂彼與此同，故無憂而已矣。今寄去則不樂，由是觀之，雖樂，未嘗不荒也。故曰，喪己於物，失性於俗者，謂之倒置之民。〔註49〕

是以綜觀儒、道兩家對待隱逸的看法而言，儒家選擇出處的權衡乃在道之行或不行，因其所關注者，咸在人之道德倫理價值與社會秩序；而道家則是高舉體性之本眞，所珍視者乃在逍遙肆志，故其選擇遁隱乃是因爲循此途徑得以通往自得之境。所以在儒家的理路下，由於其

〔註48〕吳璧雍先生於〈人與社會——文人生命的二重奏：仕與隱〉一文中，亦曾引《莊子·繕性》的同段文字，並釋之曰：「『隱』是緣於『時命大謬』的不得已，是『天地閉』而一時的『深根寧極』，本無純粹『藏知不發』、爲隱而隱者。」今細審吳先生的論述自有其獨到的識見，只是推源儒、道二家的終極關懷，本有在形態上的差異：一爲對人之理性與價值的肯認與社會秩序的維護；一在對自我精神的珍視與適性逍遙的追求，故對莊子而言，其所以隱乃是不願因「時命大謬」而毀形滅性，並無儒家待時而動的淑世用心，所謂卻爲犧之聘，寧曳尾塗中者，意即在此。因此，吳先生所論之「本無純粹藏知不發、爲隱而隱」，目「仕——隱關係」爲一相對反之命題者，倘專就莊子理脈來看，恐猶有斟酌之處。

〔註49〕同註46，頁558。

終極價值根著於修、齊、治、平，於是仕與隱成爲一相對的問題，非仕則隱，非隱則仕，並且其隱只是暫時權宜，只是俟機待時。而從道家的理路來看，則仕、隱並非相對而發，惟求能自得自在，遊於無待之境，故處有道之時，也只是「與物皆昌」、與萬物同循自然之性各得發展，而非參贊天地的化育；處無道之時，則「脩德就閒」，不因時逢謬妄，命遇迍邅而害身，以擴其攖擾，獨與天地精神相往來。是以就莊子而言，道家式的隱逸乃有其「目的動機」〔註50〕，只是其目的不在於忠、恕、禮、義，而是在忘、化、齊、遊，從而隱逸行爲也不再是權宜、逃避，而是自身就有其價值和意義，於是乎這也替六朝文士的「爲隱而隱」作了理論奠基的工作。

推究六朝隱逸風氣的盛行，本有其歷史的因緣，自漢末黃巾、董卓之亂，而三國鼎立，而司馬篡位，而八王之亂，而永嘉南渡，而五胡亂華，而南北分裂，加以政治集團間的角力、爭鬥，對知識分子的迫害殘殺，又其時老、莊思想盛行，在在都提供了促使隱逸活動興起的絕佳條件，即使知識分子始初眞有滿腔的熱忱，而置身此一詭譎多變、充滿危迫疑懼的環境後，亦將因受挫而有乘桴、歸歟之歎。如《三國志・魏書・袁渙傳》注引袁宏《漢紀》即載：「初，天下將亂，渙慨然歎曰：『漢室陵遲，亂無日矣。苟天下擾攘，逃將安之？若天未喪道，民以義存，唯彊而有禮，可以庇身乎！』徽曰：『古人有言『知機其神乎』！見機而作，君子所以元吉也。天理盛衰，漢其亡矣！夫有大功必有大事，此又君子之所深識，退藏於密者也。且兵革既興，外患必眾，徽將遠迹山海，以求免身。』及亂作，各行其志。」〔註51〕

〔註50〕 所謂「目的動機」（in-order-to motive）當與「原因動機」（becausemotive）並參。就後者言，乃指一個行爲者由於過去的經驗，因而導致他之所以產生目前此一行爲的機動。而就前者言，則是指一個行爲者由於某種指向未來的目的，而致使他產生現在此一行爲的動機。參見舒茲著・盧嵐蘭譯：《舒茲論文集》（第一冊）（臺北：桂冠圖書公司，1992年5月初版），頁91～94。

〔註51〕 參見〔晉〕陳壽撰・〔宋〕裴松之注：《三國志》（臺北：洪氏出版社，民國73年8月三十一日再版），《魏書十一・袁渙傳》，頁336。

又《三國志・魏書・何夔傳》載：「太祖性嚴，掾屬公事，往往加杖；
夔常畜毒藥，誓死無辱，是以終不見及」，而注引孫盛《魏氏春秋》
之語曰：「故高尚之徒，抗心於青雲之表，豈王侯之所能臣，名器之
所羈絏哉！自非此族，委身世塗，否泰榮辱，制之由時，故箕子安於
孥戮，柳下夷於三黜，蕭何、周勃亦在縲絏，夫豈不辱，君命故也。
夔知時制，而甘其寵，挾藥要君，以避微恥。《詩》云：『唯此褊心』，
何夔其有焉。放之，可也；宥之，非也。」〔註52〕這是知識分子的
無奈，也是知識分子宿命的悲哀（如果出仕濟世是其不可移易的使
命）。因此，當此顛沛之時運，遂使許多知識分子，選擇高蹈棲遁，
以避辱全身，所謂「大樹將顛，非一繩所維，何為栖栖不遑寧處」
〔註53〕，而這一人生態度的轉折，遂從以社稷蒼生為己任的一端走
向了以適情任性為自我抒懷的一端，從而放曠煙霞，浪跡山水，冀
求高翔遠引，聊慰私臆，所以《後漢書・逸民傳序》在分析隱逸行
為時便道：

> 或隱居以求其志，或回避以全其道，或靜己以鎮其燥，或
> 去危以圖其安，或垢俗以動其概，或疵物以激其清。然觀
> 其甘心畎畝之中，憔悴江海之上，豈必親魚鳥樂林草哉，
> 亦云性分所至而已。〔註54〕

所謂「性分所至」，這將隱逸的動機作了深度的發抉，它意味著所以
選擇棲隱，不再只是單方面的外在因素，而是自我向內心深處的歸
趣，是自我對其性分之本真的迴向，因而在這復其樸、反其初的根
源性目的裏，「隱」不再是仕途失意的暫歇處，「隱」自有其積極的
意義，是自我對追求一逍遙肆志之人生態度的肯認，於是此一人生
觀一經樹起，「隱」遂得脫離原初「仕——隱」結構的附庸，取得
其獨立地位和價值，所以說這是「隱的自覺」。今看《世說新語・排

〔註52〕同前註，《魏書十二・何夔傳》，頁378～380。
〔註53〕引自〔南朝宋〕范曄撰・〔唐〕李賢等注：《後漢書》（冊三）（臺北：
　　　　洪氏出版社，民國67年10月十日四版），卷五十三、〈周、黃、徐、
　　　　姜、申屠列傳第四十三〉，頁1747。
〔註54〕同前註，卷八十三、〈逸民列傳第七十三〉，頁2755。

調》條三二記曰：「謝公始有東山之志，後嚴命履臻，勢不獲已，始就桓公司馬。于時人有餉桓公藥草，中有『遠志』。公取以問謝：『此藥又名『小草』，何一物有二稱？』謝未即答。時郝隆在坐，應聲答曰：『此甚易解：處則爲遠志，出則爲小草。』謝甚有愧色。桓公目謝而笑曰：『郝參軍此過乃不惡，亦極有會。』」〔註55〕又如〈棲逸〉條六云：「阮光祿在東山，蕭然無事，常內足於懷。有人以問王右軍，右軍曰：『此君近不驚寵辱，雖古之沈冥，何以過此？』」〔註56〕在這兩則文字中，一以遠志、小草譬出、處，一則推尊阮裕能內足於懷，不驚寵辱，可見隱逸在當時士大夫的心目中，就是高尚的、令人嚮往的，並且是內在自足的，無需其它的外在目的，只要能內足於懷，就合乎人生觀中適性逍遙的最高價值。從而，這種根源於道家人生哲學的「內足」觀點再配合上玄學中「得意忘言」的思維模式，便形成了「朝隱」的風尚。《晉書・鄧粲傳》云：

> （粲）少以高潔著名，與南陽劉驎之、南郡劉尚公同志友善，並不應州郡辟命。荊州刺史桓沖卑辭厚禮請粲爲別駕，粲嘉其好賢，乃起應召。驎之、尚公謂之曰：「卿道廣學深，眾所推懷，忽然改節，誠失所望。」粲笑答曰：「足下可謂有志於隱而未知隱。夫隱之爲道，朝亦可隱，市亦可隱。隱初在我，不在於物。」〔註57〕

既然人生所貴者在能暢志遂懷，因此只要能得其意，自可得魚而忘荃、得兔而忘蹄，所以隱未必定要棲遁山澤，朝可隱，市亦可隱，蓋因得意之事，乃在我而非在物，甚且王康琚〈反招隱詩〉謂：「小隱隱陵藪，大隱隱朝市」，遺其形骸的反成「小隱」。於是這樣的理論一經建立之後，便能身在廟堂之上，其心無異於山林之中。而這種「居官無官官之事，處事無事事之心」的作法，既可博得高名，又可維持

〔註55〕見余嘉錫：《世說新語箋疏》（臺北：仁愛書局，民國73年10月版），頁803～804。

〔註56〕同前註，頁654。

〔註57〕引自〔唐〕房玄齡等撰：《晉書》（臺北：鼎文書局，民國76年1月五版），卷八十二、列傳第五十二，頁2151。

豐裕優雅的生活，復亦有別於前代，影射有抗憤時政的不滿，不致招來上位者的忌諱，於是士大夫景附風從，更促成了隱逸風尚的流播。

　　縮結而言，隱逸在其初始原是針對仕宦問題而發，特別是從漢末到南北朝一段時期，四方雲擾，兵燹匝地，宦途上的多變危疑，都是促成隱逸風行的背景因素。再加以當時儒家衰微，莊老盛行，世極迍邅，凡此，都迫使知識分子不得不重新思考自己的生命意義，於是人生態度乃由外向、積極、企圖洋溢的一面轉為內歙、含藏、韜光養晦的一面，而隱逸行為也從「仕不遇則隱」一變為「為隱而隱」，並且隱逸也在道家的人生哲學中發現了自身的積極意義，取得了理論的基礎。繼而，再由此理論出發，貴其得意，忘其荃蹄，於是朝可隱，市亦可隱，上既不犯忌諱，下則欣羨斯道，這不惟是隱逸活動的轉向，也是隱逸在六朝的情狀。

　　至於就其與玄言詩的關係來看，則知識分子既在生活上追求隱逸、在心理上希慕隱逸，於是因茲吟詠，自然也就產生了描寫隱逸之情、狀繪隱逸之樂、暢抒隱逸之思的作品。而原乎這些作品的精神蘊涵，既在呈顯一超然無累、閒適恬淡、希企玄遠之心境，故其在作品語言的表現上，必當於具象的人情景物中寄寓精神層面的玄思，甚或直接以莊、老之語作一意涵豐富的典故運用，而成為一玄言作品，是以在考察玄言詩產生的背景因素時，六朝文士「希企隱逸，執志箕山」的風尚，自當備為一格。

第四節　因談餘氣，流成文體

　　《文心雕龍・時序篇》載云：「自中朝貴玄，江左稱盛。因談餘氣，流成文體。是以世極迍邅，而辭意夷泰，詩必柱下之旨歸，賦乃漆園之義疏。」〔註58〕由於玄言詩在語言特質、語言材料與詩意指向

〔註58〕參見李曰剛：《文心雕龍斠詮》（下編）（臺北：國立編譯館中華叢書編審委員會，民國71年5月），頁2127。

上的特性，皆與當時談玄所討論的內容與講究言約旨暢、鉤深味遠的形式相一致，故而此一時期談風的盛行，都在玄言詩產生及發展的過程中，起著推波助瀾的作用。甚至有些學者認爲，玄言詩就是「以詩談玄」〔註 59〕，或玄言詩就是「社會上玄談清言的風氣在士大夫酬唱、贈答篇什上的反映」〔註 60〕。以下，茲就清談的風尚，來尋索其於玄言詩的促進作用。

原夫談辯的風氣雖可遠溯戰國的縱橫家言、稷下論辯，然而作爲清談的近祖，卻是上承清議之緒與漢末太學的「游談」之風〔註 61〕。

〔註 59〕 例如盧盛江先生即持此說。盧氏以爲東晉文學思想的主要表現有三，其一即爲「以詩談玄的傾向」。盧氏並說明道，一般受玄學影響表現玄學情趣的詩，在魏晉各時期都有，不過在這些詩中，玄理只是陪襯、只是抒情的一種手段。及至東晉的玄言詩，則純以談玄爲著眼點，「不是玄言服從抒情，而是抒情、山水審美服從談玄」、「詩只是談玄的一種工具」。見盧盛江：《魏晉玄學與文學思想》（天津：南開大學出版社，1994 年 6 月），第四章、第二節〈玄學與東晉文學思想的主要傾向〉，頁 161～162。

〔註 60〕 近人洪順隆先生在玄言詩形成背景的考察中即認爲：「玄言詩是清談在文學上的反映」、「由清談名理影響到詩，使篇章染上玄言色彩，遂醞釀成廣大的玄言詩國，那與詩的宿命性有關，所謂詩的宿命性指的是語言藝術而言。詩既然是一種語言藝術，則它天生就賦有離不開言象的命運，有了這一層宿命性，玄言才『因談』而成『文體』」。又言：「就內容說，由清議而清談是談議的深刻化、哲理化；由清談而在筆下產生玄言詩是玄的文學藝術化。是詩的哲學性容受。」見〈玄言詩論〉一文，收於《華學月刊》第九十四期（民國 68 年 10 月二十一日），頁 32～45。

〔註 61〕 所謂「清議」蓋指批評性的議論，然細分其對象卻有區別，一爲「鄉邑清議」，意指鄉閭間的輿論品評；一爲「處士橫議」，意指對於中央政治及執政者的批評。是知「清議」一詞雖在黨錮前後產生，卻並不專指黨錮前後士大夫的批評朝政之風，至於以「清議」來代表漢末「品覈公卿，裁量執政」之風的專門用法，則大概始於清人趙甌北之《簡記》（見〈黨禁之起〉條）。參見唐翼明：《魏晉清談》（臺北：東大圖書公司，民國 81 年 10 月初版），第一章附錄〈清議〉詞義考〉一文，頁 45～50。再者，關於清談之起源及其與清議之關係，尤有一點須加辨明。在清談起源的問題上，唐翼明先生主張起於「漢末太學的『游談』之風」，而談論的內容約有三個方面：（1）對於時政的議論；（2）對於人物的品評；（3）對於學術思想的討論。另外，余英時先生則認

及至桓、靈二世，由於「主政荒繆，國命委於閹寺」，於是「匹夫抗憤，處士橫議，遂乃激揚名聲，互相題拂，品覈公卿，裁量執政」，從而清議一變爲「黨人之議」，並引發了兩次的黨錮之禍，使此二十年間，海內塗炭，「諸所漫衍，皆天下善士」。且清議的題材亦從「現實的政治人物，轉向古代人物的評價」、從「一般人物的評價進至評價方法甚人性基本問題的討論」。〔註62〕由指實而抽象、由具體而改作原理的探討〔註63〕，於是種種觸犯忌諱的「危言覈論」消逝了，起

爲：「自來中外學者論清談之起源者，大致都著重其政治背景，而謂清談乃漢代清議之變相，因黨錮之禍及魏晉之世政治壓迫太重，士大夫遂由具體指斥朝政及批評人物轉而爲抽象之談玄。此說雖有相當真實性，但似不足爲解釋清談起源之全部理由。」其意以爲，漢末士大夫之清談乃包括人物批評與思想討論兩者，其後名士既多以指斥當權人物招禍，遂於談論之際日益加強思想之討論，而人物批評亦隨之愈抽象化，清談與清議在性質上亦因之而不復能相混矣。由是言之，老莊清談乃自漢代清談中學術思想之談論逐步演變而來。見余英時：《中國知識階層史論》（臺北：聯經出版社，1997 年 4 月初版五刷），〈漢晉之際士之新自覺與新思潮〉，頁 248～249。是知在清議與清談之關係上，有的認爲兩者乃一元承遞之演進（如余氏所引之陳寅恪、湯用彤、范壽康等諸先生），有的則認爲兩者是二元並起的發展。不過本文於此卻認爲，談論之風所以大盛，鄉里的輿論與對朝政的議論必有助力焉，且即以唐、余二氏所言，漢末士大夫之談論已包含學術思想的討論，然其後惟老、莊一門能獨盛，其真能與黨錮之禍及魏晉政情無涉？又談辯內容的轉向，果真當時之時勢無以促成之？所以文中在此一問題上，乃採兼存的態度。

〔註62〕關於「黨錮之禍」前後，談辯題材的轉變，參見王夢鷗先生：〈漢魏六朝文體之一考察〉一文，收於《中央研究院歷史語言研究所集刊》第五十卷第二期（1979 年 6 月），第三節〈談辯之影響文體〉，頁398～404。

〔註63〕《晉書·傅玄傳》載休奕上疏武帝，其內容曾云：「臣聞先王之臨天下也，明其大教，長其義節；道化隆於上，清議行於下，上不相奉，人懷義心。……近者魏武好法術，而天下貴刑名；魏文慕通達，而天下賤守節。其後綱維不攝，而虛無放誕之論盈於朝野，使天下無復清議……。」據此疏所論，亦可助以說明談題之由指實、具體的批評性議論，代之以玄遠、抽象等談辯的轉向。引自〔唐〕房玄齡等撰：《晉書》（冊二）（臺北：鼎文書局，民國76 年 1 月五版），卷四十七、列傳第十七，頁 1317～1318。另外，王瑤先生亦對此時談題的轉變有過一段描述，其謂：「黨錮之禍，名士言論受到了慘毒的

而代之的是對人物品鑑表達一種審美或倫理的識見；對才性問題提出其同、異、合、離的看法；對三玄、佛理展開問難的「清談」〔註64〕。

趙翼《廿二史箚記》云：「清談起於魏正始中，何晏、王弼祖述《老》、《莊》，謂天地萬物皆以無爲本，無也者，開物成務，無往而不存者也。是時阮籍亦素有高名，口談虛浮，不遵禮法。籍嘗作〈大人先生傳〉，謂世之禮法君子，如蝨之處褌。其後王衍、樂廣慕之，

打擊，以後的政局也同樣是未便批評，於是談論之風遂由評論時事，臧否人物，漸趨於這種評論所依據的原理原則。所以阮籍出言玄遠，司馬昭許爲天下之至慎。（《世說新語‧德行》：「晉文王稱阮嗣宗至慎，每與言之，言皆玄遠，未嘗臧否人物。」）學術遂脫離具體趨於抽象，由實際政治講到內聖外王，天人之際的玄遠哲理；由人物評論講到才性四本，以及性情之分。」見王瑤：《中古文學史論》（臺北：長安出版社，民國75年6月三版），〈玄學與清談〉，頁54。

〔註64〕「清談」一詞，今人多用以泛指玄學家於口頭上的談論，並隱括了其內容爲專談虛玄之理。然近人唐翼明先生卻指出「清談」一詞的早期含義與現在的意思有很大的不同。一爲當時的「清談」一詞完全沒有負面色彩；二爲當時的「清談」一詞根本沒有特指玄這種用法，例如記載魏晉玄談資料最多，以至被陳寅恪先生稱爲「清談總彙」的《世說新語》就從頭至尾沒有「清談」二字，不僅正文沒有，連劉孝標的注文也沒有。唐先生並尋索現有的資料，推知「清談」的早期含義，約有「雅談」、「美談」、「正論」三種，且此三義皆可由「談」字的古義中找到根據。至其與「清」字連用，大約是發生在東漢後期。而考究清談的內容則有「泛泛的、沒有一定內容的清談」、「以人物評鑑爲主的清談」、「以學理討論爲主的清談」三類型。是知，「清談」一詞於魏晉時期含義頗廣，且並不專指談玄，至於當時人用指談玄的專名，據唐氏所考，則有「談」與「清言」，其中又以「清言」一詞出現頻率最高，故言：「『魏晉清談』這個術語實不如更名爲『魏晉清言』更好，既於史有據，又無歧義，不致引起誤解和混淆。」同註4，第一章〈清談名義考辨〉，頁17～42。其後又有王保玹先生對「清談」的詞義再作考辨，王氏博徵諸書，以爲先秦漢魏的「談」一直作「大言」解，亦即關於某種抽象意義的表達；而「清」字或指廉潔、或指高遠、或指抽象，都有在價值判斷方面讚美的意蘊。當「清」字兼有「抽象」之義時，與「談」字的抽象義蘊吻合，這大概是古人喜用「清」字修飾「玄談」的主要緣由。參見王保玹：《玄學通論》（臺北：五南圖書公司，民國85年4月初版一刷）第三章第三節〈「談」——一種特殊的思想交流方式〉、第四節〈「清」字之義以及「清談」一詞的使用〉，頁167～187。

俱宅心事外，名重於時，天下言風流者，以王、樂爲稱首。後進莫不競爲浮誕，遂成風俗。」〔註65〕又《晉書‧儒林傳序》亦云：「有晉自中朝，迄於江左，莫不崇飾華競，祖述虛玄，擯闕里之經典，習正始之餘論，指禮法爲流俗，目縱誕以清高……。」〔註66〕可見談風日熾，竟成風俗，而談者用此競才騁能，名士以之相互標持，於是士子競趨，天下景從。及至後來，清談不僅著意於探求玄理，甚且亦注重美的表現，非惟在文辭上要「才藻新奇，花爛映發」，在儀態上要風度翩翩、舉止優雅，在語言節奏上更要講究音調的美妙，進而清談之習遂融入生活之中，成爲當時貴族知識分子的「心智娛樂」與「社交活動」。其中如何晏、王弼、王衍、樂廣等，不僅善於談辯更被目爲清談領袖，爲世所欽重。如《世說新語‧文學》六條引《文章敘錄》即曰：

> 晏能清談，而當時權勢，天下談士，多宗尚之。

同條又載：

> 何晏爲吏部尚書，有位望，時談客盈座，王弼未弱冠往見之。晏聞弼名，因條向者勝理語弼曰：「此理僕以爲極，可得復難不？」弼便作難，一坐人便以爲屈，於是弼自爲客主數番，皆一坐所不及。〔註67〕

以王弼未及弱冠之齡，卻能折服時人宗尚的何晏及在坐人，可見弼談藝高妙如此，無怪乎世稱譽其「通辯能言」。

又《晉書‧王衍傳》載：

> （夷甫）妙善玄言，唯談《老》、《莊》爲事。……義理有所不安，隨即更改，世號「口中雌黃」。〔註68〕

《晉書‧樂廣傳》亦曰：

〔註65〕見趙翼《廿二史箚記》（臺北：仁愛書局，民國73年9月版），一一三條〈六朝清談之習〉，頁167～160。
〔註66〕同註11，（冊三），卷九十一、列傳第六十一，頁2346。
〔註67〕引自余嘉錫：《世說新語箋疏》（臺北：仁愛書局，民國73年10月版），〈文學第四〉六條，頁196。
〔註68〕同註11，（冊二），卷四十三、列傳第十三，頁1236。

廣與王衍俱宅心事外，名重於時。故天下言風流者，謂王、樂爲稱首焉。〔註69〕

其次，在清談的題材上，當時雖廣及《禮記》、《孝經》、名家學說和人物品鑑等範圍，不過大抵仍以「三玄」爲主調，其後又增益以佛理。

《顏氏家訓·勉學》云：

何晏、王弼，祖述玄宗，遞相誇尚，景附草靡，皆以農、黃之化狂乎己身，周孔之業棄之度外，……直取其清談雅論，辭鋒理窟，剖玄析微，妙得入神，賓主往復，娛心悅耳，然而濟世成俗，終非急務。洎於梁世，茲風復闡，《莊》、《老》、《周易》，總謂三玄。〔註70〕

是知「三玄」的具體內容就是《莊》、《老》、《周易》，而「熟悉『三玄』及其注解就成了魏晉清談家們的基本訓練，不熟悉『三玄』及其注解，差不多就沒有『談』的資格」。〔註71〕今徵諸《世說新語》約可略見當時的談玄的梗概。如〈文學〉五六條載：

殷中軍、孫安國、王、謝能言諸賢，悉在會稽王許。殷與孫共論〈易象妙於見形〉。孫語道合，意氣干雲。一坐咸不安孫理，而辭不能屈。會稽王慨然而歎曰：「使眞長來，故應有以制彼。」既迎眞長，孫意已不如。眞長既至，先令孫自敘本理。孫麤說己語，亦覺殊不及向。劉便作二百許語，辭難簡切，孫理遂屈。一坐同時拊掌而笑，稱美良久。

〔註72〕

〈文學〉五五條載：

〔註69〕同註11，（冊二），卷四十三、列傳第十三，頁1244。

〔註70〕引自〔北齊〕顏之推撰·〔清〕趙曦明註：《顏氏家訓注》（臺北：漢京文化事業有限公司影印盧文弨抱經堂刊本，民國70年4月二十日初版），第三卷〈勉學篇第八〉，頁148～154。又，文中於「直取其清談雅論」數句，趙注謂：「宋本：直取其清談雅論，下有辭鋒理窟四字。剖元析微，下有妙得入神四字。非濟世句作：然而濟世成俗，終非急務。」今引文據此。

〔註71〕同註4，第三章〈清談內容的考察〉，頁92。

〔註72〕同註55，頁238。

支道林、許、謝盛德，共集王家。謝顧謂諸人：「今日可謂
彥會，時既不可留，此集固亦難常。當共言詠，以寫其懷。」
許便問主人有《莊子》不？正得〈漁父〉一篇。謝看題，
便各使四坐通。支道林先通，作七百許語，敍致精麗，才
藻奇拔，眾咸稱善。於是四坐各言懷畢。謝問曰：「卿等盡
不？」皆曰：「今日之言，少不自歇。」謝後麤難，因自敍
其意，作萬餘語，才峯秀逸。既自難干，加意氣擬託，蕭
然自得，四坐莫不厭心。支謂謝曰：「君一往奔詣，故復自
佳耳。」〔註73〕

〈文學〉六一條載：

殷荊州曾問遠公：「《易》以何爲體？」答曰：「《易》以感
爲體。」殷曰：「銅山西崩，靈鐘東應，便是《易》耶？」
遠公笑而不答。〔註74〕

〈文學〉八條載：

王輔嗣弱冠詣裴徽，徽問曰：「夫無者，誠萬物之所資，聖
人莫肯致言，而老子申之無已，何邪？」弼曰：「聖人體無，
無又不可以訓，故言必及有，老、莊未免於有，恆訓其所
不足。」〔註75〕

〈文學〉十八條載：

阮宣子有令聞，太尉王夷甫見而問曰：「老、莊與聖教同
異？」對曰：「將無同？」太尉善其言，辟之爲掾。世謂
「三語掾」。衛玠嘲之曰：「一言可辟，何假於三？」宣子
曰：「苟是天下人望，亦可無言而辟，復何假一？」遂相
與爲友。〔註76〕

〈文學〉三二條載：

《莊子‧逍遙篇》，舊是難處，諸名賢所可鑽味，而不能拔
理於郭、向之外。支道林在白馬寺中，將馮太常共語，因

〔註73〕同註55，頁237～238。
〔註74〕同註55，頁240～241。
〔註75〕同註55，頁199。
〔註76〕同註55，頁207。

及〈逍遙〉。支卓然標新理於二家之表，立異義於眾賢之外，皆是諸名賢尋味之所不得。後遂用支理。〔註77〕

至於談佛理者，如〈文學〉三十條：

有北來道人好才理，與林公相遇於瓦官寺，講《小品》。于時竺法深、孫興公悉共聽。此道人語，屢設疑難，林公答辯清析，辭氣俱爽。此道人每輒摧屈。孫問深公：「上人當是逆家風，向來何以都不言？」深公笑而不答。林公曰：「白㫋檀非不馥，焉能逆風？」深公得此義，夷然不屑。〔註78〕

〈文學〉四五條：

于法開始與支公爭名，後精漸歸支，意甚不忿，遂遁跡剡下。遣弟子出都，語使過會稽。于時支公正講《小品》。開戒弟子：「道林講，比汝至，當在某品中。」因示語攻難數十番，云：「舊此中不可復通。」弟子如言詣支公。正值講，因謹述開意。往反多時，林公遂屈。厲聲曰：「君何足復受人寄載！」〔註79〕

再者，考察清談之風對玄言詩的促進作用，尚有一點可加以留意，此即是談者不惟重視談辯之際的語音節奏之美，在用字遣辭上亦以「辭約旨達」為尚，故〈賞譽〉二五條注引〈晉陽秋〉載「樂廣善以約言厭人心」，又謂王夷甫、裴叔則常言：「與樂君言，覺其簡至，吾等皆煩。」又如《晉書·劉惔傳》：「惔雅善言理，辭甚簡至。」〈王承傳〉：「承言理辯物，但明其旨要，有識者服其約而能通。」〈阮脩傳〉：「（王衍）及與脩談，言寡而旨暢，衍乃歎服。」而這種「要言不煩」、「片言析理」的要求，非但為談者所欣賞，更可表現名士們那種不沾滯、精鍊灑脫的精神意象。

總的來說，清談之風承清議之緒，餘波及於南朝，且流風所煽，蔚成風俗，進而深化成為文士生活的一部分。因而就當時的風尚而言，一個熱烈而廣泛談辯三玄與佛理等題材的文化氛圍，無疑地對於

〔註77〕同註55，頁220。
〔註78〕同註55，頁219。
〔註79〕同註55，頁229～230。

蘊育玄言詩的產生和發展有著莫大的助益，這不僅是在詩歌的創作上作一種語言基材的資糧，更由於清談在語辭修飾上有著精鍊的要求、在音節音調上有著節奏的講究，而這種辭約、調美的特性遂與詩歌是一種精鍊有韻的語言藝術的特性相彷彿，於是讓玄理在詩歌體裁的表現上，有了更緊密的可能。是以彥和所謂「因談餘氣，流成文體」、「詩必柱下之旨歸，賦乃漆園之義疏。」這非僅是對當時文學現象的說明，亦在一定的意義裏，提供了我們對玄言詩產生背景的思考。

第五節　自我挺立，文學自覺

一、自我挺立

　　錢賓四先生嘗謂：「蓋凡一代之學術風尚，必有其一種特殊之精神，與他一時代迥不同者。……今魏晉南北朝三百年學術思想，亦可以一言蔽之，曰『個人自我之覺醒』是已。」〔註80〕所謂「自我〔註81〕之覺醒」即為意識到自我本身之作為一個獨立而特殊的存在及其存在價值的高度察覺，是自我之擯落一切羈累與從屬關係而單純獨自的來思索並判斷自身向內或向外的行為意義。由於漢末迄於魏晉政局紛擾、經學僵化、禮教不足以維繫人心等時代背景，都在

〔註80〕參見錢穆：《國學概論》（臺北：臺灣商務印書館，民國 76 年 10 月臺十四版），第六章〈魏晉清談〉，頁 149～150。又如李澤厚先生亦謂：「從東漢末年到魏晉，這種意識形態領域內的新思潮即所謂新的世界觀人生觀，和反映在文藝──美學上的同一思潮的基本特徵，是什麼呢？簡單來說，這就是人的覺醒」。見李澤厚：《美的歷程》（臺北：元山書局，民國 73 年 11 月），第五章〈魏晉風度〉，頁 87。

〔註81〕〔德〕布魯格（W Brugger）編著，項退結編譯之《西洋哲學辭典》〈自我〉條云：「在人的一切精神活動中，自我是其最後的支持者、主動的來源、一切關係的統一交集點。自我開始表現於未發展之自我意識中，這種自我意識伴隨著展向其他對象的活動，或存於我們精神直接指向外物的視線中。精神絕不會在他物中完全喪失自己，而是把外物引入自我深處，而使之內在化。」（國立編譯館：民國 65 年 10 月十日臺初版），頁 132～133。

在突顯了一個舊有秩序、價值失落並促使著人們不得不重新探索適應新時代、新環境的秩序、價值與自我存在意義的歷史機緣。於是從對經學、哲學那種繁瑣支離、人依附於神學底下的否定出發，從對風乖禮異、矯飾虛假的批判開始，人們轉而向內追究，由自我的省視而引導出自我的發現、自我的覺醒。從而透過此一內在根源的開展，於是便在文化領域的諸面向裏，呈現一迥別於以往的精神和樣態。〔註82〕進而當我們在探究此一歷史時期在學術思潮上有所轉變，在人物品鑑裏重其風姿神貌，在為人處世中表現一任誕狂佯、特立獨行的作風時，都將緣著自我的挺立而有一共相與內在聯繫的理解。甚且也在上述的風潮時尚中，突顯了當時人努力要去表達出一個，對自我之作為一獨立而特殊的存在且珍視並積極追問其存在意義的命題來。

　　緣著桓譚、王充等人對漢代神學目的論與讖緯宿命論的批判，復以時局動蕩對生命存在產生的危迫感，以及舊有價值、信仰的崩頹，由外在充斥的不確定性、無常性與內在瀰漫的恐懼感、焦慮，遂激發了人對慣性思維與自我的重新審視，而思欲擺落外在加諸予自身的一切，以高舉對個體精神生命的關懷，展開一系列的對自我的發現、反

〔註82〕牟宗三先生在討論到「中國全幅人性的了悟之學問」時，即提到此一全幅人性的學問是可以分兩方面進行的：「一是先秦的人性善惡問題：從道德上善惡觀念來論人性；二是《人物志》所代表的「才性名理」：這是從美學的觀點來對於人之才性或情性的種種姿態作品鑑的論述。這兩部分人性論各代表了一個基本原理，前者是道德的，後者是美學的。」並以「道德性主體」與「藝術性的才性主體」來加以對舉。又言：「人格上的具體的才質情性即決定人之「體性」之不同。此「體性」亦是具體地說，不是通常所說的作為「本體」的體性。故此體性實即體裁、體段、性格、格調之意，乃在明每人之「殊性」；而作為「本體」之體性，則是人之通性。」參見牟宗三：《才性與玄理》（臺北：臺灣學生書局，民國78年10月修訂八版），第二章〈人物志」之系統的解析〉，頁43～66。然而正由於魏晉人能突破道德的框架，用一種審美的、品鑑的眼光來看待人，遂能賦予人性的領域以更豐富、更多元的意義，也由是而在文化上呈現與以往迥別的面貌。

省、把握和追求。以下茲從個性的表現、行爲的任誕以及人物品鑑重
其才性容止等方面，來尋索其對個體精神的珍視所呈顯的「自我的挺
立」。

　　舉例來說，從漢末以迄魏晉，吾人每可於文獻中檢得當時人對自
我個性的堅持與表現，其「務欲絕出流輩，以成卓特之行」〔註83〕，
故而范曄《後漢書》即感其無所統貫，遂鳩集爲類，專立〈獨行〉一
篇，其序曰：

　　　……而情迹殊雜，難爲條品；片辭特趣，不足區別。措之
　　　則事或有遺，載之則貫序無統。以其名體雖殊，而操行俱
　　　絕，故總爲獨行篇焉。〔註84〕

然而此一欲顯其與他人相異、顯其一己獨特之所在，其行止「難爲條
品」、「操行俱絕」者，即爲個性之展現。唐君毅先生曾釋曰：「所謂
人有個性，即指其性非任一種類性之所能概括，其行事恒能不斷超拔
世俗之人，在同類情形下之常行與規距格套之謂。」〔註85〕而探究此
一個性之意識來源與表現，則根源乎人之自覺其爲具有獨立精神之個
體，亦惟人之自覺其與他者有所不同並在其身展現，方有所謂個性可
言，這也是個性與自我覺醒的關聯處。今徵諸《世說新語》一書，當
中描寫時人對個性之突顯與看重的篇什，亦所在多有。如〈任誕〉條
四七：

　　　王子猷居山陰，夜大雪，眠覺，開室，命酌酒。四望皎然，
　　　因起仿偟，詠左思《招隱詩》。忽憶戴道安，時戴在剡，即
　　　便夜乘小船就之。經宿方至，造門不前而返。人問其故，

〔註83〕見趙翼：《廿二史箚記》（臺北：仁愛書局，民國73年9月），〈東漢
　　　　尚名節〉條，頁102～104。

〔註84〕參自〔宋〕范曄・〔唐〕李賢等注：《後漢書》（冊四）（臺北：洪氏
　　　　出版社，民國67年10月十日四版），卷八十一、〈獨行列傳第七十
　　　　一〉，頁2665。

〔註85〕參見唐君毅：《中國哲學原論——原性篇》（臺北：臺灣學生書局，
　　　　民國73年2月全集校訂版），第五章〈客觀的人性論之極限，與魏
　　　　晉人之重個性，及個性之完成之道〉，頁144～159。

　　王曰：「吾本乘興而行，興盡而返，何必見戴？」〔註86〕

又〈簡傲〉條十六：

> 王子猷嘗行過吳中，見一士大夫家，極有好竹。主已知子
> 猷當往，乃灑掃施設，在聽事坐相待。王肩輿徑造竹下，
> 諷嘯良久。主已失望，猶冀還當通，遂直欲出門。主人大
> 不堪，便令左右閉門不聽出。王更以此賞主人，乃留坐，
> 盡歡而去。〔註87〕

文中寫王子猷興會所至，可以不畏夜寒路遠，而意興既盡，亦可以不
必見戴；又灑掃相侍，則走而不顧；閉門不聽，乃得見賞。其所以能
如此，皆是輕外物而尊內心，薄境地而重自我，但衡諸一己之興，不
隨所處而俯仰屈伸。再譬如〈簡傲〉條六：

> 王平子出爲荊州，王太尉及時賢送者傾路。時庭中有大樹，
> 上有鵲巢。平子脫衣巾，徑上樹取鵲子。涼衣拘閡樹枝，
> 便復脫去。得鵲子還，下弄，神色自若，傍若無人。〔註88〕

是時雖送者傾路，然而王澄卻脫衣上樹，裸體探雛，猶且神色自若，
鄧粲《晉紀》稱：「澄放蕩不拘，時謂之達」。是知其接物應務，都表
現出一種個性、一種不羈軛於外物的姿態來，而時人亦稱美此種行止
曰「超拔」、「神超」，反之則貶曰「竟不異人」、「了不異人意」，凡此
都可想見一種緣於自我挺立的對個性的讚賞和肯定。

　　再從行爲任誕的面向來看，如《晉書·阮籍傳》說他「傲然獨得，
任性不羈」，「不拘禮教」，母喪而被髮飲酒，以青白眼別待禮俗之士
與高士，又「鄰家少婦有美色，當壚沽酒，籍嘗詣飲，醉，便臥其側」，
弔不識之兵家亡女，又「率意獨駕，不由徑路，車迹所窮，輒慟哭而
反」。〈劉伶傳〉載其「放情肆志」，「常乘鹿車，攜一酒壺，使人荷鍤
而隨之，謂曰：死便埋我」，甚且縱酒放達，脫衣裸形，人見而議之，
反詰曰「我以天地爲棟宇，屋室爲褌衣，諸君何爲入我褌中？」（《世

〔註86〕引自余嘉錫：《世說新語箋疏》（臺北：仁愛書局，民國73年10月
　　　　版），頁760。
〔註87〕同前註，頁776～777。
〔註88〕同註86，頁771。

說新語・任誕條六》）。是以王隱《晉書》載曰：

> 魏末阮籍，嗜酒荒放，露頭散髮，裸袒箕踞。其後貴遊子
> 弟阮瞻、王澄、謝鯤、胡母輔之徒，皆祖述於籍，謂得大
> 道之本。故去巾幘，脫衣服，露醜惡，同禽獸。甚者名之
> 爲通，次者名之爲達也。〔註89〕

又如阮咸與群豕共飲其酒（〈阮咸傳〉）、謝尚之作鴝鵒舞（〈謝尚
傳〉）、王忱婦父有慘，忱乘醉弔之，忱與賓客十許人，連臂被髮裸
身而入，繞之三巾而出（〈王忱傳〉）。凡斯種種，此其中雖有激於世
俗，緣事而發，亦有假效顰之行，以附庸放達者，然追溯其心理表
徵，卻都是意識到其自身乃爲一具有獨立性格的存在，亦即自我覺
醒而外化爲個性。

再就人物品鑑重其風姿容止來看，據余英時先生的研究〔註90〕，
自王充以迄於劉劭之「人倫識鑒」，其品評之重點約有兩處轉折，
一是由原品評標準之「才」、「性」、「命」三方面轉而只重「才」與
「性」；二是品評層面和方法，由具象的、道德的轉而變作抽象的、
審美的。以前者言，對「命」的擯棄，正是自我擺落宿命與意志天
所加諸在人自身的束縛，也經由此一過程，自我才能意識到存在的
主體性與意義和價值，這便是自我的覺醒。以後者言，如《世說新
語・容止》記當時人物之品鑒輒曰，「蒹葭倚玉樹」、「朗朗如日月
之入懷，頹唐如玉山之將崩」、「蕭蕭如松下風」、「巖巖若孤松之獨
立」、「眼爛爛如巖下電」、「濯濯如春月柳」等等，而吾人於看待此
現象時，當不應只純目爲時人愛美之表現，其必對個體之存在有相
當之關注與自覺，方能不再從人之社會屬性的倫理、道德諸層面來
看人，而端就其個體自身來看人，所謂「櫨、梨、橘、柚，各有其
美」者，即在能由個別處著眼，始得視其所以美者在焉。因此，余
先生也論道：

〔註89〕《世說新語・德行》條二三注引王隱《晉書》。
〔註90〕參見余英時：《中國知識階層史論》（臺北：聯經出版社，1997 年初
　　　　版五刷），〈漢晉之際士之新自覺與新思潮〉，頁 236～246。

人物評論與個體自覺本是互為因果之二事。蓋個體之發展必已臻相當成熟之境，人物評論始能愈析愈精而成為專門之學，此其所以盛於東漢以後之故也。但另一方面，「人倫鑒識」之發展亦極有助於個人意識之成長。〔註91〕

二、文學自覺

魯迅先生於〈魏晉風度及文章與藥及酒之關係〉一文中，嘗提出「文學自覺」之說，其言曰：

（曹丕）說詩賦不必寓教訓，反對當時那些寓訓勉于詩賦的見解，用近代的文學眼光看來，曹丕的一個時代可說是「文學的自覺時代」，或如近代所說是為藝術而藝術（Art for Art's Sake）的一派。〔註92〕

由於在魏晉之前，「文學」一詞所承載的意涵乃是一個廣義的學術泛稱，其中縱亦包含了純文學的部分，不過此時的「文學」尚無獨立地位與價值，其于純文學的觀念也是混而不分、隱而不顯的。譬如當時雖有詩歌，只是對詩歌的看法卻仍須收攝到觀風俗、厚人倫、美教化，以倫理道德為蘄向的社會實用性目的來。又譬如漢賦的創作，雖已究心「鋪采摛文」的修辭技巧，只是仍不免要以寓政教訓勉的「諷」、「諫」來作續尾。其必待「文學自覺」之後，「文學」方才擁有純文學的界域與價值，也才由「為人生而藝術」走向了「為藝術而藝術」、由經世教化走向了感人娛人。至於此段「文學自覺」之過程與內含，羅根澤先生曾由「文學含義的淨化」、「文學概念的轉變」與「文學價值的提舉」等方面來闡述〔註93〕，其論甚辨，文亦簡暢，以下便循其脈絡，略加說明。

〔註91〕同前註，頁 237。

〔註92〕引自魯迅：〈魏晉風度及文章與藥及酒之關係〉，收於《而已集》（臺北：風雲時代，民國 78 年 10 月初版），頁 127。

〔註93〕參看羅根澤：《中國文學批評史》（臺北：學海出版社，民國 79 年 2 月再版），第三篇、第一章〈文學概念〉，頁 127～147。

（一）文學含義的淨化

大抵周秦所謂「文學」，蓋泛指學術而言。兩漢繼周秦之後，仍以「文學」括示學術，而另以「文章」括示現在所謂的「文學」。至於「文學」之不用指學術而言，在東漢已開其端緒。例如范曄《後漢書》別立〈文苑傳〉，所述止限於詩人文士，其中或稱「文章」、或稱「文學」，其〈贊〉云：「情志既動，篇辭為貴；抽心呈貌，非雕非蔚；殊狀共體，同聲異氣；言觀麗則，永監淫費」〔註94〕，說文學之實質緣於「情志既動」，形式以「篇辭為貴」；又蕭子顯《南齊書》亦有〈文學傳〉，文士作品則胥以「文章」稱之，其〈論〉曰：「文章者，蓋情性之風標，神明之律呂也。蘊思含毫，遊心內運，放言落紙，氣韻天成，莫不稟以生靈，遷乎愛嗜，機見殊門，賞悟紛雜」〔註95〕，說文學之實質緣於「情性之風標」、「蘊思含毫，遊心內運」、「稟以生靈，遷乎愛嗜」，形式方面是「神明之律呂」、「放言落紙，氣韻天成」。綜而觀之，已與現今之純文學觀念，無大差異。故文學之含義乃得由混淆而清晰，畛域既明，便能別異而趨於純粹。

（二）文學概念的轉變

從創作風氣的一方面來看，沈約《宋書‧謝靈運傳論》云：「至於建安，曹氏基命，二祖、陳王，咸畜盛藻，甫乃以情緯文，以文被質」。又云：「降及元康，潘、陸特秀，律異班、賈，體變曹、王，縟旨星稠，繁文綺合，綴平台之逸響，採南皮之高韻。遺烈餘風，事極江左」〔註96〕。蓋以前代之文，或崇實尚質，或偏於紀事載言。至建安，「甫乃以情緯文，以文被質」，才造成文學的自覺時代。「遺風餘烈，事極江左」，才造成文學的燦爛時代。再由文學觀念的轉變來看，東漢末王逸作《楚辭章句序》云：「其後周室衰微，戰國並爭，

〔註94〕同註 13，頁 2595～2658。
〔註95〕參看《中國歷代文論選》（上冊）（臺北：木鐸出版社，民國 76 年 7月初版），頁 210。（此書未著明編者）
〔註96〕同前註，頁 171。

道德陵遲……屈原……獨依詩人之義而作離騷」〔註97〕其中還有載道的觀念。至於陸機作〈文賦〉乃謂：「要辭達而理舉，故無取乎冗長」，又〈序〉曰：「夫其放言遣辭，良多變矣。妍蚩好惡，可得而言。每自屬文，尤見其情。恆患意不稱物，文不逮意」〔註98〕。則「理」已不似「道」的嚴酷，稱「意」更較「理」爲游移，可以包含嚴酷的「道」，也可包括微溫的「情」。是知陸機尚兼取「理」、「意」，迄於范曄則棄「理」而取「意」，所謂「情志所託，故當以意爲主，以文傳意」〔註99〕。總之，「道」是最嚴酷的，「情」是最微溫的，「理」與「意」則是由「道」至「情」的橋樑；兩漢的載道文學觀便藉著這橋樑，過渡到魏晉六朝的緣情文學觀。

（三）文學價值的提舉

在周秦兩漢之時，文學的價值並不在其自身，而是在文學的紀事載言。直至曹丕《典論・論文》方揭櫫文章乃「經國之大業，不朽之盛事」，將文學的價值提舉至未有的高度。惟細審魏文之語，其於「不朽之盛事」以前，先譽爲「經國之大業」，則文學之價值仍全不在其自身，亦在文學之有「經國」的功能；又作者的「寄身翰墨，見意篇籍」，乃意在「聲名自傳於後」，則其重文是緣於「名」而非緣於「實」。因知曹丕提舉文學價值的水平，只達於與事功相抗混，若較之道德，尚差遜之。下迄葛洪《抱朴子》始使文學駕乎道德之上，其謂：「德行爲有事，優劣易見；文章微妙，其體難識。夫易見者粗也，難議者精也。夫唯粗也，故詮衡有定焉；夫唯精，故品藻難一焉。吾故捨易見之粗，而論難識之精，不亦可乎？」是自曹丕的提拔，文章已與事功抗混；由葛洪的評贊，文章又駕道德之上。這樣至於梁朝，遂有簡文帝蕭綱的文學高於一切說，其作〈昭明太子集序〉云：「竊以文之爲義，大哉遠矣。……故《易》曰：『觀乎

〔註97〕同註95，頁115。
〔註98〕同註95，頁136～142。
〔註99〕見范曄〈獄中與諸甥姪書〉，同註95，頁179。

天文，以察時變；觀乎人文，以化成天下。』是以含精吐景，六衛九光之度，方珠喻龍，南樞北陵之采，此之謂天文。文籍生，書契作，詠歌起，賦頌興，成孝敬於人倫，移風俗於王政，道綿乎八極，理浹乎九垓，贊動神明，雍熙鍾石，此之謂人文。若夫體天經而總文緯，揭日月而諧律呂者，其在茲乎？」

合而觀之，「自我挺立」與「文學自覺」看似兩個不同層面的獨立命題，然究其實卻有內在的聯繫，似二實一，是自我主體的多幅開展。以「自我挺立」來說，是人存有者感其自身乃為一具有獨立精神且別於他人的特殊存在，是人走出外力支配與宿命以活出並追求自我意志與價值的精神歷程。而以「文學自覺」來說，不惟是在其含義上畫出界域以與其它學術相區別，更是在內容上擺落了崇實尚用、經世教化的附庸，繼而在形式、技巧等層面上豐富多元的深化其自身的獨立意義和價值。故不論是自我的發現、文學的發現，其共同處都是向其自身的回歸，而邏輯地說，文學自覺的內在根源必是以人的自覺為基礎，是人自覺其獨立性與特殊性之後，方才有其在文學上審視與反省。因此，自我覺醒乃賦予了文學及其它文化活動（如繪畫、書法）的主體性和形上意義。所以李澤厚先生也提到：「所謂『文的自覺』，是一個美學概念，非單指文學而已。」〔註100〕

至於就玄言詩產生的機緣來看，由於玄言詩所表現者，多是個人對玄遠之境與適性逍遙的追求和嚮往，故就作者言，其必有待於自我意識的發現、自我對其生存意義的肯認和生存目的的汰擇；而就作品言，也必於「文學自覺」之後，才有玄言詩那種不寓勸勉教訓，但抒懷抱、寫情性的純文學來。

縮結而論，是知本章的一個基本用心即在通過時代背景與外在環境的考察，試圖從中抽繹出玄言詩之所以產生並盛行於此一時期的積極因素來，而且秉持著任何一文學題材的產生，雖是個體主觀情志的

〔註100〕　同註80，頁100。

蘊發，然其主觀情志卻必然在一定程度上，受著當時的社會與文化——即存在總體的制約，因而本章以著這樣一個態度出發，嘗試去追問：玄言詩之所以產生於此時期的特殊機緣為何？從而將探索的觸角，伸向當時的政治局勢、社會風尚、學術思潮、文人心理與文學趨向各層面，並歸結出「天下多故，常慮禍患」、「莊老代興，佛道繼起」、「希企隱逸，執志箕山」、「因談餘氣，流成文體」、「自我挺立，文學自覺」等因素來。惟須再加予辨明的是，此五項因素，並非獨立不相聯繫的命題，而是互為關聯的動態結構，甚且各自在促成玄言詩的作用上，亦復不同。

首先，就前者言，時局的動蕩、政權的迅速改易乃是魏晉南北朝的基本情勢，於是以「天下多故」為主線來看，「常慮禍患」是個人生命面對不斷的戰亂、殘殺，而產生的怖懼與焦慮；「莊老代興，佛道繼起」是舊有之價值、秩序隨著政權一元的崩潰而宣告瓦解，於是執政者轉益它途，以謀安定天下的良策，百姓棲身釋、老，為求精神的解脫；「希企隱逸，執志箕山」是時運顛沛，士大夫多萌退意，冀能全身遠禍、追求適性逍遙之本真；「自我挺立，文學自覺」則是個人生命在向外開展受挫後，改而向內探求，在自我的重新審視裏，貞定其意義與價值，其中有著儒家人生觀過渡到道家人生觀的轉折，並促成文學指向的易軌〔註101〕。再者，談辯內容由具體而抽象、由「品

〔註101〕 關於「文學自覺」的發生雖有多方的因素可說，然其中道家思想的盛行，必有助力焉。故錢賓四先生嘗言：「有文人，斯有文人之文。文人之文之特徵，在其無意於人事上作特種之施用。……其至者，則僅以個人自我作中心，以日常生活為題材，抒寫性靈，歌唱情感，不復以世用攖懷。是惟莊周氏之所謂無用之用……故純文學作品之產生，論其淵源，不如謂其乃導始於道家。如一遵孔孟荀董舊轍，專以用世為懷，殆不可有純文學。故其機運轉變，必待之東漢。至建安，乃始有彰著之特姿異采呈現也。」又論班叔皮之賦言：「班氏一門，既薰陶於莊老者至深，故能遊藝述志，蕭然自伸於塵俗之外而無所於屈。以此較馬、揚之所為，亦所謂昂首天外，遊神物表，清濁既別，霄壤斯判。故曰中國純文學之興起，論其淵源，當上溯之於道家言，即此亦其證也。」段末又結言曰：「可證文章

覈公卿，裁量執政」而易以三玄、佛理，此中，除了有政治上的忌諱，其題材的來源亦必關涉到莊老、佛理的流行；並且朝隱的風尚，更有待自我意識的覺醒與道家人生哲學的支持。是以，此五項因素在彼此間皆有相互增益促進的作用，或成爲它項的理論基礎，或提供它項的外緣條件，或作爲別類的心理質素，而交互附益，轉相增遞。

其次，就後者言，常慮禍患、希企隱逸、自我挺立與崇尚自然，其對玄言詩的推動作用，在於提供了創作心理層面的精神條件，而莊老思想與談辯之風復於玄言詩的題材上供給了語言內容，至於希企隱逸、玄風大暢、自我挺立、文學自覺則又在玄言詩作爲一重視自我、追求玄遠的作品表現裏，於社會風潮上孕育了有利玄言詩發展的土壤、於文學的領域中開闢了純文學的天地、在人生價值裏營造了道家意味濃厚及珍視自我的心理意識。所以說，此五項命題乃是一個動態辯證的有機結構，且在促成玄言詩產生與發展的過程裏，亦有不同的角色扮演。

本乎意境，意境隨乎時事。世運既衰，莊老斯興。用世之情歇，而適己之願張。不供廟堂作頌，乃爲自我抒鬱。作者一己之心情變，而文運亦隨而變。班（固）、張（衡）兩家，同在其一身先後之間，而意氣之盛衰，文辭之豐清，可以迥然不同。而莊老道家言，其於此下新文學之關係，亦其證鑿鑿矣。」參見錢穆：〈讀文選〉一文，收於《中國學術思想史論叢》（三）（臺北：東大圖書公司，民國66年7月初版），頁97～133。

第三章　六朝玄言詩的醞釀期

　　任何文學類型的發展，必不會是孤起，而是有醞釀、有發展、然後有轉折、有演變，即就玄言詩來說，亦不能脫此文學發展的一般規律。由於本文對玄言詩的界定是植基於題材為判斷，甚而是以著一種更寬泛的眼光，將玄言題材於六朝詩歌中的表現視為一文學現象而加以考察。因此，茲就此一文學現象而言，其自身在發展的過程中，當然就有著運用與表現形態的不同、主調與副調的差異以及風格特色的轉變。以下，便以玄言題材於六朝詩中的呈現為問題指向，將其發展、演變的脈絡作一鉤勒，標誌出其間的特徵和差異，區畫不同的時間段落，以期能重繪出六朝玄言詩的整體圖象。

　　關於玄言詩的遞嬗之跡，徵諸前人的描述，曾經有過幾段重要的文獻記載，今茲條陳眾說，綜覽各家梗概，進而將其分判與論斷，彙以相較，觀其異同，繼則從現存作品切入，分析其表現形態與內容特色，執前人論述和詩歌文本轉相覆覈，為六朝玄言詩史的演變及風貌，在內容真理上賦予更大的客觀值。

　　檀道鸞《續晉陽秋》云：

　　　　（許）詢有才藻，善屬文。自司馬相如、王褒、揚雄諸賢，
　　　世尚賦頌，皆體則《詩》、《騷》，傍綜百家之言。及至建安，
　　　而詩章大盛。逮乎西朝之末，潘、陸之徒雖時有質文，而

宗歸不異也。正始中，王弼、何晏好《莊》、《老》玄勝之
談，而世遂貴焉。至過江，佛理尤盛。故郭璞五言始會合
道家之言而韻之。詢及太原孫綽轉相祖尚，又加以三世之
辭，而《詩》、《騷》之體盡矣。詢、綽並爲一時文宗，自
此作者悉體之。至義熙中，謝混始改。〔註1〕

鍾嶸《詩品序》謂：

永嘉時，貴黃老，稍尚虛談。於時篇什，理過其辭，淡乎
寡味。爰及江表，微波尚傳，孫綽、許詢，桓、庾諸公，
詩皆平典似道德論，建安風力盡矣。先是郭景純用雋上之
才，變創其體。劉越石仗清剛之氣，贊成厥美。然彼眾我
寡，未能動俗。逮義熙中，謝益壽斐然繼作。〔註2〕

又論王濟等人云：

永嘉以來，清虛在俗。王武子輩詩，貴道家之言。爰汲江
表，玄風尚備。眞長、仲祖，桓、庾諸公猶相襲，世稱孫、
許，彌善恬淡之詞。〔註3〕

論郭璞云：

憲章潘岳，文體相輝，彪炳可玩。始變永嘉平淡之體，故
稱中興第一，翰林以爲詩首。但遊仙之作，詞多慷慨，乖
遠玄宗。其云：「奈何虎豹姿。」又云：「戢翼棲榛梗。」
乃是坎壈詠懷，非列仙之趣也。〔註4〕

劉勰《文心雕龍・明詩》：

及正始明道，詩雜仙心，何晏之徒，率多浮淺。雖嵇志清
峻，阮旨遙深，故能標焉。……江左篇製，溺乎玄風，嗤
笑徇務之志，崇盛忘機談，袁孫以下，雖各有雕采，而辭
趣一揆，莫能爭雄。所以景純仙篇，挺拔而爲俊矣。宋初

〔註1〕 引自徐震堮：《世說新語校箋》（臺北：文史哲出版社，民國74年7
月初版），頁143。
〔註2〕 引自王叔岷：《鍾嶸詩品箋證稿》（臺北：中央研究院中國文哲研究
所，民國81年3月初版），頁62。
〔註3〕 同前註，頁340。
〔註4〕 同註2，頁247。

文詠，體有因革，莊老告退，而山水方滋，儷采百字之偶，
爭價一句之奇，情必極貌以寫物，辭必窮力以追新，此近
世之所競也。〔註5〕

又〈時序篇〉謂：

自中朝貴玄，江左稱盛。因談餘氣，流成文體。是以世極
迍邅，而辭意夷泰，詩必柱下之旨歸，賦乃漆園之義疏。

〔註6〕

沈約《宋書謝靈運傳》：

有晉中興，玄風獨振。爲學窮於柱下，博物止於七篇，馳騁
文辭，義殫乎此。自建武迄乎義熙，歷載將百，雖綴響聯辭，
波屬雲委，莫不寄言上德，託意玄珠，遒麗之辭，無聞焉爾。
仲文始革孫、許之風，叔源大變太元之氣。〔註7〕

蕭子顯《南齊書‧文學傳論》：

江左風味，盛道家之言，郭璞舉其靈變，許詢極其名理，
仲文玄氣，猶不盡除，謝混清新，得名未盛。〔註8〕

首先，就檀道鸞來看，其以正始中玄風已熾，可視爲玄言詩的準備階
段，視郭璞爲正式起點，至許詢、孫綽之時爲鼎盛期，迨晉安帝義熙
年間，謝混方改易斯風，是爲玄言詩的衰退期。再以鍾嶸來說，其以
晉懷帝永嘉時期爲玄言詩的起點，並形容當時的詩作特色爲「理過其
辭，淡乎寡味」，及過江之後，「微波尚傳」，代表作家有孫綽、許詢、
桓、庾〔註9〕等人，詩風則平淡典實，如同《道德論》一般，其後郭
景純始變創永嘉平淡之體，劉越石以清新剛勁的詩歌風格推波助瀾，

〔註5〕 引自李曰剛：《文心雕龍斠詮》（上編）（臺北：國立編譯館中華叢書
　　　 編審委員會，民國71年5月），頁239～240。
〔註6〕 同前註，頁2127。
〔註7〕 見〔梁〕沈約：《宋書》（臺北：鼎文書局，民國76年5月五版）（冊
　　　 三），卷六十七、列傳第二十七〈謝靈運〉，頁1778。
〔註8〕 見〔梁〕蕭子顯：《南齊書》（臺北：鼎文書局，民國76年元月五版），
　　　 卷五十二、列傳第三十三〈文學〉，頁908。
〔註9〕 關於桓、庾兩人，究何所指？向有二說：一爲陳延傑《詩品注》謂
　　　 其爲桓玄、庾闡；一爲古直《鍾記室詩品箋》以桓溫、庾亮當之。

可惜寡不敵眾，未能改變當時的玄言詩風，到了義熙時期，謝混乃以其富於文采的作品繼絕前響。至於彥和之論，則以魏廢帝正始年間爲玄言詩的孕育階段，所謂「正始明道，詩雜仙心」，下逮過江之後，是爲玄言詩的全盛階段，此時的詩歌創作皆沉溺於談玄說理的風尚當中，等到了劉宋之初，方有模山範水的篇什逐漸地改易並取代了前期詩風的玄言主調，是爲玄言詩的轉變期。又如沈休文以「建武迄乎義熙」爲玄風獨振之局，所作大率「寄言上德，託意玄珠」，而後殷仲文、謝混乃一變斯風；蕭景陽亦以東晉爲玄言的盛行階段，其後殷仲文雖欲加以改易，惟詩中玄氣猶未盡除，謝叔源代之以清新風尚，然得名未盛。

根據上列諸家的論述，進而將之彙整、系聯、比較，吾人約可獲致幾點認識：

一、在玄言詩的起源上

檀道鸞主張以正始年間王弼、何晏好莊老玄勝之談，爲玄言詩的醞釀階段，而劉勰也認爲「正始明道，詩雜仙心，何晏之徒，率多浮淺」。至於鍾記室在這點上，則有不同看法，他將玄言詩的起點，畫歸晉懷帝永嘉時期，故有「永嘉時，貴黃老」云云，又有「永嘉以來，清虛在俗」之論。

二、在玄言詩全盛階段的界定上

檀道鸞以爲是在過江之後，所以說「詢、許並爲一時文宗，自此作者悉體之」，持相同意見的並有劉勰、沈約、蕭子顯等人。至於鍾嶸，既以「永嘉以來」爲玄言詩的起點，又言「爰及江表，微波尚傳」，是推其意當以永嘉之後至過江之際，爲玄言詩的盛行階段。

三、在玄言詩衰退期的界定上

檀氏標定爲東晉末之義熙，由謝混始改，而較之彥和、休文、景陽諸說，亦相去不遠。然鍾嶸卻認爲過江之後只是「微波尚傳」，與眾說異。

四、關於郭璞在玄言詩史上的定位

檀、鍾二說則截然不同，一者以郭璞為玄言詩的正式起點，所謂「始會合道家之言而韻之」，一者則視郭璞為轉變點，而言「始變永嘉平淡之體」、「乖遠玄宗」。另外，檀、鍾、沈、蕭尚有一相同的共識，亦即四人皆肯定謝混在改易玄言詩風上的努力。

從而將此分析結果，再予整合，那麼關於玄言詩的發展演變之跡，大致可歸結為兩組較具代表性的看法：其一以檀說為主，認為玄言詩之發展當起自正始，迄於江左而大行其道，至東晉末而漸趨勢微；另一以鍾說為主，認為玄言詩風乃起自永嘉，而過江後只是微波尚傳。然則，史料記載呈現歧異，我們既無法單從各家的論述中，遽予論斷，甚且無由得知各家在文中所指涉的玄言詩作，定義是否相同，如其不然，其於考察源委之際，自有不同解讀。於是，在回顧了前人對於玄言詩的此一文學現象的描述之後，本文將從實際作品入手，來探究詩中的表現與演變，標誌出在不同時期的作風特色，然後以考察的結果檢回檀、鍾、劉、沈、蕭等人的論斷，期望能從文本與前代評論的雙向印證中，賦理論以實際作品的質實證明，予作品以理論意義的有機組合，冀能更客觀、更真實、更富於文學史眼光地來為六朝玄言詩建構一發展的圖式。

以下便從實際文本展開論述，所謂的「醞釀期」在時間的斷限上，約指從漢末到曹魏的一段時期，概括了一般文學史在討論上的建安、正始兩個階段。惟前輩學者於討論玄言詩之際，多習引上述史料之說，以玄言詩當從正始，甚或永嘉以後談起，而忽略了任何文學的題材或類型，都不會是孤起，而是來有其漸，去有隨響，是以本文以著更微觀的審視手法，「因枝以振葉，沿波以討源」，將先由「醞釀期」以前詩歌中的「玄言」表現敘起，用明「先河後海」、「觀瀾索源」之意，期能對「玄言題材」在詩中的運用有著更整全的把握。

第一節　建安以前的玄言詩作

今推源玄言題材在詩中的表現，或有據檀道鸞以「郭璞五言始
會合道家之言而韻之」者，然近人盧明瑜先生於討論此段文字即謂：
「以郭璞爲玄言詩之創始者是有問題的」，並舉出建安時代繁欽之
〈雜詩〉，便是一篇純粹的玄言詩，「甚至西晉董京〈詩二首〉之一，
也比郭璞的玄言詩出現得早」，文後又引洪順隆先生〈玄言詩論〉之
語：「前人或許由於沒有看到全部資料——有些玄言詩是清人從別的
書中輯錄出來的，所以南朝時代的歷史家檀道鸞才會以爲郭璞是玄
言詩的導始人，而淪陷大陸的王瑤沒有把玄言詩作全盤的理解，就
據檀道鸞語下判斷，因此把郭璞以前嵇喜、嵇康、阮籍的作品都忽
略了，就是連董京那首純玄言詩都沒有注意到。……」進而盧先生
申論道：「洪氏之意乃批駁檀道鸞以郭璞爲玄言詩創始人之說，然而
洪氏亦未注意到建安時代繁欽之玄言詩。」〔註10〕惟今以洪先生之
語觀王瑤，王氏於〈中古文學風貌・玄言、山水、田園——論東晉
詩〉一節中，雖曾提到「據檀道鸞此說，則郭璞實是玄言詩的導始
人」、又言「郭璞是玄言詩的導始者，因爲他『會合道家之言而韻
之』」，然而王氏也說：「如果要在一首詩中只找尋一兩句玄言的句
子，我們甚至可以推到阮嗣宗」〔註11〕，是知王瑤並未忽略了郭璞
以前的作品。再以盧明瑜先生之語觀洪氏，由於上引洪氏之言乃〈玄
言詩論〉之結語，其意在闡明「研究古典文學，如不作實際的作品
調查，而只憑前人的話，權威的印象去評斷，那是很危險的事」、「對
古典的研究，應以作品爲主，前人的印象式的判斷，只能作爲旁證
或反證，不然，就難免把錯誤一直因循下去」〔註12〕的重要，而非

〔註10〕參看盧明瑜：〈玄言詩小探〉一文，收於《中國文學研究》第三輯，
　　　　（民國78年5月），頁133。

〔註11〕見王瑤：《中古文學史論》（臺北：長安出版社，民國75年6月三版），
　　　　〈中古文學風貌〉之〈玄言・山水・田園——論東晉詩〉，頁48、50、
　　　　58。

〔註12〕見洪順隆：〈玄言詩論〉一文，收於《華學月刊》第九十四期，（民

溯源玄言題材的專事發言，故而盧氏評洪氏之語，猶可斟酌。並且，
盧先生以繁欽〈雜詩〉爲最早的玄言詩亦未爲確論，其雖言：「詩篇
中帶有玄理色彩，最早見於仲長統筆下」，然則在此之前，漢武帝時
東方朔的〈誡子詩〉便已極富玄理色彩，並且已可歸類於玄言詩的
範圍，詩云：

> 明者處世，莫尚於中。優哉游哉，於道相從。
> 首陽爲拙，柳惠爲工。飽食安步，以仕代農。
> 依隱玩世，詭時不逢。才盡身危，好名得華。
> 有群累生，孤貴失和。遺餘不匱，自盡無多。
> 聖人之道，一龍一蛇。形見神藏，與物變化。
> 隨時之宜，無有常家。〔註13〕

觀其篇中所陳，無非是在闡明老、莊的處世哲學，所謂「優哉游哉，
於道相從」，這個「道」不是儒家的「仁義之道」，而是道家的「自
然之道」，不是要如孔、孟、荀一般，強調禮樂教化以人文來化成自
然，對家國社稷有種不容自已的承擔，而是要依循老、莊之說，高
舉體性之本眞，取消人文以「復歸於樸」。故而詩中以首陽與柳惠對
舉〔註14〕，判以工拙，倡言「詭時不逢」、「隨時之宜」、「與物變化」

　　國 68 年 10 月 21 日），頁 44。
〔註13〕〔明〕張溥：《漢魏六朝百三名家集》（第一冊）（臺北：文津出版社，
　　　　民國 68 年 8 月），《東方大中集》，頁 139。此外，後漢高義方〈清誡〉
　　　　一首，其詞亦深具玄言色彩，此亦爲追溯玄言題材詩歌源頭，所宜
　　　　注意者，曰：「天長而地久，人生則不然。又不養以福，保全其壽年。
　　　　飲酒病我性，思慮害我神。美色伐我命，利慾亂我眞。神明無聊賴，
　　　　愁毒於眾煩。中年棄我逝，忽若風過山。形氣各分離，一往不復還。
　　　　上士愍其痛，抗志凌雲煙。滌蕩棄穢累，飄逸任自然。退修清以淨，
　　　　存吾玄中玄。澄心剪思慮，泰清不受塵。恍惚中有物，希微無形端。
　　　　智慮赫赫盡，谷神綿綿存。」見〔唐〕歐陽詢等：《藝文類聚》（臺
　　　　北：文光出版社，民國 63 年 8 月初版），卷二十三，人部七，〈鑒誡〉，
　　　　頁 418〜419。
〔註14〕關於詩中「柳惠爲工」一句，諸本所載，或有不同。歐陽詢《藝文
　　　　類聚》、張溥《漢魏六朝百三名家集》、嚴可均《全上古秦漢三國六朝
　　　　文》皆作「柳惠」，李昉《太平御覽》、沈德潛《古詩源》作「柳下」，
　　　　而《漢書》本傳〈贊〉則作「柱下」，其注並引應劭之言曰：「老子

之理，不讓自己陷於危厄之境以傷身害性，不以外在的攖擾以損其
寧定，甚至能「安時處順」，恣任物理、事理的推移而與物變化，進
而安於所化。因此，明人張溥於〈東方大中集題詞〉曾謂：「誡子一
詩，義包道德兩篇，其藏身之智具焉，而世皆不知。」〔註15〕另殷
孟倫輯注亦稱其「與老氏之旨合」〔註16〕。因此，東方曼倩的〈誡
子詩〉無論從詩意指向或從詩歌題材上來看，都可算作是玄言詩作
的嚆矢了。

再看仲長統的兩首〈見志詩〉：

飛鳥遺跡，蟬蛻亡殼。騰蛇棄鱗，神龍喪角。
至人能變，達士拔俗。乘雲無轡，騁風無足。
垂露成幃，張霄成幄。沆瀣當餐，九陽代燭。
恒星豔珠，朝霞潤玉。六合之內，恣心所欲。
人事可遺，何爲局促。(之一)

大道雖夷，見幾者寡。任意無非，適物無可。
古來繞繞，委曲如瑣。百慮何爲，至要在我。
寄愁天上，埋憂地下。叛散五經，滅棄風雅。
百家雜碎，請用從火。抗志山西，游心海左。
元氣爲舟，微風爲柁。欻翔太清，縱意容冶。(之二)

〔註17〕

爲周柱下史，朝隱，故終身無患，是爲工也。」見〔清〕王先謙：《漢
書補注》（臺北：藝文印書館影印清光緒二十六年長沙王氏虛受堂刊
本），卷六十五、〈東方朔傳第三十五〉，頁1304。今觀曼倩詩中有「以
仕代農」、「詭時不逢」等句，又如淳注曰：「依違朝隱，樂玩其身於
一世也。反時直言正諫，則與富貴不相逢矣。」、臣瓚注曰：「行與
時詭而不逢禍害也。」則執此「朝隱」之意，以觀應劭所注，倘作
「柱下爲工」義亦順合。

〔註15〕同註13，〈東方大中集題詞〉，頁113。
〔註16〕見殷孟倫：《漢魏六朝百三家集題辭注》（臺北：世界書局，民國68
年10月再版），《東方大中集》，頁12。
〔註17〕引自逯欽立：《先秦漢魏晉南北朝詩》（上冊）（臺北：木鐸出版社，
民國77年7月），頁204。又本文所引詩作，悉以此書爲據，於再次
引用時，但標冊別與頁數於詩末，除詩中異文須另引它本作解者，

據《後漢書》本傳嘗載,「統性俶儻,敢直言,不矜小節,時人或謂之狂生」,又言:「常以爲凡遊帝王者,欲以立身揚名耳,而名不常存,人生易滅,優遊偃仰,可以自娛,欲卜居清曠,以樂其志,論之曰:『使居有良田廣田宅,背山臨流,溝池環币,竹木周布,場圃築前,果園樹後。舟車足以代步涉之艱,使令足以四體之役。養親有兼珍之膳,妻孥無苦身之勞。良朋萃止,則陳酒肴以娛之;嘉時吉日,則烹羔豚以奉之。躕躇畦苑,遊戲平林,濯清水,追涼風,釣游鯉,弋高鴻。諷於舞雩之下,詠歸高堂之上。安神閨房,思老氏之玄虛;呼吸精和,求至人之仿佛。與達者數子,論道論書,俯仰二儀,錯綜人物。彈南風之雅操,發清商之妙曲。消搖一世之上,睥睨天地之閒。不受當時之責,永保性命之期。如是,則可以陵霄漢,出宇宙之外矣。豈羨夫入帝王之門哉!」〔註18〕遂有此二首之作,以見其志。故而〈之一〉由理想的心靈境界談起,以騰蛇之去鱗能飛、神龍之解角昇天,帶出爲萬物之靈的人的無限轉化可能性,進而誇陳這個莊子眼中「乘天地之正,御六氣之變,以游無窮」的「至人」能乘雲驥風,一空因借,以天地爲居處,以沆瀣爲餐、太陽代燭,在這六合之中,恣心所欲,以對顯人事的繁瑣局促而應加以遺棄。〈之二〉便由對名教社會的反省開始,以大道雖然平坦易行,只是能見得此中幾微的人卻少。本來只要能順任其意,因適物情,就可免去是與非、可與不可等根源於特定價值判斷的羈絆,但人們卻總是在名利欲望之中糾纏,而不知眞正的人生價值本應回歸自我,且操之在我,遂以「狂生」之姿,激言「寄愁天上,埋憂地下。叛散五經,滅棄風雅。百家雜碎,請用從火」,而要「抗志山西,游心海左」,以「元氣爲舟,微風爲柁」,縱情翱翔於自在之境,以得精神之自由。所以,會合本傳所謂「思老氏之玄虛」、「求至人之仿佛」、「消搖一世之上,睥睨天地之閒」的描述,

---

否則不再加注。

〔註18〕參看〔南朝・宋〕范曄撰、〔唐〕李賢等注:《後漢書》(冊三)(臺北:洪氏出版社,民國67年10月10日四版)卷四十九、〈王充、王符、仲長統列傳第三十九〉,頁1644。

將更見仲長統兩首〈言志詩〉的玄言本色。〔註19〕

第二節　建安玄言詩

　　建安為漢獻帝年號，起自西元一九六年訖於二二〇年，共二十五年，然文學史上的斷代未必盡同於政治上的斷代，由於此期的文學家主要以曹氏父子及建安七子為代表，故而近人羅宗強先生即以此期主要文學家的活動時間為建安文學的斷限，將其界定在建安元年（196）至魏明帝太和六年（232）。〔註20〕

　　首先以此期的代表作家來看，《文心雕龍・時序》云：「自獻帝播遷，文學蓬轉，建安之末，區宇方輯。魏武以相王之尊，雅愛詩章；文帝以副君之重，妙善辭賦；陳思以公子之豪，下管琳琅：並體貌英逸，故俊才雲蒸。」〔註21〕鍾嶸《詩品序》謂：「降及建安，曹公父子，篤好斯文；平原兄弟，鬱為文棟；劉楨、王粲，為其羽翼。次有攀龍託鳳，自致於屬車者，蓋將百計。彬彬之盛，大備於時矣。」〔註22〕可見曹氏父子以對文學的雅愛、提倡，並能禮敬英俊之士，遂使文人相率景從，營造了彬彬之盛的鄴下文風，誠如曹

〔註19〕葉慶炳先生嘗謂：「我國詩賦自東漢後期，已呈現傾向玄學與神仙之端緒，如張衡〈思玄〉、〈髑髏〉二賦，仲長統〈述志〉二詩等均是」。是知葉先生亦留意到了在正始之前，仲長統兩首詩作於玄言方面的表現。見《中國文學史》（上冊）（臺北：學生書局，民國79年9月二刷），第九講、一〈建安詩歌之興盛原因及特色〉，頁118。

〔註20〕羅宗強先生以建安元年為上斷限，蓋因是年曹操迎獻帝於洛陽，遷都許昌，政歸於曹氏。又東漢後期的一批作家相繼辭世，如趙壹死於建安前十八年，蔡邕、盧植死於建安前四年，而新一代作家方才步入文壇，如是時王粲二十歲、徐幹二十四歲、吳質二十歲、楊修二十二歲，而曹丕、曹植則要到建安中期才成長起來；至於以魏明帝太和六年為下斷限，則因活動於建安年間的作家先後去世，而下一代作家，如阮籍、何晏也方進入文壇，並且其主要活動，是在正始年間。參看《魏晉南北朝文學思想史》（北京：中華書局，1996年10月一版），第一章〈建安文學思想〉，頁1。

〔註21〕同註5，（下編），頁2111。

〔註22〕同註2，頁58。

植〈與楊祖德書〉中所言：「吾王於是設天網以該之，頓八紘以掩之，今悉集茲國矣。」〔註23〕再就此期詩歌的總體風格言，大致是一種以關懷民生、悲憫疾苦爲內容，以積極進取、鮮明爽朗的思想情感爲基礎，以氣盛力剛、慷慨勁健的語言爲風格，所表現出來的所謂「建安風力」或「建安風骨」〔註24〕。所以劉勰究文變於世情，論道「觀其時文，雅好慷慨，良由世積亂離，風衰俗怨，並志深而筆長，故梗概而多氣也」（〈時序篇〉），又言：「暨建安之初，五言騰躍，文帝、陳思，縱轡以騁節，王徐應劉，望路而爭驅；並憐風月，狎池苑，述恩榮，敘酣宴，慷慨以任氣，磊落以使才，迢懷指事，不求纖密之巧，驅辭逐貌，唯取昭晰之能」（〈明詩篇〉）。此中，所謂的「雅好慷慨」、「梗概多氣」，所謂的「慷慨以任氣，磊落以使才」，俱可視爲是對建安詩歌本質特徵（即風骨）的同義表述。

　　然則，建安詩壇的主流特色既如上述，而考察此期玄言題材在詩歌中的運用，則大多以副調的姿態，較集中地表現爲：倡言身處亂世的進退之方，抒吐對人生如寄、憂患常多所引發的心理轉折──即對道家價值觀與人生態度的肯認，以從中來獲得某種對自身或他人的勸誡，和經由詩歌創作所可能達到的遣懷的效果。以前者言，如阮瑀〈詩〉：

　　　　四皓隱南岳，老萊竄河濱。顏回樂陋巷，許由安賤貧。

〔註23〕見〔晉〕陳壽撰、（南朝・宋）裴松之注：《三國志》（上冊）（臺北：洪氏出版社，民國73年8月31日再版），卷十九、〈陳思王植傳第十九〉注引〈與楊祖德書〉，頁558～559。

〔註24〕鍾嶸《詩品序》論孫綽、許詢詩皆平典似道德論「建安風力盡矣」、李白〈宣州謝朓樓餞別校書叔雲〉詩有「蓬萊文章建安骨」之句、陳子昂〈與東方左史虬修竹篇序〉有「漢魏風骨」之說，而嚴羽《滄浪詩話》、胡應麟《詩藪》咸標「建安風骨」爲一種詩歌風格，是知「風骨」、「風力」乃對建安詩歌本質特色的總體性概括。林文月先生曾於〈蓬萊文章建安骨──試論中世紀詩壇風骨之式微與復興〉一文中，對「風骨」之釋義、「風骨」之盛衰，論之甚詳，可資參考。收於《中古文學論叢》（臺北：大安出版社，民國78年6月初版），頁1～53。

> 伯夷餓首陽，天下歸其仁。何患處貧苦，但當守眞明。
>
> （上冊・頁 381）

繁欽〈雜詩〉：

> 世俗有險易，時運有盛衰。
>
> 老氏和其光，蘧瑗貴可懷。（上冊・頁 387）

曹植〈長歌行〉：

> 尺蠖知屈伸，體道識窮達。（上冊・頁 441）

此中，或如元瑜推舉主體價值的本眞靈明之性，不爲處境的貧窮困苦所憂患，而薄境地，重自我，並列舉了歷史上的許多高士，以驗證外在的富貴、利祿，皆不若內在本眞靈明之性來得更眞實、永恆而有價值。又如休伯之謂「世俗有險易，時運有盛衰」，因而所遇非時，身遭迍邅之際，便該學老子要能「挫其銳，解其忿，和其光，同其塵」〔註25〕並因著不露鋒芒，消解紛擾，含斂光輝，混於塵世，而達於玄妙齊同之境；要不就學蘧伯玉，孔子譽其「君子哉蘧伯玉，邦有道則仕，邦無道則可卷而懷之」，所謂「卷而懷」，其意即在「不與時政，柔順不忤於人」〔註26〕，而這亦正是遭逢亂世所深切體悟出道家意味濃厚的處世哲學，即便合子建詩而觀之，詩中所體之「道」，當是天地萬物的自然推化之理，是自爾如此、盈虛有數，因而對應到人事的作爲上來，便是要體現此自然之理，既知窮達之有命分，一己的才力亦不足以對抗整個大環境，故而立身處世也當知所屈伸。

以後者言，如曹丕〈善哉行〉：

> 朝日樂相樂，酣飲不知醉。悲絃激新聲，長笛吐清氣。
>
> 絃歌感人腸，四座皆歡悅。寥寥高堂上，涼風入我室。
>
> 持滿如不盈，有德者能卒。君子多苦心，所愁不但一。

〔註25〕《老子・五十六章》云：「塞其兌，閉其門，挫其銳，解其忿，和其光，同其塵，是謂玄同」。引自朱謙之：《老子校釋》（臺北：里仁書局，民國 74 年 3 月二十五日），頁 228。

〔註26〕引自〔魏〕何晏等注、〔宋〕邢昺疏：《論語注疏》（臺北：藍燈書局印清嘉慶二十年江西南昌學府刊刻十三經注疏本），〈衛靈公第十五〉，頁 138 上。

> 懍懍下白屋，吐握不可失。眾賓飽滿歸，主人苦不悉。
>
> 比翼翔雲漢，羅者安所羈。沖靜得自然，榮華何足爲。
>
> （上冊・頁393）

曹植〈苦思行〉：

> 綠蘿緣玉樹，光曜粲相輝。下有二眞人，舉翅翻高飛。
>
> 我心何踊躍，思欲攀雲追。鬱鬱西岳巔，石室青蔥與天連。
>
> 中有耆年一隱士，鬚髮皆皓然。策杖從吾遊，教我要忘言。
>
> （上冊・頁438）

觀曹丕的〈善哉行〉實有種「當其欣于所遇，暫得于己，快然自足，曾不知老之將至。及其所之既倦，情隨事遷，感慨係之矣」〔註27〕的傷懷，然情積於中不得不發，更感於一切歡愉的短暫性，遂激發了作者對永恆價值與意義的探尋，而子桓向柱下乞靈，以持心虛靜乃得自然，《老子・十六章》云：「致虛極，守靜篤」，又云「歸根曰靜，靜曰復命」，沖靜意即虛靜〔註28〕，此「虛」此「靜」是形容心境的澄明朗朗、寧靜平和，使萬物無足以撓吾本心，能如此即能回歸本原，復其本性，此心之自然，即上契天道之自然，而這也才是精神生命的究極根源處。再以子建的〈苦思行〉來看，此詩雖極富於遊仙色彩，但仍是「坎壈詠懷」，而非「列仙之趣」，故起句雖從仙境、眞人入手，寫其心情踊躍，欲攀雲追之，又寫遇一耆年隱士如何如何，惟詩末乃云「教我要忘言」。然細究此「忘言」之意，並非單純地定執於如何擺落言荃，而是著重於貴得其意的一種心靈境界，《莊子・外物》說：「荃者所以在魚，得魚而忘荃；蹄者所以在兔，得兔而忘蹄；言者所以在意，得意而忘言」〔註29〕，此「忘」是虛以待物的心齋工夫，「言」

〔註27〕見王羲之〈蘭亭集序〉，同註13，《王右軍集》，頁2373。

〔註28〕如《老子・四章》：「道沖，而用之或不盈。」朱謙之案語云：「『沖』，傅奕本作『盅』，『盅』即『沖』之古文。《說文・皿部》：『盅，器虛也。』《老子》曰：『道盅而用之』。」又引俞曲園曰：「『道盅而用之』，『盅』訓虛，與『盈』正相對，作『沖』者，假字也。第四十五章『大盈若沖』，『沖』亦當作『盅』。」是沖靜意即虛靜。參見朱謙之《老子校釋》，同註25，頁18。

〔註29〕引自〔清〕郭慶藩：《莊子集釋》（臺北：木鐸出版社，民國77年元

是內在的知意情識與外在的名利榮辱的牽惹，而「意」則是「不敖倪於萬物，不遣是非」、「獨與天地精神往來」的心靈境界，所以「忘言」不重在「言」的捐棄，而是「意」的獲得，前者只是過程，後者才是終極的目的。是以子建的「教我要忘言」，其勝意在此，而其所蘊涵「眞意」也在此。

第三節　正始玄言詩

「正始」爲魏廢帝曹芳的年號，起自西元二四〇年迄於西元二四九年，然作爲一文學史的分期來說，其斷限約可界定於魏明帝青龍元年（西元 233 年）至魏元帝咸熙二年（西元 265 年）的這段期間。由於代表建安階段的最後一個作家曹植於太和六年（西元 232 年）去逝，而另一批文人如何晏、阮籍、嵇康等相繼出現，遂使文壇的發展步入了新的一個時期。〔註30〕

然而，在探賾正始玄言詩的發展情狀之前，有兩點關涉於文學發展的外緣因素，應予特別留意，此即是政治上的謀弑篡位、殘殺異己，與在學術思潮上的玄學興起、清談盛行。先從政治局勢上來看，自魏明帝臨終前，以司馬懿、曹爽共同輔佐八歲的幼主曹芳，遂將長久以來曹魏宗室與司馬集團間的權力鬥爭，搬上台面，由兩集團間較勁的白熱化，遂掀起一場政壇上的腥風血雨。如嘉平元年春正月，司馬氏發動政變將曹氏宗室曹爽、曹羲、曹訓及其依附者何晏、鄧颺、丁謐、畢軌、李勝、桓範、張當等伏誅，且「支黨皆夷及三族，男女無少長，姑姊妹女子之適人者皆殺之，既而竟遷魏鼎云」〔註31〕；嘉平六年司馬師以中書令李豐與光祿大夫張緝等謀廢易大臣，以太常夏侯玄爲大將軍，故諸所連及者皆伏誅；然後司馬師廢曹芳，立曹髦爲帝，六年

<hr>

〔註30〕 關於正始文壇的年代劃分，蓋依羅宗強先生《魏晉南北朝文學思想史》之說，同註20，第二章〈正始玄風與正始之音〉，頁42。

〔註31〕 事詳《三國志・魏書四・齊王芳本紀》，頁123、《三國志・魏書・曹爽傳》，頁288，同註23，並見《晉書・宣帝本紀》。

月再版），頁944。

後司馬昭又殺之，另立曹奐爲帝；景元三年司馬昭又殺嵇康。是以在此時間，政壇上迷漫著一股血腥殘酷而又危疑詭譎的氣氛，從而也形成了文士們惶恐不安的心理與人生態度的轉變。再從學術思潮的轉變上來看，《文心雕龍·論說》云：「迄至正始，勿欲守文；何晏之徒，始盛玄論。於是聃、周當路，與尼父爭塗矣。」〔註32〕又《晉書·王衍傳》記載：「魏正始中，何晏、王弼等祖述《老》、《莊》，立論以爲：『天地萬物皆以無爲本。無也者，開物成務，無往不存者也。陰陽恃以化生，萬物恃以成形，賢恃以成德，不肖恃以免身。故無之爲用，無爵而貴矣。』」〔註33〕可見時入正始，玄學漸取儒學而代之，一般文士多崇尙老、莊，有著高度的抽象思維與理論興趣，並且以著清談、專篇論著和通過《老》、《莊》、《周易》、《論語》等注釋的形式來闡發玄理，而細究此玄理的內容，則是在討論聖人有情無情、本末有無、言意關係、養生、聲無哀樂等命題上，來嘗試提出對名教與自然關係的合理解答。因此，這是個玄風大暢與充滿哲思的時代，流風所漸甚至影響了當時人的人生理想、人生情趣、審美趣味及生活方式，當然也影響了此時的文學創作，故而羅宗強先生在比較建安、正始的文風時，即謂：

> 建安士人，往往悲歌慷慨，于悲歌慷慨中得到感情的滿足；
> 而正始士人，則于玄思冥想中領悟人生。〔註34〕

再者，以「正始」作爲一種詩體的區界，溯其源當始自宋朝嚴羽的《滄浪詩話》，所謂「以時而論，則有建安體、黃初體、正始體、太康體、元嘉體、永明體、齊梁體……」，並釋正始體曰：「魏年號，嵇、阮諸公之詩」〔註35〕。然則，推究「正始」一詞的文化史義涵，其初本指以《老》、《莊》思想底蘊的談論內容或生命情調而言，如《世

〔註32〕同註5，頁779。
〔註33〕見〔唐〕房玄齡等撰：《晉書》（冊二）（臺北：鼎文書局，民國76年1月五版），卷四十三、列傳第十三，頁1236。
〔註34〕同註20，第二章、第一節〈正始玄風與士人心態的變化〉，頁45。
〔註35〕見郭紹虞：《滄浪詩話校釋》（臺北：河洛出版社，民國68年12月1日再版），〈詩體〉，頁48。

說新語‧文學》條二十二載王導與殷浩談，歎曰：「正始之音，正當爾耳！」、〈賞譽〉條五十一記王敦謂謝鯤曰：「不意永嘉之中，復聞正始之音」〔註36〕，又顧亭林《日知錄‧正始》條載云：

> 《宋書》：羊玄保二子，太祖賜名曰咸，曰粲。謂玄保曰：「欲令卿二子有林下正始餘風。」王微與何偃書曰：「卿少陶玄風，淹雅修暢，自是正始中人。」《南齊書》言：袁粲言於帝曰：「臣觀張緒有正始遺風。」《南史》言：何尚之謂王球：「正始之風尚在。」其爲後人企慕如此。〔註37〕

是知「正始之音」、「正始遺風」本用指以《老》、《莊》思想爲基調的文化氛圍，而經由士子的競相習尚，遂漸浸於人生態度、人生理想、審美趣味和文學創作等各方面，此後「正始」一詞便成爲一意義開放的文化概念，它既標誌著特定的學術思潮，亦標誌著特定的生命情調及詩歌風格。因而，總觀此期的詩風來說，它是在一個權力鬥爭激烈，殺戮不斷，封建禮教異化的背景下，在憂生懼禍、沈鬱苦悶的心情中，以著或嘻笑怒罵、或恣意任俠、或哀婉詠歎的態度，力圖韜光遁世，養性全身，奔逃於南冥之境，逍遙於無何有之鄉，而呈現出一種清遠峻切、遙曠意深的詩歌特色來。

　　至於玄言詩發展到正始，也拜時勢之賜並假力於玄學、清談的盛行，玄言題材開始顯著、頻繁的運用於詩歌當中，讓玄言詩的興盛作了預先的準備，且在整個六朝玄言詩史的發展過程中，正始時期亦是玄言詩的確立期。以下，便從個別作家爲主體來論列此時詩壇的玄言風貌。

一、何　晏

　　《文心雕龍‧明詩》載云：「及正始明道，詩雜仙心，何晏之徒，

〔註36〕引自余嘉錫：《世說新語箋疏》（臺北：仁愛書局，民國73年10月版），〈文學第四〉，頁212、〈賞譽第八〉，頁450。

〔註37〕參見顧炎武：《日知錄》（台灣：明倫書局，民國68年版，點校原抄本日知錄），卷十七、〈正始〉條，頁378～379。

率多浮淺。唯嵇志清峻，阮旨遙深，故能標焉。」〔註38〕試推彥和之
意，可知於魏廢帝正始年間，由於學者好言《老》、《莊》之道，競成
風尚，所以詩歌中也雜有道家遊仙之情志。然則，平叔詩作，多已亡
佚，今稽其存者，仍可得見〈言志詩〉二首，詩云：

> 鴻鵠比翼遊，群飛戲太清。常恐天網羅，憂禍一旦并。
> 豈若集五湖，順流唼浮萍。逍遙放志意，何爲怵惕驚。
> （之一）
>
> 轉蓬去其根，流飄從風移。芒芒四海涂，悠悠焉可彌。
> 願爲浮萍草，託身寄清池。且以樂今日，其後非所知。
> （之二）（上冊・頁468）

馮惟訥《詩紀》於收錄此詩時，嘗引〈名士傳〉於題下注曰：「是時
曹爽輔政，識者慮有危機。晏有重名，與魏姻戚，內雖懷憂，而無復
退也。」是知平叔此詩，乃罹憂思退之作。故詩由鴻鵠述起，言鴻雖
高翔千里，卻恐於天網羅、遭憂禍，倒不如做隻平凡的水鳥，但隨波
逐流，啄食浮萍，反可逍遙肆志，免於怵惕之驚。詩中，作者以鴻鵠
的形象並抒發對逍遙的嚮往，這不禁讓人想到《莊子・逍遙遊》的啓
示，篇中的大鵬鳥雖能水擊三千里，搏扶搖而上者九萬里，而蜩與學
鳩卻以雀躍於榆枋之間爲滿足，並笑它「奚以之九萬里而南爲」？此
中，關於鵬與蜩、鳩究竟誰才是逍遙的象徵，近人如吳怡、王邦雄諸
先生固已論之甚詳〔註39〕，然則平叔之意卻與後來郭象注莊以「苟足
於其性，則雖大鵬無以自貴於小鳥，小鳥無羨於天池，而榮願有餘矣。
故小大雖殊，逍遙一也」〔註40〕的說法，若合符契。

　　至於第二首，則託詞自況，以無根之轉蓬爲喻，寫人生但隨外

〔註38〕同註5，頁239。
〔註39〕參看吳怡：〈莊子逍遙境界的誤解〉一文，收於《逍遙的莊子》，（臺
　　　　北：東大圖書公司，民國80年4月三版），頁13～31、及王邦雄：〈莊
　　　　子其人其書及其思想〉一文，收於《中國哲學論集》（臺北：臺灣學
　　　　生書局，民國72年8月初版），頁53～106。
〔註40〕同註29，〈逍遙遊第一〉，頁9。

境牽纏，既茫然無處掛搭，且無力改變現狀，惟祈願能如浮萍之草，於清池處暫得寧定，詩末並以「且以樂今日，其後非所知」作結，將那身處激烈政爭之中的憂患與焦慮，表現的更爲強烈。而綜合兩首詩來看，何晏以比興手法，抒發憂生之嗟，既是他心理狀態的實際反映，又是由此出發，對人生出處、人生命運等問題，作哲理性的概括。〔註41〕

二、嵇康：玄言詩人之宗

玄言詩發展到嵇康的手裏，有了極大的進展。這或許是嵇康身兼詩人與玄學家的雙重身分，有著更具足的思想條件和表現形式，只是若要認眞地探究其根本原因，則無寧說是和伴隨著他的際遇與植基於老莊的玄學人生觀有關。據其兄嵇喜爲叔夜所作傳云：

> （康）少有俊才，曠邁不群，高亮任性，不脩名譽，寬簡有大量。學不師授，博洽多聞，長而好老、莊之業，恬靜無欲。性好服食，嘗採御上藥。善屬文論，彈琴詠詩，自足于懷抱之中。以爲神仙者，稟之自然，非積學所致。至於導養得理，以盡性命，若安期、彭祖之倫，可以善求而得也；著《養生論》。知自厚者所以喪其生，其求益必失其性，超然獨達，遂放世事，縱意於塵埃之表。〔註42〕

觀〈傳〉中所陳，於叔夜之個性才情、生命情調、人生理想，略可見其梗概。只是這樣一種人生態度的歸向，並非嵇康無意識地選取，而是深感於遭逢際遇的抉擇。由於嵇康與魏宗室的姻親關係，又恰巧身處曹魏與司馬的權力鬥爭中，既不肯在政治立場上左右袒，復以性格的「尙奇任俠」、「高亮任性」，看不慣司馬氏的標榜名教，殘殺異己，遂與之針鋒相對，激言「越名教而任自然」、「非湯武而薄周孔」，終招致司馬的不能見容。而嵇康這種內外煎迫的心境與冀求心靈安頓的

〔註41〕參看王運熙等：《漢魏六朝詩鑑賞辭典》（上海：上海辭書出版社，1996 年 5 月五刷），頁 293。

〔註42〕參看《三國志·魏書·嵇康傳》注引嵇喜《嵇康傳》，同註 23，頁 605。

渴望，便可由〈卜疑〉一文反映出來，文中叔夜借宏達先生之口來述
說自己「超身獨步，懷玉被褐，交不苟合，仕不期達」的情操和「機
心不存，泊然純素，從容縱肆，遺忘好惡，以天道爲一指，不識品物
之細故」的懷抱。然而，卻由於「大道既隱，智巧滋繁，世俗膠加，
人情萬端，利之所在，若鳥之追鸞。」而悵然有所失，乃適太史貞父，
爲之卜疑。繼而，他提出二十八種出處進退的設問，或「發憤陳誠，
讜言帝庭，不屈王公」、或「進趣世利，苟容偷合」、或「隱麟藏彩，
若淵中之龍」、或「舒翼揚聲，若雲間之鴻」、或「聚貨千億，擊鐘鼎
食，枕藉芬芳，婉孌美色」、或「寥落閑放，無所矜尚，彼我爲一，
不爭不讓，游心皓素，忽然坐忘」，而最後通過太史貞父的釋疑，做
出「內不愧心，外不負俗；交不爲利，仕不謀祿；鑒乎古今，滌情蕩
欲。夫如是呂梁可以游，暘谷可以浴，方將觀大鵬於南溟，又何憂於
人間之委曲。」的心理歸向來。因此，我們每可發現在嵇康的詩作裏，
常錯落著對人事的憂患、對生命的感歎，又每寄寓著對歸返自然、優
遊適意的嚮往，所以從「知人論世」的角度來說，瞭解了嵇康的性情、
嵇康的時代，也就在一定程度裡瞭解了嵇康的詩章。

　　其〈四言贈兄秀才入軍詩十八章之十八〉云：

　　　　流俗難悟，逐物不還。至人遠鑒，歸之自然。
　　　　萬物爲一，四海同宅。與彼共之，予何所惜。
　　　　生若浮寄，暫見忽終。世故紛紜，棄之八戎。
　　　　澤雉雖饑，不願林園。安能服御，勞形苦心。
　　　　身貴名賤，榮辱何在。貴得肆志，縱心無悔。（上冊‧頁482）

此中，叔夜但寫「貴得肆志」之懷抱與「歸之自然」之嚮往，由於肉
體生命的存在本就暫生忽死終始無常，世俗的紛擾亦從未間斷，又怎
能爲了逐名追利而一去忘返，使形勞心苦，況且「名與身孰親？」（《老
子‧四十四章》）人人但曉尊榮賤辱、好榮惡辱，又豈知「天下皆知
美之爲美，斯惡已；皆知善之爲善，斯不善已。」（《老子‧第二章》）
所以詩中乃借《莊子‧養生主》之意，以澤雉「不蘄畜乎樊中」，便
是因爲「神雖王，不善也」。因此，至人的遠鑒正在於能以「歸之自

然」、「萬物爲一」的心眼來觀照天地，進而擺脫情識之於世故紛紜的
纏結，解悟心知之於個體命限的定執，使精神生命能優游地徜徉大化
之中，自得自賞。而在嵇康詩中，這種對至人之道的尊賞，對欣羨自
然、自足懷抱的玄學人生觀的肯認，不僅是嵇康內心理想的外化亦是
其生命情調的選擇，並且這樣的想法，亦反覆地表現在其它的詩作
中。例如：

> 琴詩自樂，遠遊可珍。含道獨往，棄智遺身。
>
> 寂乎無累，何求於人。長寄靈岳，怡志養神。
>
> （〈四言贈兄秀才入軍詩十八章之十七〉·上冊·頁482二）
>
> 息徒蘭圃，秣馬華山。流磻平皋，垂綸長川。
>
> 目送歸鴻，手揮五弦。俯仰自得，游心太玄。
>
> 嘉彼釣叟，得魚忘筌。郢人逝矣，誰與盡言。
>
> （〈四言贈兄秀才入軍詩十八章之十四〉·上冊·頁483）
>
> 藻氾蘭池，和聲激朗。操縵清商，遊心大象。
>
> 傾昧修身，惠音遺響。鍾期不存，我志誰賞。
>
> （〈四言詩〉·上冊·頁484）
>
> 斂絃散思，遊釣九淵。重流千仞，或餌者懸。
>
> 猗與老莊，棲遲永年。寔惟龍化，蕩志浩然。
>
> （〈四言詩〉·上冊·頁484）
>
> 羽化華岳，超遊清霄。雲蓋習習，六龍飄飄。
>
> 左配椒桂，右綴蘭苕。凌陽讚路，王子奉輈。
>
> 婉孌名山，眞人是要。齊物養生，與道逍遙。
>
> （〈四言詩〉·上冊·頁484）

開適恬淡、寧靜自得，以著閑情遠趣的蕭散，抒寫逸興玄致的襟懷，
嵇康對莊子人生哲學的醉心，可謂「一往有深情」。故其以詩琴自娛，
以遠遊爲可珍，擯棄機巧，擺落欲望，心寧氣定，如「獨有之人」
「出入六合，遊乎九州，獨往獨來」（《莊子·在宥》）以棲身靈岳，
怡志養神。再者，此「獨有」非單指自我精神的滿足〔註43〕，並且

───────────

〔註43〕陳鼓應先生釋此「獨有」云：「意指擁有自己的內在人格世界，在精

也是對「郢人逝矣，誰與盡言」、「鍾期不存，我志誰賞」的抑鬱消解——只因有懷抱的自足，才能有心境的優游與自得的樂趣。是以嵇康秉此之樂、騁此而遊，「含道獨往」、「遊心大象」、「游心太玄」，學眞人的「齊物養生」、「與道逍遙」，讓自我契入造化流行和天地一體，從而在「有眞人而後有眞知」的境界裏，放曠流眄，使主體精神向存在總體無限延伸，猶如「大塊噫氣」而「萬竅怒號」「咸其自取」，不僅是在「操縵清商」、「琴詩自樂」中可以體道，即便「乘風高游」、「遊釣九淵」亦可以味道，於是「自然」的大美涵蘊於人生的大美，人生的大美領略於天地的大美，這是對道的體悟，也是人生的境界，同時亦是審美的體驗。誠如羅宗強先生所言：

> 「目送歸鴻，手揮五弦」，是一種體驗，在無拘無束的悠閒自得的情景中，忽有所悟，心與道合，於是我與自然融爲一體。〔註44〕

是以王士禎稱賞此語曰：「妙在象外」，故知，此「妙」之深意並非著落於詩語的營造，而在呈顯了詩人對自然之道的直覺體悟及與之合一的精神意向，是以《晉書·顧愷之傳》載曰：「愷之每重嵇康四言詩，因爲之圖，恆云：手揮五弦易，目送歸鴻難。」的理由在此。

其次，我們說嵇康之所以會有如此強烈的玄遠之思，並非是無意識的心理傾向，而是在其面對沈鬱嚴肅的生存實感之後，方才有對於道家人生觀的嚮往，這種欲長歌以騁其情的詩歌發生根源與生命情調轉折的過程，便相當普遍地表現在嵇康的作品中，如其〈幽憤詩〉云：

> 嗟余薄祜，少遭不造。哀煢靡識，越在繈緥。
> 母兄鞠育，有慈無威。恃愛肆姐，不訓不師。
> 爰及冠帶，憑寵自放。抗心希古，任其所尚。
> 託好老莊，賤物貴身。志在守樸，養素全眞。

神上能特立獨行。」見《莊子今註今譯》（上冊）（臺北：臺灣商務印書館，民國70年11月五版），頁319。
〔註44〕參看羅宗強：《玄學與魏晉士人心態》（臺北：文史哲出版社，民國81年11月初版），第二章、第三節〈正始士人的心態〉，頁115。

日余不敏，好善闇人。子玉之敗，屢增惟塵。
大人含弘，藏垢懷恥。民之多僻，政不由己。
惟此褊心，顯明臧否。感悟思愆，怛若創痏。
欲寡其過，謗議沸騰。性不傷物，頻致怨憎。
昔慚柳惠，今愧孫登。內負宿心，外恧良朋。
仰慕嚴鄭，樂道閒居。與世無營，神氣晏如。
咨予不淑，嬰累多虞。匪降自天，寔由頑疏。
理弊患結，卒致囹圄。對答鄙訊，縶此幽阻。
實恥訟冤，時不我與。雖曰義直，神辱志沮。
澡身滄浪，豈云能補。嗷嗷鳴鴈，奮翼北遊。
順時而動，得意忘憂。嗟我憤歎，曾莫能儔。
事與願違，遘茲淹留。窮達有命，亦又何求。
古人有言，善莫近名。奉時恭默，咎悔不生。
萬石周慎，安親保榮。世務紛紜，祗攪予情。
安樂必誡，乃終利貞。煌煌靈芝，一年三秀。
予獨何爲，有志不就。懲難思復，心焉內疚。
庶勗將來，無馨無臭。采薇山阿，散髮巖岫。
永嘯長吟，頤性養壽。（上冊·頁480）

〈答二郭詩三首〉云：

詳觀凌世務，屯險多憂虞。施報更相市，大道匿不舒。
夷路值枳棘，安步將焉如。權智相傾奪，名位不可居。
鸞鳳避罻羅，遠託崑崙虛。莊周悼靈龜，越稷畏王輿。
至人存諸己，隱璞樂玄虛。功名何足殉，乃欲列簡書。
所好亮若茲，楊氏歎交衢。去去從所志，敢謝道不俱。

（之三·上冊·頁486）

昔蒙父兄祚，少得離負荷。因疏遂成懶，寢跡北山阿。
但願養性命，終己靡有他。良辰不我期，當年值紛華。
坎壈趣世教，常恐嬰網羅。義農邈已遠，拊膺獨咨嗟。
朔戒貴尚容，漁父好揚波。雖逸亦已難，非余心所嘉。
豈若翔區外，餐瓊漱朝霞。遺物棄鄙累，逍遙遊太和。
結友集靈嶽，彈琴登清歌。有能從我者，古人何足多。

（之二·上冊·頁486）

又如〈五言贈秀才詩〉：

　　雙鸞匿景曜，戢翼太山崖。抗首漱朝露，晞陽振羽儀。
　　長鳴戲雲中，時下息蘭池。自謂絕塵埃，終始永不虧。
　　何意世多艱，虞人來我維。雲網塞四區，高羅正參差。
　　奮迅勢不便，六翮無所施。隱姿就長纓，卒爲時所羈。
　　單雄翩獨逝，哀吟傷生離。徘徊戀儔侶，慷慨高山陂。
　　鳥盡良弓藏，謀極身必危。吉凶雖在己，世路多嶮巇。
　　安得反初服，抱玉寶六奇。逍遙遊太清，攜手長相隨。

　　　　（上冊・頁485）

〈與阮德如詩〉：

　　含哀還舊廬，感切傷心肝。良時遘吾子，談慰臭如蘭。
　　疇昔恨不早，既面伴舊歡。不悟卒永離，念隔增憂歎。
　　事故無不有，別易會良難。郢人忽已逝，匠石寢不言。
　　澤雉窮野草，靈龜樂泥蟠。榮名穢人身，高位多災患。
　　未若捐外累，肆志養浩然。顏氏希有虞，隰子慕黃軒。

　　　　（上冊・頁487）

據《晉書》對〈幽憤詩〉本事的記載，曰：「東平呂安服康高致，每一相思，輒千里命駕，康友而善之。後安爲兄所枉訴，以事繫獄，辭相證引，遂復收康。康性慎言行，一旦纓紲，乃作〈幽憤詩〉」〔註45〕。此詩雖是中散身繫縲紲的作品，然於叔夜的個性、思想卻可窺見大端。故詩中談到自己從小即有「抗心希古，任其所尙。託好老莊，賤物貴身。志在守樸，養素全眞」的喜好與志向，可是在呂巽事件的處理上，卻因著自己「不識人情，闇於機宜」與「惟此褊心，顯明臧否」的個性，終至「謗議沸騰」、身陷囹圄、「神辱志沮」，而有「昔慚柳惠，今愧孫登〔註46〕。內負宿心，外恧良朋」之歎。故而值此「世務

〔註45〕同註33，卷四十九、〈列傳〉第十九，頁1372。
〔註46〕《三國志・魏書・嵇康傳》注引孫盛《魏氏春秋》云：「初，康採藥於汲郡共北山中，見隱者孫登。康欲與之言，登默然不對。踰時將去，康曰：『先生竟無言乎？』登乃曰：『子才多識寡，難乎免於今之世。』」又引孫氏《晉陽秋》云：「康見孫登，登對之長嘯，踰時不

紛紜」之時，誠如《莊子・養生主》所謂：「爲善無近名，爲惡無近刑，緣督以爲經；可以保身，可以全生，可以養親，可以盡年」，但尉將來，能「采薇山阿，散髮巖岫。永嘯長吟，頤性養壽」。觀此，這種緣於憂患的存在實感到「猗與老莊」、「遊心大象」的心理轉變，俱可得而見。並且，綜覽嵇康玄言詩作的意脈指向，亦多循著「世務紛紜」、「生若浮寄」，因而棲心玄遠，意欲「越名教而任自然」的模式來開展，譬如〈答二郭詩〉的「詳觀凌世務，屯險多憂虞」、「坎凜趣世教，常恐嬰網羅」、「至人存諸己，隱璞樂玄虛」、「豈若翔區外，餐瓊漱朝霞。遺物棄鄙累，逍遙遊太和」，〈五言贈秀才詩〉的「世路多嶮巇」、「卒爲時所羈」、「抱玉寶六奇」、「逍遙遊太清」，〈五言詩三首〉的「人生譬朝露，世變多百羅」、「撫心悼季世，遙念大道逼」、「哀哉世間人，何足久託身」、「淵淡體至道，色化同消息」、「徘徊戲靈岳，彈琴詠泰眞」等，都可反映出這樣的一種傾向。

再者，近人王韜先生曾提出「嵇康使老莊思想詩化」的命題，其意以爲「嵇康不同於哲學思辨派和放浪派的關鍵之處，就在於嵇康使老莊思想詩化、藝術化了；老莊第一次步入了文學的殿堂，使中國的文學藝術放射出奪目的光輝」，又言嵇康人生的藝術化「充滿了歸返自然，物我爲一的精神。這是老莊的眞精神。這種精神，以其虛靜爲懷，進入一種空靈之美的境界，實質上是一種藝術的精神。」而羅宗強先生並增益以歷史考察的佐證，以所謂隱士，早已有之，然大抵說來，其目的或在逃政、或在全己，並未把任自然的生活作爲理想人生的境界去自覺地追求，他們的隱，與其說是一種情感的選擇，不如說是一種道德的選擇。凡此，皆未若嵇康之歸返自然是純然出於自適，並申言道：「嵇康乃詩化莊子之第一人」。〔註47〕對此「詩化莊子」之說，不僅證明嵇康確實是一玄言作手，同時亦標誌著六朝玄言詩發展

言。康辭還，曰：『先生竟無言乎？』登曰：『惜哉！』」同註23，頁606。
〔註47〕同註44，頁176～178。

進程上的一個重要段落，這不僅是在嵇康詩作的內容方面，開啓了大量玄言題材的運用，以著道家的人生情調來抒吐個體際遇裏的存在實感，將屬於作者的「率然玄遠」、「高情遠趣」表現成屬於詩歌風格的「清遠」〔註48〕面貌；更是在創作數量上，有著豐富的成果，在今存六十一首的作品中，包含玄言題材的共二十六首，幾佔了全部詩作的百分之四十二。因此，不論以內容來說、以數量來說，將嵇康視爲玄言詩發展的正式起點，皆足以當之。而這樣的見解，亦有前輩學者持相同看法的，譬如王小舒先生於解釋清人陳祚明評「叔夜詩實開晉人之先」時，即謂：

> （嵇康）作爲一個玄學家，將玄理引入詩歌，以暢其玄思，是正常的事情，而且總的來看數量不多，不足十分之一。但是這少數的幾首詩卻開了東晉玄言詩風的先河。嵇康實際上是玄言詩的源頭。〔註49〕

又如傅剛先生在討論到四言形式與嵇詩關係時，也說：

> 爲什麼作爲大詩人的嵇康卻對四言情有獨鐘，而且他四言詩的成就的確超過五言？據鍾嶸《詩品序》說：「四言文約意廣」，摯虞《文章流別論》則說：「然則雅音之韻，四言爲正」，劉勰《文心雕龍·明詩》說：「四言正體，則雅潤爲本」，可見四言詩的特點是雅、正、約、潤，雅、正易清，約則易淡。這正是玄言詩的要求，嵇康的四言詩也恰是通過隱居生活描寫，表現他所體悟到的玄理，這與東晉玄言詩有直接的傳承關係。……由嵇康創立的這一種玄言詩風格，到了東晉又得到了進一步的發展。〔註50〕

而王鍾陵先生則是更具體的指出：

〔註48〕鍾仲偉評嵇詩曰：「頗似魏文，過爲峻切，訐直露才，傷淵雅之致。然託喻清遠，良有鑒裁，亦未失高流矣。」同註2，頁221。

〔註49〕參看王小舒：《神韻詩史研究》（臺北：文津出版社，民國83年6月初版），第一章〈清遠派的誕生〉，頁17～20。

〔註50〕參看傅剛：《魏晉南北朝詩歌史論》（吉林：吉林教育出版社，1995年12月一刷），第二章〈作家主體意識的介入——正始詩歌的文人化〉，頁64。

> 嵇康詩預兆了「玄淡」的美學趣味之在後世的發展，同時
> 也預兆了玄言詩時代的來到。……嵇康大量以玄理入詩，
> 以景物之寫爲人物風神之映現和引發玄悟之環境的做法，
> 直接規範了後來相當一部分玄言詩的格調。……總之，嵇
> 康詩不僅形成了自己十分獨特的高峻清脫的藝術風格，成
> 爲這個「正始明道，詩雜仙心」時代，與阮籍並稱的代表
> 性詩人；而且他的詩還萌發了「玄淡」這一在後世廣被社
> 會的審美意趣，並在一定程度上直接規定了此後詩歌發展
> 的路徑，預兆着玄言詩時代的來到。中散詩在詩歌發展史
> 上的重要地位，由此可見。〔註51〕

僅管，王小舒先生因著對玄言詩的界定與本文不同，以致有著數量統
計上的差異，可是更爲難得的是，在其狹義的玄言詩界定下，仍然無
礙於王先生作出「嵇康實際上是玄言詩源頭」的判斷，而引文的另一
段，雖是專從討論四言形式引入，然而傅先生在其它的段落裏，亦留
意到了深蘊於叔夜詩中的老、莊思想，例如他說嵇康〈四言贈兄秀才
入軍詩十八章之十七〉，「已帶有鮮明的玄思」，並言「詩中體味的顯
爲莊子精神。這樣宣揚玄理，甚至比東晉玄言詩，也有過之而無不及」
〔註52〕，至於王鍾陵先生則更明白的指出，嵇康詩預兆著玄言詩時代
的到來。是以按劢三位先生之說，則更證成了本文通過質實、微觀地
考察，以嵇康作爲玄言詩正式起點的看法。

　另外，叔夜玄言詩中尚有一項特點可說，此即融合了自然景物
與玄理於一爐。並且，從內容說，此理的基調是老莊之理，而非孔
孟禮教；從形式說，則詩中所述大多爲圍繞於天地宇宙、人生自然
的玄遠之思，從而有別於針對於某些具體事件作評斷的凝重沈滯，

〔註51〕 參看王鍾陵：《中國中古詩歌史》（江蘇：江蘇教育出版社，1988 年
　　　　 5 月一刷），頁 311～312。

〔註52〕 傅氏並舉出王徽之〈蘭亭詩〉：「散懷山水，蕭然志羈。秀薄槩穎，
　　　　 疏松籠崖。游羽扇宵，鱗躍清池。歸目寄歡，心冥二奇。」與之對
　　　　 觀，而謂：「可見出二詩在内容和篇體風格上都極爲相似」。同註 50，
　　　　 頁 43～44。

因此顯得超脫，也富於意味深遠而有餘韻，直能契合於「玄遠之學」的形式特質。例如胡大雷先生即從「得意忘言」的玄學思維模式，論述了嵇詩脫略具體而究心抽象的表現方式，其謂：「寫景不注重特定環境、特定時間的形態而著重氣氛風致，說理不針對具體生活內容而轉向宇宙天地」，「而充分發揮自然景物自身與玄學自身所具有的玄遠深幽的意味，以令人沈醉與遐思」，「它把『意』直接呈現給讀者，讓讀者去聯想與推繹，而在『忘象』的同時把如何從『象』到『意』的過程也忘掉了、拋棄了」，故而「玄言詩也正是脫略了對具體生活內容的感慨而進入對宇宙天地、人生真諦的探索與感慨，再加上有的玄言詩還是由自然景物出發去體悟玄理的，於是才顯得玄妙悠遠而意味無窮」〔註53〕，這是嵇康所開啟的玄言創作手法，也是嵇康對玄言詩的啟發。

因此，倘若類比於鍾嶸以陶潛為「隱逸詩人之宗」〔註54〕、林文月先生以郭璞為「遊仙詩人之宗」〔註55〕，那麼「玄言詩人之宗」便該判給嵇康。

三、阮　籍

阮籍是正始玄言詩的另一位代表作家，也根源於政局險惡的相同時代特徵，所以在嗣宗的玄言作品裏也飄揚著和嵇康相彷彿的旋律——即在玄遠的詩風中深蘊著「憂生」的感歎。只是阮籍和嵇康不同，《晉書》本傳說他「容貌瑰傑，志氣宏放，傲然獨得，任性不羈，而

〔註53〕參看胡大雷：〈嵇康的四言詩及對玄言詩的啟發〉一文，收於《中國詩學》（第四輯）（南京：南京大學出版社，1995年12月一刷），頁95～102。
〔註54〕同註2，頁260。
〔註55〕林文月先生說：「曹植、嵇康，甚至於屈原，雖也寫仙境，述仙語，然而與郭璞相比，他們或憤世疾俗，或託辭述懷，都不如他的認真，傾心於自己的『幻設』，故稱郭璞為遊仙詩人之宗，當不成問題。」參看〈從遊仙詩到山水詩〉一文，收於《山水與古典》（臺北：三民書局，民國85年6月初版），頁10～11。

喜怒不形於色。或閉戶視書，累月不出；或登臨山水，經日忘歸。博覽群籍，尤好莊老。嗜酒能嘯，善彈琴。當其得意，忽忘形骸，時人多謂之癡」〔註56〕。「任性不羈，而喜怒不形於色」這是他在性情理想與險惡世途兩相交戰之後，所表現出來的人生態度，本傳又說他「本有濟世志」，「嘗登廣武，觀楚漢戰處，嘆曰：『時無英雄，使豎子成名』」，然以「魏晉之際，天下多故，名士少有全者，籍由是不與世事，遂酣飲爲常」。持著這樣的態度，阮籍既思全性，又欲保身，從而便徘徊於世俗與高潔、依違於政局內外，雖然不拘禮教，但卻「發言玄遠，口不臧否人物」，無怪乎晉文王稱其「至愼」〔註57〕，而人得以天全〔註58〕。瞭解了這點，於是阮籍那隱藏在青白眼、途窮而哭、醉臥鄰家少婦之側、哀兵家之女等怪異行爲背後的心理矛盾和掙扎、那種「君子之處域內，何異夫蝨之處褌中」的苦悶，都緣此而有了同情的理解。

然則，其人如此，詩亦如是，以命遇的迍邅、人生的苦悶、至愼的性格，假詩騁懷，發爲篇什，不免就如同前代評家所言：「遭阮公之時，自應有阮公之詩」〔註59〕，而這種抑鬱侘傺的痛苦心境，亦恰

〔註56〕同註33，卷四十九、列傳第十九，頁1259～1362。

〔註57〕《世說新語・德行》注引李康《家誡》云：「昔嘗侍坐於先帝，時有三長史俱見，臨辭出，上曰：『爲官長當清、當愼、當勤，修此三者，何患不治乎？』並受詔。上顧謂吾等曰：『必不得已而去，於斯三者何先？』或對曰：『清固爲本。』復問吾，吾對曰：『清愼之道，相須而成，必不得已，愼乃爲大』。上曰：『辨言得之矣，可舉近世能愼者誰乎？』吾乃舉故太尉荀景倩、尚書董仲達、僕射王公仲。上曰：『此諸人者，溫恭朝夕，執事有恪，亦各其愼也。然天下之至愼者，其惟阮嗣宗乎！每與之言，言及玄遠，而未嘗評論時事，臧否人物，可謂至愼乎！』」又「李康」之名，據余嘉錫《箋疏》引李慈銘、嚴可均之說，當作「李秉」方是。同註36，頁17～18。

〔註58〕〔明〕張溥〈阮步兵集題辭〉云：「履朝右而談方外，羈仕宦而慕眞仙，大人先生一傳，豈子虛烏有是耶？步兵廚人，可以索酒，鄰家當壚，可以醉臥，哭兵家之亡女，慟窮途之車轍，處魏晉如是足矣。叔夜日與酣飲，而文王復稱至愼，人與文皆以天全者哉。」同註12，第二冊，頁1283。

〔註59〕此爲明人陸時雍《詩鏡總論》之語，引自臺靜農：《百種詩話類編》

如〈詠懷詩八十二首之三十三〉的陳述,「一日復一夕,一夕復一朝。顏色改平常,精神自損消。胸中懷湯火,變化故相招。萬事無窮極,知謀苦不饒。但恐須臾間,魂氣隨風飄。終身履薄冰,誰知我心焦。」(上冊・頁503)詩中,胸懷湯火、身履薄冰、精神消損的「憂生之嗟」〔註60〕,不僅貫串整個阮籍的詩作,形成詩歌意脈的主軸,即便在其玄言作品中亦泛著相同的色調,如其四言〈詠懷詩十三首之十三〉:

> 晨風掃塵,朝雨灑路。飛駟龍騰,哀鳴外顧。
> 攬轡按策,進退有度。樂往哀來,悵然心悟。
> 念彼恭人,眷眷懷顧。日月運往,歲聿云暮。
> 嗟余幼人,既頑且固。豈不志遠,才難企慕。
> 命非金石,身輕朝露。焉知松喬,頤神太素。
> 逍遙區外,登我年祚。(上冊・頁496)

〈詠懷詩八十二首之七十七〉:

> 咄嗟行至老,僶俛常苦憂。臨川羨洪波,同始異支流。
> 百年何足言,但苦怨與讐。讐怨者誰子,耳目還相羞。
> 聲色為胡越,人情自逼遒。招彼玄通士,去來歸羨遊。
>
> (上冊・頁510)

以對時間的遷逝感來寫生若浮寄,對處境的憂患感來寫內心的焦慮,所謂「日月運往,歲聿云暮」、「命非金石,身輕朝露」、「咄嗟行至老,僶俛常苦憂」這是對自然生命與社會境遇交織糾結的感歎,也是詩人

（上冊）（臺北：藝文印書館,民國63年5月初版）,頁499。

〔註60〕李善注阮籍〈詠懷詩〉嘗云:「嗣宗身仕亂朝,常恐罹謗遭禍,因茲發詠,故每有憂生之嗟。雖志在刺譏,而文多隱避,百代之下,難以情測。」又,或有以此為顏延年之語,然檢之《文選李善注》,其於〈詠懷詩〉十七首題下注曰:「顏延年曰:『說者阮籍在晉文代,常慮禍患,故發此詠耳。』」而於「夜中不能寐」一首下注以上引之語,故而陳伯君先生論云:「張溥《漢魏六朝百三名家集・阮步兵集》引此注誤為顏延之語。」見李善注:《文選》(臺北:藝文印書館,民國80年12月十二版,影印胡克家重刻宋淳熙本),頁329、陳伯君:《阮籍集校注》(北京:中華書局,1987年10月一刷),頁210。

在內心衝突之後「悵然心悟」的發生原因，從而欲隨「微妙玄通，深不可識」之士（《老子・十五章》）「逍遙區外」遠離紛紜多擾之地，「頤神太素」追求精神的清靜和自由。是以，詩中所寫的對死生無常、際遇乖舛的憂思，在處世進退之道與人生理想上的轉折，還有冀求存身保眞、明造化之理、與道逍遙的種種願望，在在都是嗣宗託喻於詩歌之中的心路告白。

再看其〈詠懷詩八十二首之七十四〉：

> 猗歟上世士，恬淡志安貧。季葉道陵遲，馳鶩紛垢塵。
> 甯子豈不類，楊歌誰肯殉。栖栖非我偶，徨徨非己倫。
> 咄嗟榮辱事，去來味道眞。道眞信可娛，清潔存精神。
> 巢由抗高潔，從此適河濱。（上冊・頁 509）

〈詠懷詩八十二首之五十三〉：

> 自然有成理，生死無常道。智巧萬端出，大要不易方。
> 如何夸毘子，作色懷驕腸。乘軒驅良馬，憑几向膏粱。
> 被服纖羅衣，深榭設閑房。不見日夕華，翩翩飛路旁。
>
> （上冊・頁 506）

〈詠懷詩十三首之十一〉：

> 我祖北林，遊彼河濱。仰攀瑤幹，俯視素綸。
> 隱鳳棲翼，潛龍躍鱗。幽光韜影，體化應神。
> 君子邁德，處約思純。貨殖招議，簞瓢稱仁。
> 夷叔採薇，清高遠震。齊景千駟，爲此塵埃。
> 嗟爾後進，茂茲人倫。華門圭竇，謂之道眞。（上冊・頁 495）

〈詠懷詩十三首之九〉：

> 登高望遠，周覽八隅。山川悠邈，長路乖殊。
> 感彼墨子，懷此楊朱。抱影鵠立，企首踟躕。
> 仰瞻翔鳥，俯視游魚。丹林雲霏，綠葉風舒。
> 造化絪縕，萬物紛敷。大則不足，約則有餘。
> 何用養志，守以沖虛。猶願異世，萬載同符。（上冊・頁 495）

在這些詩裏，或是緣於「季葉道陵遲，馳鶩紛垢塵」，所以詩人選擇以恬淡安貧自處，以玩味道眞自持，並引甯戚「擊牛角而疾商歌」企

求齊桓之用與季梁將死楊朱爲之謳歌作典，來薄其栖栖徨徨、泥於貴賤，不明生死大化、惡死貴生，以對顯巢父、許由的高潔，表明人生理想的歸趣；或是倡言自然推移之理，死生無常之道，雖巧智萬端不若執大道之要以應無窮；或是闡明「體化應神」、「處約思純」、「守以沖虛」之方，然後「仰瞻翔鳥，俯視游魚」，體應於天地之化、萬物之神。

黃季剛先生於評論阮籍〈詠懷詩〉嘗云：

> 阮公深通玄理，妙達物情，詠懷之作，固將包羅萬態，豈僅措心曹、馬興衰之際乎！跡其痛哭窮路，沈醉連句，蓋已等南郭之仰天，類子輿之鑑井，大哀在懷，非恆言所能盡，故一發于詩歌。〔註61〕

正是因爲「深通玄理，妙達物情」，所以才驅使著感時傷世，反覆凌亂的心境，在莊、老的精神世界裏尋得出路與慰藉，也正因道家哲理的寧靜閒遠，空靈飄逸，方由得嗣宗「以高朗之懷，脫穎之氣，取神似離合之間」，寫出「如晴雲出岫，舒卷無定質」〔註62〕的詩作來，這是對作者與作品風格的繫聯，但同時也概括了阮籍玄言詩的特色。

綜觀整個醞釀階段的玄言詩來說，我們看到了玄言題材剛剛踏入詩國的概況，它由早期以著類似箴言的姿態，帶勸勉、教訓的意味，將老、莊的處世之道，在詩裏做著約化、精簡的表達。然後，伴隨著玄學的興起、清談的流行，在一定程度裏提供了詩歌的語言基材，更重要地是現實環境的逼迫，主體意識的覺醒，讓文士或遁逃於老、莊的精神天地，或激憤的挾「自然」以鄙薄「名教」，讓胸中那種無所

〔註61〕轉引自陳伯君《阮籍集校注》，同前註，頁209。
〔註62〕王夫之評阮籍〈詠懷詩〉謂：「步兵〈詠懷〉，自是曠代絕作，遠紹〈國風〉，近出入於〈十九首〉，而以高朗之懷，脫穎之氣，取神似於離合之間。大要如晴雲出岫，舒卷無定質，而當其有所不極，則弘忍之力肉視荊、聶矣。且其托體之妙，或以自安，或以自悼，或標物外之旨，或寄疾邪之思，意固徑庭，而言皆一致。」見〔清〕王夫之選、張國星點校：《古詩評選》（北京：文化藝術出版社，1997年3月一刷），頁167。

掛搭、生若浮寄的空虛與迷惘，時時憂慮罹謗遇禍的焦燥與不安，借由玄學人生觀所崇尚的個性自由、歸返自然，在詩歌的形式中，起到陶性靈、發幽思的功效。所以我們看到了阮籍將雜集於衷的「憂生之嗟」，一託於漆園、柱吏，而表現出一種「響逸調遠」的情態，同時，我們也看到了嵇康玄言詩中由「恐嬰網羅」到「託好老莊」、「與道逍遙」的開展模式，和「詩化莊子」的整體風格，奠定了他在玄言詩歌發展上正式起點的重要地位，作範來者，預兆著玄言詩時代的來臨。所以說，過江之後詩歌的玄風大盛，正始實為先導，而針對此一現象，近人鄧仕樑先生亦嘗論及，他說：

> 過江孫綽、許詢、桓庾諸家，祖尚玄虛，同乎正始之風。

又說：

> 有晉歷載百餘，其間俊才雲興，自不能無變，即中朝之與
> 江左，已大異其趣。大抵潘、陸諸賢，出於建安為多，過
> 江玄風，則導源正始。〔註63〕

其次，再從整個玄言詩歌發展史的角度來說，緣著時局的動盪，那種從〈古詩十九首〉以來，所蘊涵對生命短促、人生坎坷，而歡樂一瞬，悲傷長多的沈鬱、蒼涼的基調，似乎一直彌漫在這個歷史段落裏〔註64〕。而考察此期的玄言詩作，確實也是在玄思裏寄寓著一種「憂生之嗟」，甚至是以後者為主調——是玄言服從於抒情。故而歸結本期玄言詩作的特點，約有二端：一是在形式上的「引玄入詩」，讓玄言題材初次踏入詩國；另一則是在內容上表現著憂生之虞，這

〔註63〕參見鄧仕樑：《兩晉詩論》（香港：香港中文大學，1972 年 1 月初版），第三章〈兩晉詩之淵源〉，頁 17～20。

〔註64〕李澤厚先生曾論〈古詩十九首〉說：「它們在對日常時世、人事、節候、、名利、享樂等等咏歎中，直抒胸臆，深發感喟。在這種感喟抒發中，突出的是一種性命短促、人生無常的悲傷。」又言：「這種對生死存亡的重視、哀傷，對人生短促的感慨、喟嘆，從建安直到晉宋，從中下層從到皇家貴族，在相當一段時間中和空間內彌漫開來，成為整個時代的典型音調。」參看李澤厚：《美的歷程》（臺北：元山書局，民國 73 年 11 月），第五章〈魏晉風度〉，頁 87～88。

是對於道家人生價值與人生態度的嚮往，與著主體意識的覺醒有極大的關聯，亦如鍾優民先生所謂：「正始詩歌創作中的感傷情緒和激憤不平之氣則集中體現為當時詩人主體意識的進一步覺醒，他們更深切地領悟了人生的虛幻，感受到了個體的危機，從而紛紛逃向老莊之學和幽玄之境中去尋求解脫。」〔註65〕正是緣於個體自由的追求，才讓詩人在詩歌創作的自我抒情過程裏，起到一種精神的慰藉、淨化與昇華的作用。

〔註65〕見鍾優民：《中國詩歌史——魏晉南北朝》（高雄：麗文文化事業股份有限公司，1994年5月初版），頁136。

第四章　六朝玄言詩的發展期

　　本期在時間上的斷限，上起晉武帝泰始元年（西元 265 年），下訖晉愍帝建興四年（西元 316 年），前後五十二年，涵蓋了整個西晉，亦是一般文學史斷代中寬泛意義的「太康時期」〔註1〕。

　　總括此時的社會歷史背景來看，自司馬炎代魏踐祚，建立了晉王朝，其後又滅亡孫吳，於是從漢末黃巾之亂以來長期的分裂之局，終告統一。復以晉武於天下初定之際，息兵罷役，讓人民得以修養生息，在經濟上改屯田制爲佔田制，提高生產力，遂使飽受近百年戰亂流離饑饉之苦的百姓，重獲相當程度的安定與富足，如干寶《晉紀·總論》即描述了當時的景況：

　　　太康之中，天下書同文，車同軌，牛馬被野，餘糧棲畝，
　　　行旅草舍，外閭不閉，民相遇者如親，其匱乏者，取資于
　　　道路。故于時有「天下無窮人」之諺。〔註2〕

〔註1〕嚴羽《滄浪詩話·詩體》曾標「太康體」之目，鍾嶸《詩品》亦謂「太康中，三張二陸兩潘一左」云云，惟傅剛先生辨之曰：「（太康文學）這個說法，不甚準確，因爲西晉詩人的活動時間主要在元康年間（291～299），略早於鍾嶸的沈約就取「元康」的名稱（《宋書·謝靈運傳論》）。但文學史不同於歷史，太康、元康間的創作內容、風貌一致，且作家情況無變化，因此『太康文學』便得到公認。」見傅剛：《魏晉南北朝詩歌史論》（吉林：吉林教育出版社，1995 年12 月一刷），頁 83。

〔註2〕見嚴可均：《全上古三代秦漢三國六朝文》（第五冊）（臺北：世界書局，民國 71 年 2 月四版），《全晉文》卷一百二十七，頁 7～8。

是以相對於前段歷史而言，此時的確呈顯一安定繁榮的小康之局，直到元康後期，才又暴發了長達十六年的「八王之亂」，並揭開「五胡亂華」的序幕。其次，伴隨著西晉初期的經濟繁榮與政風，文士階層的風氣習尚也自成一鮮明的特色，譬如他們多依附於外戚權臣的門下，縱情、競奢、嗜利、好名，又爲保身自全，士無特操，追求一種審美與享樂的情趣。此其中，有「一食萬錢，猶云無可下箸處」者（《晉書‧任愷傳》），亦有家財萬貫，而「計算金帛，有如不足」者（徐廣《晉紀》論王戎）；有「相與爲散髮裸身之飲，對弄婢妾」者（《晉書‧五行志》），亦有諂事權貴，「望塵而拜」者（《晉書‧潘岳傳》），甚至以代表此一時期玄學思潮的理論著作：裴頠《崇有論》和郭象《莊子注》來看，就前者言，其消極意義乃是要「批判貴無論思想」，而積極意義則是要「通過這樣一套關於萬物的存在的理論以建立人間的秩序」〔註3〕，至於後者，則是在「寄言出意」的詮釋手法裏，提出了「物各自生」、「性分之適」、「自爾獨化」、「各足於性」等命題，論證了凡是存在，即爲合理；凡能各安於一己存在之分限，皆可逍遙的觀點，從而讓當時士人「一方面既可以爲口談玄虛、不嬰世務找到理論根據；另一方面，又可以爲任情縱欲、爲個人慾望的滿足的合理性找到理論上的解釋」〔註4〕。因此，如果說一種理論的表述，都有根源於作者心態甚至更廣大的社會心理層面的因素，那麼裴、郭等人理論主張，亦在一定意義裏表達了當時士人心態在理論上的說明。所以《世說新語‧汰侈》曾載：

> 石崇每與王敦入學戲，見顏、原象而歎曰：「若與同升孔堂，去人何必有間！」王曰：「知餘人云何？子貢去卿差近。」

〔註3〕 參看岑溢成：〈從嵇康的自然到郭象的獨化〉一章，見王邦雄等：《中國哲學史》（臺北：國立空中大學，民國87年元月初版二刷），頁363～381。

〔註4〕 參看羅宗強：《玄學與魏晉士人心態》（臺北：文史哲出版社，民國81年11月初版），第三章〈西晉士人心態的變化與玄學新義〉，頁181～286。

　　石正色云：「士當令身名俱泰，何至以甖餬語人！」。〔註5〕
所謂「士當身名俱泰」，這句話不僅概括了當時士人的人生態度，標
誌著他們的人生理想，同時亦可說是反映了這個時代的精神面貌。所
以他們爲了全身、受寵，可以放棄忠義，虧於節操；爲了滿足享樂，
所以生活豪奢，縱情騁欲；更爲了塡補精神上的空虛與合理化自己的
行爲，所以口談玄虛，託好老莊，故而干令升即批評當時的社會風氣
道：

> 朝寡純德之士，鄉乏不二之老，風俗淫僻，恥尚所學。學
> 者以莊老爲宗而黜六經，談者以虛薄爲辯而賤名檢，行身
> 者以放濁爲通而狹節信，進仕者以苟得爲貴而鄙居正，當
> 官者以望空爲高而笑勤恪。是以目三公以蕭杌之稱，標上
> 議以虛談之名。劉頌屢言治道，傅咸每糾邪正，皆謂之俗
> 吏。其倚杖虛曠，依阿無心者，皆名重海內。若夫文王日
> 昃不暇食，仲山甫夙夜匪懈，蓋共嗤點以爲灰塵，而相詬
> 病矣。由是毀譽亂于善惡之實，情慝奔于貨慾之塗。〔註6〕

而觀此「悠悠風塵」裏的「奔競之士」，他們內心深處的眞實想法亦
如同羅宗強先生所揭露的，「他們希望得到物欲與情欲的極大滿足，
又希望得到風流瀟灑的精神享受。他們終於找到了一個方式：用老莊
思想來點綴強烈私欲的生活（不論是吝嗇還是縱欲），把利欲薰心和
不嬰世務結合起來，口談玄虛而入世甚深，得到人生的最好享受而又
享有名士的聲譽。瀟灑而又庸俗，出世而又入世。出世，是尋找精神
上的滿足；入世，是尋找物質上的滿足。」〔註7〕

　　其次，再將目光的焦點轉移到此時的文學風貌來看，《文心雕
龍・明詩》云：「晉世群才，稍入輕綺，張左潘陸，比肩詩衢，采縟
於正始，力柔於建安，或析文以爲妙，或流麗以自妍，此其大略也。」
而沈約《宋書・謝靈運傳論》亦謂：「降及元康，潘陸特秀，律異班

〔註5〕　引自余嘉錫：《世說新語箋疏》（臺北：仁愛書局，民國73年10月），
　　　　頁884。
〔註6〕　見干寶《晉紀・總論》，同註2，頁9。
〔註7〕　同註4，頁266～267。

賈，體變曹王，縟旨星稠，繁文綺合，綴平臺之逸響，采南皮之高韻，遺風餘烈，事極江右。」根據劉、沈二人的描述，西晉文風的特色約可歸結成兩方面來看，其一是關於內容方面：他們減弱了建安時期那種剛健爽朗、梗概多氣的骨力，而趨於流靡輕綺、繁縟妍麗，對於這項轉變，誠如〈情采〉篇所謂：「昔詩人之篇，爲情而造文；辭人賦頌，爲文而造情。何以明其然？蓋風、雅之興，志思蓄憤，而吟詠性情，以諷其上，此爲情而造文也；諸子之徒，心非陶鬱，苟馳夸飾，鬻聲釣世，此爲文而造情也。故爲情者要約而寫眞，爲文者淫麗而煩濫。而後之作者，採濫忽眞，遠棄風、雅，近師辭、賦，故體情之製日疏，逐文之篇愈盛。」「爲情造文」、「採濫忽眞」，所以也就形成了「縟旨星稠，繁文綺合」、「結藻清英，流韻綺靡」的趨向來，而對於這種「情、文」比重在漢魏兩晉詩歌發展上的轉變，曾毅先生即論之曰：

> 漢魏之詩，主於造意，兩晉以後，重在造詞。漢魏之詩，多起於患難流離之際，兩晉以後，則主供恬安娛樂之爲。凡人當窮困之境，其操危慮深，發之於文字者，每多幽婉感愴，可興可觀，反是而樂絲竹，盛讌遊，從容文藻之中，自鏤肝斷肺，傾於精巧，故其所作，恒緻密而少骨氣，整秀而乏精神。風會之所趨，常足以致文章之升降，雖有豪傑，猶無奈何。晉代之文漸即繁縟，有由然矣。〔註8〕

其二是關於技巧方面的著意於字句的刻鏤雕琢，追求辭藻的富贍與講究排偶的整對，《文心雕龍・麗辭篇》載云：「魏晉群才，析句彌密，聯字合趣，剖毫析釐」，則正是當時人在藝術形式上銳意追求的具體說明。因此，綰合西晉文風在內容及技巧上采縟力弱的特點，而對觀於此時的文學理論大著──陸機《文賦》來看，平原所提出的「詩緣情而綺靡」的命題，不僅標誌著先秦兩漢以來，儒家教化意味濃厚的「詩言志」說，由倫理學範疇向「緣情」的審美範疇的轉變，更是透

〔註8〕 參看曾毅：《中國文學史》（臺北：文史哲出版社，民國66年6月台一版），第十三章〈太康文學〉，頁122。

過此一詩歌藝術本質特徵的確立，方才開啓了詩歌在表現技巧上的美學向度的大門，所以《文賦》說：「其爲物也多姿，其爲體也屢遷。其會意也尙巧，其遣言也貴妍。暨音聲之迭代，若五色之相宣。」又言：「或藻思綺合，清麗芊眠。炳若縟繡，悽若繁弦。必所擬之不殊，乃闇合於曩篇。雖杼軸於予懷，怵他人之我先。苟傷廉而愆義，亦雖愛而必捐。」此中，非惟著重修辭的華美，同時亦講究聲韻的和諧與寫作的獨創性，而這亦正是陸機繼承曹丕「詩賦欲麗」的觀點，並加以擴大、深化的對於詩歌「綺靡」之藝術特徵的要求。

至於玄言詩在西晉時期的發展狀況，則可分由兩方面來看：一是在江右士風與華美詩風的影響下，此時的玄言詩乃在內容上加入了許多自然景物的描寫，在詩人窺情風景的過程中，將玄思性的主體精神用著主觀性的觀照投射出去，讓客觀景物以著主體心靈的頻率延伸進來，假此循環返復的互動以體悟自然之理；又在精神情調上，逐漸告別了「憂生之嗟」，呈顯一優閒寬裕的面貌，甚而在詩中所表現的道家人生觀，也只是用來點綴風雅，掩飾彌補精神生活的空虛，或是附會當時「貴談老莊」的習尙、贅飾自己預於時流的文化素養藉以炫才聘能。另一則是繼承發展了前期玄言詩「引玄入詩」的作風，將之表現地更爲純粹，緣此逐有較多專事談玄說理——「以詩談玄」的篇什出現。所以就第一點來看，帶入自然景物的描寫、表現詩人悠閒瀟灑的情態，這都是玄言詩境的擴展，意味著玄理也可以透過山河大地、蟲魚鳥獸來呈顯，並且，玄言詩也不僅限於「憂生之嗟」的抒寫形態，即便是自由瀟灑、恣意沖和的「有生之樂」亦可以用玄言來暢達。再以第二點說，專門「以詩談玄」的作品出現，這是玄言題材的深化，將玄言在詩中的地位由副調而變爲主調，從「引玄入詩」的「附庸風雅」而深化爲「以詩談玄」的「蔚爲大國」。是而縱觀整個玄言詩的發展過程來說，詩境的擴大、玄言的深化，正是這個時期的主要特徵，並且將之名爲「發展期」的著眼點亦在於此。

第一節　即自然以味玄懷

　　自然物候、山林皋壤，本就是「文思之奧府」，而且「歲有其物，物有其容；情以物遷，辭以情發」，所以劉彥和說：「是以詩人感物，聯類不窮。流連萬象之際，沈吟視聽之區；寫氣圖貌，既隨物以宛轉；屬采附聲，亦與心而徘徊」（《文心雕龍・物色》），並歸結出「物色之動，心亦搖焉」，將作者與自然世界的主客互動與感應交融，體現於「情往似贈，興來如答」的藝術過程裏。特別在魏晉之後，隨著自我意識的覺醒，人們看待山水的態度也逐漸擺落那種「仁者樂山，智者樂水」，把山水用作道德精神的比擬和象徵的模式，而改採一種審美關照與精神契合的角度，所謂「山林歟！皋壤歟！使我欣欣然而樂歟！」（《莊子・知北遊》）以山川草木為可親可玩的對象，來增益人生的享樂，並且也視自然萬物為造化之理的載體，通過山水的鑑賞便能引發幽思玄致、體味天地的大美。是以在西晉玄言詩中，此類「即自然以味玄懷」的作品，就常表現為：在「窺情風景之上，鑽貌草木之中」映現著自然之理、體悟著玄遠沖虛的襟懷。例如，嵇喜〈答嵇康詩四首之一〉云：

　　　華堂臨浚沼，靈芝茂清泉。仰瞻春禽翔，俯察綠水濱。
　　　逍遙步蘭渚，感物懷古人。李叟寄周朝，莊生遊漆園。
　　　時至忽蟬蛻，變化無常端。（上冊・頁 550）

觀詩中所述，無非是在闡明自然推移、變化無常之理，喻人處其中，則當委順其化、與物俱化，如李耳之寄柱下，莊周之遊漆園，外在的環境縱使不隨自我之意志為移轉，然卻仍可保有內在主體精神之作為。可是嵇詩於起首數句，卻描繪了許多的景象，寫華堂臨於浚沼，靈芝茂於清泉，上有春禽翱翔，下有綠水潺潺，讓作者肆志縱遊，神怡心曠，進而在此仰瞻俯瞰之中，感物懷想，因自然之物候而密會造化之軌則，使自我能如理而自在。又如張華〈贈摯仲治詩〉：

　　　君子有逸志，棲遲於一丘。仰蔭高林茂，俯臨淥水流。
　　　恬淡養玄虛，沈精研聖猷。（上冊・頁 621）

陸機〈贈潘尼詩〉：

> 水會于海，雲翔于天。道之所混，孰後孰先。
>
> 及子雖殊，同升太玄。舍彼玄冕，遺情市朝。
>
> 永志丘園，靜猶幽谷，動若揮蘭。（上冊‧頁677）

所寫的，不同樣也是茂林、淥水、丘園、幽谷，然後悟其同爲道之所混，而後能「舍彼玄冕，遺情市朝」，棲遲其間，玩味逸志以養玄虛。

再看孫楚的〈征西官屬送於陟陽侯作詩〉：

> 晨風飄歧路，零雨被秋草。傾城遠追送，餞我千里道。
>
> 三命皆有極，咄嗟安可保。莫大於殤子，彭聃猶爲夭。
>
> 吉凶如糾纏，憂喜相紛繞。天地爲我鑪，萬物何一小。
>
> 達人垂大觀，誡此苦不早。乖離即長衢，惆悵盈懷抱。
>
> 孰能察其心，鑒之以蒼冥。齊契在今朝，守之與偕老。
>
> （上冊‧頁599）

曹攄〈答趙景猷詩〉：

> 汎舟洛川，濟彼黃河。乘流浮蕩，儵忽經過。
>
> 孤柏亭亭，迴山峨峨。水卉發藻，陵木揚葩。
>
> 白芷舒葦，綠英垂柯。遊鱗交躍，翔鳥相和。
>
> 俯玩琁瀨，仰看瓊葦。顧想風人，伐檀山阿。
>
> 存彼魚人，滄浪之歌。邈邈淪漪，滔滔洪波。
>
> 大道孔長，人生幾何。俟瀆之清，徒嬰百羅。
>
> 今我不樂，時將蹉跎。蕩心肆志，與物無瑕。
>
> 歡以卒歲，孰知其它。（上冊‧頁754）

又〈答趙景猷詩九章之九〉：

> 替脫俛仰，荏苒時馳。秋來冬及，節變歲移。
>
> 萎萎之葉，漂然去枝。蔽芾豐草，殞其黃萎。
>
> 無生不化，我心匪虧。眷眷屈生，哀彼乖離。
>
> 遲遲楊子，哭此路歧。繾綣之情，鄙我人斯。
>
> 達者無累，內顧何爲。（上冊‧頁755）

在這些詩裏，或像孫子荊的「晨風飄歧路，零雨被秋草」，以蕭條的景色點染了送別的惆悵之情，或像曹顏遠一寫「乘流浮蕩」於洛川、

黃河時的草木之秀、魚鳥之態，一寫秋冬「節變歲移」之際，蔡葉的
去枝、豐草的黃萎。雖然，三首作品都語帶玄思，以達人觀覽大化，
當知「齊物」之理；以「人生幾何」、「徒嬰百羅」，固當「蕩心肆志，
與物無瑕」；以「無生不化」，怎堪「眷眷屈生，哀彼乖離」，何不學
學達者的無累，只是這些玄思，無一不是透過自然景物的烘托與感興
來加以表現的。尤其是在張協的幾首作品裏，這種表現的方式特別地
明顯，其〈雜詩十首之三〉云：

> 金風扇素節，丹霞啓陰期。騰雲似涌煙，密雨如散絲。
> 寒花發黃采，秋草含綠滋。閒居玩萬物，離群念所思。
> 案無蕭氏牘，庭無貢公綦。高尚遺王侯，道積自成基。
> 至人不嬰物，餘風足染時。（上冊·頁745）

> 昔我資章甫，聊以適諸越。行行入幽荒，甌駱從祝髮。
> 窮年非所用，此貨將安設。瓴甋夸璵璠，魚目笑明月。
> 不見郢中歌，能否居然別。陽春無和者，巴人皆下節。
> 流俗多昏迷，此理誰能察。（之五·上冊·頁746）

> 結宇窮岡曲，耦耕幽藪陰。荒庭寂以閒，幽岫峭且深。
> 淒風起東谷，有渰興南岑。雖無箕畢期，膚寸自成霖。
> 澤雉登壟鷁，寒猿擁條吟。溪壑無人跡，荒楚鬱蕭森。
> 投耒循岸垂，時聞樵採音。重基可擬志，迴淵可比心。
> 養眞尚無爲，道勝貴陸沈。游思竹素園，寄辭翰墨林。

> （之九·上冊·頁747）

景陽詩篇向爲太康詩歌的代表之一，所以鍾嶸將他列於上品，稱賞
他：「文體華淨，少病累，又巧構形似之言。雄於潘岳，靡於太沖。
風流調達，實曠代之高手。詞彩葱菁，音韻鏗鏘，使人味之，亹亹不
倦」[註9]而清人許學夷《詩源辨體》亦言其：「華彩俊逸，實有可觀」
[註10]。先以〈雜詩十首之三〉來看，起首六句，皆是對秋景的描寫，

[註9] 見王叔岷：《鍾嶸詩品箋證稿》（臺北：中央研究院中國文哲研究所，
民國81年3月初版），頁185。

[註10] 見〔清〕許學夷著、杜維沫點校：《詩源辨體》（北京：人民文學出
版社，1987年10月一刷），卷五，頁91。

然而「遂句煅煉」、「巧構形似」，用時氣的變化渲染出煙雨濛濛而意境深邃的氣氛，特別是「發」、「含」二字的琢煉，提點了作者於「閒居玩萬物」時，那種體物入神，窺見造化之機的妙悟。繼則，乃用《漢書・蕭育傳》之典，言交遊之中雖無知心密友，但猶能「不事王侯，高尚其事」以恬適自處，積道自持，效法「至人」的涵養本眞，「乘天地之誠，而不與物相嬰」。〈之五〉則是用了《莊子・逍遙遊》：「宋人資章甫而適諸越，越人斷髮紋身，無所用之」的典故，寫自己雖懷才德，然不被賞識，無所可用，此全肇因於流俗的昏迷，混淆了瓴瓿之磚和璵璠之玉的價值，猶如「陽春白雪」，曲雖高而和者寡，詩中引莊子與宋玉之典，以瓴瓿璵璠、魚目明珠對舉，又從行入幽荒，甌駱祝髮述起，論詞采、論佈局，皆迥異於專事說理的篇什。再以〈之九〉來看，《晉書》本傳說他：

　　　　于時天下已亂，所在寇盜，協遂棄絕人事，屏居草澤，守
　　　　道不競，以屬詠自娛。〔註11〕

而在這首詩中，正可相印證於史書的記載。作品的前段寫的是張協「屏居草澤」之後，對山中景物與田園生活的描繪，「結宇窮岡曲，耦耕幽藪陰。荒庭寂以閒，幽岫峭且深」，所要表達的無非是棲身、耕植的處所，然詩中以「窮」與「幽」來寫山野的偏僻，以「岡」與「藪」來映襯空間的高低，言庭曰「荒」，言岫曰「幽」，而庭之荒在「寂以閒」，岫之幽在「峭且深」，短短四句，而用了六個形容詞，極盡了刻畫的工力。接下來四句，寫的是天候的變化，「箕」、「畢」爲二星名，古人以爲當月亮經於箕星之度便多風，經於畢星之度便多雨，「寸膚」則用指小雲朵，當風起湔興，遂雲聚雨降。再次六句，是農耕生活的狀繪，澤雉、寒猿的鳴叫，對顯了荒楚的僻靜與蕭森，而投耒休憩、時聞采樵之聲，則更是在一種「鳥鳴山更幽」、人與萬物自然和諧的畫面裏，表現了作者的悠閑自得之情。故於詩作後段，詩人以高山流水比擬自己的高潔之志、出塵之情，又言養性存眞在於無爲，道之勝

〔註11〕參看〔唐〕房玄齡等撰：《晉書》（冊二）（臺北：鼎文書局，民國76年1月五版），卷五十五、列傳第二十五，頁1519。

者在於歸隱，從而遊思竹素，寄辭翰墨，揮灑胸臆，怡然自得。

　　是以綜觀三首詩來看，此中寫景細緻、刻畫入密、字煉句琢，方知前人說景陽詩「巧構形似」、「流韻清綺」誠爲不虛之論，並且詩作會景物與理致於一爐，更標誌了西晉玄言詩中「即自然以味玄懷」的特色來。

　　此外，在這類帶有濃厚自然景物描寫的玄言詩作中，還有一部分是抒發西晉士人那種「雖身在廟堂之上，然其心無異於山林之中」〔註12〕，既可縱情物質生活，又可滿足風流瀟灑之精神享受的「朝隱」的情調的，例如：何劭〈贈張華詩〉：

> 四時更代謝，懸象迭卷舒。暮春忽復來，和風與節俱。
> 俯臨清泉涌，仰觀嘉木敷。周旋我陋圃，西瞻廣武廬。
> 既貴不忘儉，處有能存無。鎭俗在簡約，樹塞焉足摹。
> 在昔同班司，今者並園墟。私願偕黃髮，逍遙終琴書。
> 舉爵茂陰下，攜手共躊躇。奚用遺形骸，忘筌在得魚。
> （上冊・頁648）

嵇喜〈答嵇康詩四首之三〉：

> 達人與物化，無俗不可安。都邑可優游，何必棲山原。
> 孔父策良駟，不云世路難。出處因時資，潛躍無常端。
> 保心守道居，觀變安能遷。（上冊・頁550）

由於「奚用遺形骸，忘筌在得魚」、「都邑可優游，何必棲山原」，因此「隱之爲道，朝亦可隱，市亦可隱」〔註13〕，甚且「心隱」重於「身隱」，特別是在西晉士人那種追求「身名俱泰」的人生態度裏，隱於廟堂，「有極柄之重而無神疲之苦，有錦衣玉食而無勞形之累」，

〔註12〕所引爲郭象注《莊子・逍遙遊》之語，見〔清〕郭慶藩：《莊子集釋》（臺北：木鐸出版社，民國77年元月再版），頁28。

〔註13〕《晉書・鄧粲傳》載：鄧以高潔著名，並不應州郡辟命，時荊州刺史桓沖卑辭厚禮請粲爲別駕，粲嘉其好賢，乃起應召，其友劉驎之、劉尚公謂之曰：「卿道廣學深，眾所推懷，忽然改節，誠失所望。」粲笑答曰：「足下可謂有志於隱而未知隱。夫隱之爲道，朝亦可隱，市亦可隱。隱初在我，不在於物。」同註11，（冊三），卷八十二、列傳第五十二，頁2151。

故爲當時的貴族與知識分子所樂道。宋人葛常之嘗謂：「晉史稱何劭
驕奢簡貴，衣裘玩服，新故巨積。食必盡四方之珍，一日之供以錢
二萬爲限，而曾所食不過萬錢，是劭之自奉侈於父也。而劭贈張華
詩乃云：『周旋我陋圃，西瞻廣武廬。既貴不忘儉，處約能存無。鎮
俗在節約，塞門焉足摹』。是以姬孔爲法，以管氏爲戒也。審能如是，
則史所書，又如何邪？以史爲正，則劭所言，誣矣。東坡〈擷菜詩〉
云：『秋來霜露滿東園，蘆菔生兒芥有孫。我與何曾同一胞，不知何
苦食雞豚』。苟能如此，則豈肯縱嗜欲於口腹之間哉！」〔註14〕合詩
中「逍遙終琴書」、「舉爵茂陰下」的人物形象與史傳衣裘玩服、嗜
欲口腹的的情形對比，則更可窺見時人「朝隱」的情調，而所謂「居
官無官官之事，處事無事事之心」〔註15〕、所謂「身處朱門而情遊
江海，形入紫闥而意在青雲」〔註16〕，亦正是此情調的最佳寫照。

第二節　詠莊老以體至道

　　西晉玄言詩的發展特徵除了上述帶入自然景物的描寫外，還有一
類就是專意於談玄說理的篇什，而這個理又可分爲兩部分，一是老、
莊之理，一是周易之理，大抵不出「三玄」的範圍。先以老、莊之理
來看，當時的玄學、談風之熾，實是彌漫了整個知識分子階層，故而
《晉書・儒林傳》記載：「有晉自中朝始，迄於江左，莫不崇飾華競，
祖述玄虛，擯闕里之經典，習正始之餘論，指禮法爲流俗，目縱誕以
清高」〔註17〕，《晉書・應詹傳》亦曰：「元康以來，賤經尚道，以玄

〔註14〕所引爲葛立方《韻語陽秋》之語，見〔清〕何文煥：《歷代詩話》（臺
　　　　北：藝文印書館，民國 60 年 2 月三版），《韻語陽秋》卷十九，頁
　　　　414。
〔註15〕此爲孫綽誄劉惔之語，見《晉書・劉惔傳》，同註11，（冊三），卷七
　　　　十五、列傳第四十五，頁 1992。
〔註16〕此爲蕭鈞答孔珪之語，引自〔唐〕李延壽撰：《南史》（冊二）（臺北：
　　　　鼎文書局，民國 74 年 3 月四版），卷四十一，列傳第三十一〈蕭鈞〉，
　　　　頁 1038。
〔註17〕同註11，（冊三），卷九十一、列傳第六十一，頁 2346。

虛宏放爲夷達，以儒術清儉爲鄙俗」〔註18〕，其競相祖尙的程度，可謂是「戶詠恬曠之辭，家畫老莊之象」〔註19〕。從而玄風所漸，及於詩國，遂有「以詩談玄」的作品出現。

如嵇喜〈答嵇康詩四首之二〉：

> 君子體變通，否泰非常理。當流則蟻行，時逝則鵲起。
> 達者鑒通機，盛衰爲表裏。列仙殉生命，松喬安足齒。
> 縱軀任世度，至人不私己。（上冊・頁550）

張華〈詩〉：

> 乘馬佚於野，澤雉苦於樊。役心以嬰物，豈云我自然。
> （上冊・頁623）

在莊子「通天下一氣」的氣化世界觀裏，「氣」是構成一切有形的元質，並且天地萬物的生滅消息亦是由「氣」所「化」。因此，嵇喜認爲達者當體會此造化之「機」，委心任運，學「至人」的縱身大化。而茂先詩則是在闡明任何個體的存在要能順隨其自性才是理想的生活情態，故而乘馬以野爲佚，澤雉以樊籠爲苦，如果驅使自身以追逐外物，亦勢必爲外物所嬰擾，又那能順任自然之自性呢。

石崇〈答棗典詩〉：

> 言念將別，睹物傷情。贈爾話言，要在遺名。
> 惟此遺名，可以全生。（上冊・頁645）

張載〈贈司隸傅咸詩五章之三〉：

> 太上立本，至虛是崇。猗歟清規，允迪斯沖。
> 韜納無方，以光徽融。嗟我昏曚，懷賢仰風。
> （上冊・頁739）

〔註18〕同註11，（冊三），世七十、列傳第四十，頁1858。
〔註19〕嵇含〈弔莊周圖文〉曰：「邁矣莊周，天縱特放，大塊授其生，自然資其量，器虛神清，窮玄極曠。人僞俗季，眞風旣散，野無訟屈之聲，朝有爭寵之歎，上下相陵，長幼失貫，於是借玄虛以助溺，引道德以自獎，戶詠恬曠之辭，家畫老莊之象。……」參見嚴可均：《全上古三代秦漢三國六朝文》（第四冊）（臺北：世界書局，民國71年2月四版），《全晉文・嵇含》，卷六十五，頁8。

曹攄〈贈王弘遠詩三章之一〉：

　　道貴無名，德尚寡欲。俗牧其華，我執其朴。
　　人取其榮，余守其辱。窮巷湫隘，環堵淺局。
　　肩牆弗暨，茅室不劉。潦必陵階，雨則浸楄。
　　仰懼濡首，俯惟塗足。妻孥之陋，如彼隸僕。
　　布裳不衽，韋帶三續。將乘白駒，歸于空谷。
　　隱士良苦，樂哉勢族。（上冊・頁752）

以石季倫詩來看，《老子・四十四章》云：「名與身孰親？身與貨孰多？得與亡孰病？其愛必大費；多藏必厚亡。故知足不辱，知止不殆，可以長久」〔註20〕，因而石詩所謂「惟此遺名，可以存身」，便是在說明輕身以徇名者身危，遺名以全身者身存之理。至於張孟陽詩則是環繞「沖虛」一義以陳言，《老子・十一章》謂：「三十輻，共一轂，當其無，有車之用。埏埴以爲器，當其無，有器之用。鑿戶牖以爲室，當其無，有室之用」，是以「有」的便利，正端賴「無」的發揮其妙用，而此「無」的形上描述，則如《老子・四章》所說的：「道沖，而用之或不盈。淵兮，似萬物之宗；湛兮，似或存」，正是因爲道體的虛，所以才能含藏萬有，蘊育無限可能，而成爲萬物的宗主，進而將此形上之道體現於人存有者的存在之道時，便是要「致虛極，守靜篤」，退開一步，虛以待物，以之持身，乃能「觀復」，用之待世，則能使「萬物自化」。再看曹顏遠詩，則詩中所申言者，無非是老子「見素抱樸，少私寡欲」（〈十九章〉）、「知其雄，守其雌，爲天下谿。爲天下谿，常德不離，復歸於嬰兒。知其白，守其辱，爲天下谷。爲天下谷，常德乃足，復歸於樸」（〈二十八章〉）、「江海之所以能爲百谷王者，以其善下之，故能爲百谷王」（〈六十六章〉）之旨。

又如孫拯〈贈陸士龍詩十章之九〉：

　　釋彼短寄，樂此窈冥。形以神和，思以情新。
　　青雲方乘，芳餌可捐。達觀在一，萬物自賓。（上冊・頁723）

〔註20〕引自陳鼓應：《老子註釋及評介》（北京：中華書局，1994年8月五刷），附錄二〈老子校定文〉，頁460。

張翰〈贈張弋陽詩七章之一〉：

時道玄曠，階軌難尋。散纓放冕，負劍長吟。

昆弟等志，託茲幽林。玄墨澄氣，虛靜和心。（上冊·頁736）

棗嵩〈贈杜方叔詩十章之七〉：

達節無累，貴彼脩身。不求善己，而務得人。

進替惟意，與時屈申。萬物云云，飄若埃塵。（上冊·頁773）

孫拯詩所謂「釋彼短寄，樂此窈冥」，就是說人當擺脫有限存在的軀體，然後欣悅地追求無限的宇宙意蘊，以形體來契合神明，讓自我的思維向度也面目一新，於是能夠因著對形而上的嚮往而捐棄形而下的定執，而這個宇宙的深蘊、達觀的「一」，就是老子所說的：「昔之得『一』者：天得『一』以清；地得『一』以寧；神得『一』以靈；谷得『一』以盈；萬物得『一』以生；侯王得『一』以爲天下正」（〈三十九章〉）的那個「道」的原理與眞精神，依著「道」的軌則，萬物也將賓服於道而自生自化。再看張翰詩的「散纓放冕，負劍長吟」，整首讀來大有箕山懷抱，此正是用世之情歇，然後適己之願張，因而託身山林，追求一種心靈的虛靜與平和，此與棗臺彥達觀塵俗、擯除外累、與時屈申的處世之道，同是玄學人生觀的多樣表現。

第三節　申大易以喻勸勉

《周易》本爲卜筮之書，其後因有人爲之作《傳》，遂由占筮吉凶之義而兼及天人性命之理，並且在這注疏形態的詮釋行爲當中，其主要的觀念、內容又可分爲形上思想及道德意義兩個方面，甚且在這兩者之中是以道德意義爲優位，視道德意識爲第一義，而後以之確定形上思想所預設的態度，秉此道德的角度來闡述天地萬物的存在意義，視宇宙秩序爲道德秩序，進而構成一套具有「儒家系統性格」的「道德形上學」（moral metaphysics）〔註21〕。譬如〈說卦傳〉云：「昔

〔註21〕所謂「系統性格」即是指此一系統的「內在本質」、「內在而獨具的性質」而言。而儒家的「內在本質」就在道德一義，並且此道德意識是

者聖人之作《易》也，幽贊于神明而生蓍，參天兩地而倚數，觀變于陰陽而立卦，發揮于剛柔而生爻，和順于道德而理于義，窮理盡性以至于命。昔者聖人之作《易》也，將以順性命之理。是以立天之道曰陰與陽，立地之道曰柔與剛，立人之道曰仁與義，兼三才而兩之，故《易》六畫而成卦。」〔註22〕〈坤卦・文言傳〉云：「直其正也，方其義也。君子敬以直內，義以方外，敬義立，而德不孤。直方大，不習無不利，則不疑其所行也。」〔註23〕又〈繫辭傳上〉曰：「子曰：《易》，其至矣乎！夫《易》，聖人所以崇德而廣業也。知崇禮卑，崇效天，卑法地。天地設位，而《易》行乎其中矣。成性存存，道義之門。」〔註24〕凡此，俱可見得其於形上思想的描述咸以道德意識爲底蘊，而這種「作《易》者，其有憂患乎？」、富於教訓、勸勉的人生哲理，也就形成了西晉玄言詩中以《周易》爲題材的表現形態。

放到主體上來講的。牟宗三先生曾說：「孔子的重點是講仁，重視講仁就是開主體，道德意識強就要重視主體」，又言：「儒家主要的就是主體，客體是通過主體而收攝進來的，主體透射到客體而且攝客歸主。所以儒家即使是講形而上學，它也是基於道德」。譬如〈易傳〉說「窮神知化」，牟先生認爲這個「神」是通過「誠」來講的，我們平常說一個人「有神采」、「神氣的很」，這個「神采」、「神氣」的神是 material是屬於氣的，是屬於形而下的觀念，而儒家〈易傳〉講「神」，它是形而上的，是通過「誠」，是屬於道德的。所以說：「易傳講的這個神就是通過主體而呈現的，窮神你才能知化，化就是宇宙的生化。這就成了宇宙論。但是這個宇宙論並不是空頭講的宇宙論，你要窮神才能知化，從神這個地方講天道、講乾道，就是講創生之道。所以儒家發展到中庸易傳，它一定是『宇宙秩序即是道德秩序』（Cosmic order is moral order）它這兩個一定是合一的，這兩者是不能分開的」。參見〈中國哲學的重點何以落在主體性與道德性？〉一文，收於《中國哲學的特質》（臺北：臺灣學生書局，民國 79 年 10 月再版七刷），頁 13～18、及〈儒家系統之性格〉一文，收於《中國哲學十九講》（臺北：臺灣學生書局，民國 82 年 8 月五刷），頁 69～85。

〔註22〕引自〔魏〕王弼、〔晉〕韓康伯、〔唐〕孔穎達等正義：《周易正義》（臺北：藍燈書局影印清嘉慶二十年江西南昌學府重刊十三經注疏本），頁 182～183。

〔註23〕同註 22，頁 20。

〔註24〕同註 22，頁 150。

傅咸〈周易詩〉云：

> 卑以自牧，謙而益光。進德修業，既有典常。
>
> 暉光日新，照于四方。小人勿用，君子道長。(上冊‧頁604)

長虞〈周易詩〉乃環繞「謙」之一義而發，所謂「卑以自牧」語出〈謙卦‧初六‧象傳〉：「謙謙君子，卑以自牧也」〔註25〕，所謂「謙而益光」則見〈謙卦‧彖傳〉：「謙，尊而光，卑而不可逾，君子之終也」，孔穎達釋之曰：「尊者有謙而更光明盛大，卑者有謙而不可逾越」〔註26〕。謙卦取象於艮下坤上，內卦艮體爲止，外卦坤體爲順；「止乎內而順乎外，就是內含崇高的德行而不自居，外有柔順之行而退讓自持」〔註27〕用來比喻人當謙虛、謙遜、謙退、謙讓，能如此則君子終將受益。特別是在《周易》之中，惟〈謙卦〉六爻皆吉，誠如胡一桂說：「謙一卦，下三爻皆吉而無凶，上三爻皆利而無害。《易》中吉利罕有若是純全者，謙之效固如此」，而王弼亦謂：「六爻雖有失位無應乘剛，而皆無凶咎悔吝者，以謙爲主也」〔註28〕，正是謙退之益宏大如斯，所以傅咸才認爲君子自當以此自牧，持之進德。

傅玄〈天行篇〉云：

> 天行一何健，日月高無縱。
>
> 百川皆赴海，三辰回泰蒙。(上冊‧頁560)

牽秀〈四言詩〉云：

> 乾道輔仁，坤德尚沖。(上冊‧頁727)

在傅玄的〈天行篇〉裏，「天行一何健」典出《周易‧乾卦‧象傳》：「天行健，君子以自強不息」，而此語即明顯地表現了「宇宙秩序即

〔註25〕 所謂「謙謙君子，卑以自牧」，《周易正義》釋之曰：「卑以自牧者，牧養也。解謙謙君子之義，恒以謙卑自養其德也」。同註22，頁48。

〔註26〕 同註22，頁47。

〔註27〕 見朱高正：《易經白話例解》（臺北：臺灣商務印書館，1996年1月初版四刷），頁90。

〔註28〕 參看徐志銳：《周易大傳新注》（山東：齊魯書主，1988年3月三刷），〈謙第十五〉，頁108。

道德秩序」的「道德形上學」色彩，從表面上看，是因著日月星辰運
轉不已，所以人也當效法天行，自強不息，然而從其形上學態度看，
卻是人對自身生活方式的主張制約了人之於萬殊自然現象的理解，是
主體賦現象界予道德的意涵，也是騷人賦詩的勸勉性。而牽秀詩以乾
體的剛健不息得以輔仁，以坤體的「厚德載物」，能「含弘光大」使
「品物咸亨」所以說「尙沖」，同爲以詩說理，並且此理是宇宙天地
之理、亦是君子進德之理。又如傅玄〈兩儀詩〉云：

> 兩儀始分元氣清，列宿垂象六位成，日月西流景東征。
>
> 悠悠萬物殊品名，聖人憂代念群生。（上冊·頁574）

張華〈詩〉云：

> 混沌無形氣，奚從生兩儀。元一是能分，太極焉能離。
>
> 玄爲誰翁子，道是誰家兒。天行自西迴，日月曷東馳。
>
> （上冊·頁622）

羅宗強先生說：「西晉詩人在玄風的背景下，在詩中也多少存在玄風
的影響，以詩說理，傅玄〈兩儀詩〉是一例，張華也有這方面的詩（混
沌無形氣……）」〔註29〕，兩詩俱是對宇宙發生問題的描述，只是茂
先詩偏重描述，而休奕詩多了聖人的濟世之情。

〔註29〕參看羅宗強：《魏晉南北朝文學思想史》（北京：中華書局，1996 年
10 月一刷），頁 90。

第五章　六朝玄言詩的全盛期

　　時入東晉，是爲玄言詩的黃金時代〔註1〕。然就此時在詩歌發展
外緣因素上的政治、社會背景來看，則有幾項特徵，可予留意，而此
特徵的主軸即是——由懷愍北去，典午南遷的國仇家恨到偏安心態的
形成及其於人生態度、人生理想和審美趣味的轉變。首先，就偏安之
局的形成而言，在南方，先後有王敦、蘇峻、桓玄、孫恩盧循等內亂，
其間雖有多次的北伐，然皆無功而返；在北方，更是長期陷於紛亂的
狀態，先有劉聰與石勒的爭戰、而後前燕和前秦分據、而後苻堅席捲
北方之大半、而後後燕與後秦對峙，是以形成此偏安之局的根本因
素，實是因爲南北方皆未曾出現一個強大到足以統一全國的政權。從
而在此偏安局勢的成形下，士人心理也從「百端交集」、「舉目有江河
之異」的一端，走向了苟安一隅、自我怡情的一端，《世說新語・語
言》載云：

　　　　過江諸人，每至美日，輒相邀新亭，藉卉飲宴。周侯中坐
　　　　而歎曰：「風景不殊，正自有山河之異！」皆相視流淚。唯
　　　　王丞相愀然變色曰：「當共戮力王室，克復神州，何至作楚
　　　　囚相對？」〔註2〕

〔註1〕　本期在時間上的斷限，起於司馬睿於江左踐祚（大興元年、西元318
　　　　年），迄於劉裕受禪（永初元年、西元420年），亦即含括東晉而言。
〔註2〕　見徐震堮：《世說新語校箋》（臺北：文史哲出版社，民國74年7月

又載:

> 衛洗馬初欲渡江,形神慘悴,語左右云:「見此芒芒,不覺
> 百端交集。苟未免有情,亦復誰能遣此。」〔註3〕

只是等到江左形勢漸趨穩定之後,這種「家國之憂,身世之感」的愴然悲痛便很快的得以平復,甚至一些懷有恢復中原之志的舉措,往往也招致非議,例如「庾亮以石勒新死,欲移鎮石城,爲滅賊之漸」時,蔡謨即上書道:「時有否泰,道有屈伸。暴逆之寇雖終滅亡,然當其強盛,皆屈而避之。是以高祖受黜於巴漢,忍辱於平城也」,而後「朝議同之」〔註4〕,又殷浩北伐,王羲之以書勸阻,及其敗,擬復圖再舉,逸少又遺浩書說:「以區區江左,所營綜如此,天下寒心,固以久矣,而加之敗喪,此可熟念。往事豈復可追,願思弘將來,令天下寄命有所,自隆中興之業。政以道勝寬和爲本,力爭武功,作非所當,因循所長,以固大業,想識其由來也」,並且又與會稽王司馬道子牋,力陳殷浩不宜北伐,並論時事說:「以區區吳越經緯天下十分之九,不亡何待!而不度德量力,不弊不已」〔註5〕,北伐固然需要「度德量力」,也帶有幾分的風險,只是這些固守江左、務求穩妥的論調,確實也反映了當時士子的普遍心態。有了這種局勢、這種心態,再加上江南的好山好水,繼續清談、繼續追求生活的享樂和滿足,相互標榜著從容優雅的意態風度,並且更進一步地領略和深化了對於山水的審美觀照,唯一不同的是,江左名士擺落了中朝名士那種任誕、佯狂的行爲作風,而改以一種溫文爾雅、從容瀟灑,不粗俗、不過度外露的氣質情調,特別是在精神面貌上,或許是源於對永嘉動亂的心理補償,而嚮往於一種靜謐寧和的天地,誠如羅宗強先生所描述的:「南渡之後,士人的心態又一變。他們從國破家亡的悲傷裏恢復過來之

初版),頁 143。
〔註3〕同註2,頁 94。
〔註4〕見〔唐〕房玄齡等撰:《晉書》(冊三)(臺北:鼎文書局,民國 76年1月五版),卷七十七、列傳第四十七〈蔡謨傳〉,頁 2033〜2041。
〔註5〕見《晉書·王羲之傳》,同註4,卷八十、列傳第五十,頁 2093〜2102。

後，便走進一個偏安的心境之中，追求寧靜的精神天地。他們從西晉士人的放蕩縱欲的趣味裡擺脫出來，尋求瀟灑飄逸的旨趣。他們風度翩翩地處世，留連於山水之間，愛好書法、繪畫和音樂，嚮往著仙的境界和佛的境界。一句話，他們追求著一個寧靜高雅瀟灑的人生」，並且「終江左百年，未離這種境界」。〔註6〕

再就玄言詩本身來看，東晉是玄言詩的全盛時期，所謂「自建武迄乎義熙，歷載將百，雖綴響聯辭，波屬雲委，莫不寄言上德，託意玄珠」（沈約《宋書·謝靈運傳》），而在此一階段的發展情狀，亦有幾項特點，一是在內容上，如蘭亭諸作，讓玄理與山水有了更好結合，而玄釋交涉、佛理格義，也使得玄言詩復拓宇於「三世之辭」；一是在技巧上，由於積累了前此對玄言題材的運用經驗，乃從「引玄入詩」、「以詩談玄」，在詩境的開拓和題材的深化中，錘鍊了「詩」、「玄」雙運的技巧，在質與量上俱取得一定的成績。於是玄言詩乃由生澀而轉為精鍊、由伏流而躍為主調、由旁枝而趨於鼎盛，故能橫亙東晉詩壇達百年之久。

第一節　變創其體，賦玄於列仙之趣

一、郭璞在玄言詩史上的定位——一個關於玄言詩發展的文學史問題

討論過江詩壇，首先要面對的便是郭璞的詩作及其所標誌的詩歌歷史的流變問題，這個問題的肇始是六朝人在「通變」〔註7〕的文學

〔註6〕 參看羅宗強：《玄學與魏晉士人心態》（臺北：文史哲出版社，民國81年11月初版），〈結束語〉，頁390。

〔註7〕 《文心雕龍·通變篇》有言：「文律運周，日新其業。變則堪久，通則不乏」，而蕭子顯《南齊書·文學傳論》亦謂：「習玩為理，事久則瀆，在乎文章，彌患凡舊，若無新變，不能代雄」，凡此都是站在文學應與日俱進，推陳出新的史觀裏來論列文學。而本文所謂「通變的文學史觀」，即是就六朝人秉此觀點，對郭璞詩歌所表現的革新傳統詩類與改易時代詩風的判斷而言。

史觀裏，由諸家論述的歧異所產生的，它牽涉到了郭璞遊仙詩在當時詩歌發展中繼承與創新，也牽涉到了玄言詩的起點，所以討論東晉玄言詩的發展，自須釐清此項爭議與梳爬其中的糾結。

鍾嶸《詩品》於論述兩晉之際詩風時說：

> 永嘉時，貴黃老，稍尚虛談。於時篇什，理過其辭，淡乎寡味。爰及江左，微波尚傳，孫綽、許詢，桓、庾諸公，詩皆平典似道德論，建安風力盡矣。先是郭景純用儁上之才，變創其體。劉越石仗清剛之氣，贊成厥美。然彼眾我寡，未能動俗。逮義熙中，謝益壽斐然繼作。〔註8〕

又評郭璞詩云：

> 憲章潘岳，文體相輝，彪炳可玩。始變永嘉平淡之體，故稱中興第一，翰林以為詩首。但遊仙之作，詞多慷慨，乖遠玄宗。其云：「奈何虎豹姿。」又云：「戢翼棲榛梗。」乃是坎壈詠懷，非列仙之趣也。

然記室的此一論斷，卻引發了兩項爭議：一是關於玄言詩的起點問題，一是關於景純遊仙詩的特質到底是「坎壈詠懷」還是「列仙之趣」的問題。首先，就前一個問題來看，鍾嶸說郭璞詩是「用儁上之才，變創其體」改變了永嘉以來的平淡詩風，是玄言詩風的革易者，然而檀道鸞《續晉陽秋》卻說：「正始中，王弼、何晏好老莊玄勝之談，而世遂貴焉。至過江佛理尤盛。故郭璞五言始會合道家之言而韻之」〔註9〕，於是郭璞究竟是玄言詩風的導始者或是改易者，緣此遂衍為兩派說法，贊成鍾說者，如蕭子顯《南齊書・文學傳論》：「江左風味，盛道家之言，郭璞舉其靈變，許詢極其名理，仲文玄氣，猶不盡除」〔註10〕，以「靈變」之說會於「變創」之論〔註11〕，至於贊成檀說者，

〔註8〕 引自王叔岷：《鍾嶸詩品箋證稿》（臺北：中央研究院中國文哲研究所，民國81年3月初版），〈詩品總序〉頁62～66及〈詩品卷中・晉弘農太守郭璞詩〉，頁247。

〔註9〕 見余嘉錫：《世說新語箋疏》（臺北：仁愛書局，民國73年10月），〈文學第四〉條八五，注引《續晉陽秋》，頁262。

〔註10〕 見〔梁〕蕭子顯：《南齊書》（臺北：鼎文書局，民國76年元月五版），

如黃季剛《詩品講疏》：「據檀道鸞之說，是東晉玄言之詩，景純實為之前導。特其才氣奇肆，遭逢險艱，故能假玄言以寫中情，非夫抄錄文句者所可擬況」﹝註12﹞，而王瑤亦論之曰：

> 郭璞是玄言詩的導始者，因為他「會合道家之言而韻之」……但遊仙詩中所表現的何嘗不是老莊的思想？像「漆園有傲吏，萊氏有逸妻」，「嘯傲遺世羅，縱情在獨往」這一類的句子，何嘗不是當時一般的思想，所以他可以說是玄言詩的導始者。﹝註13﹞

兩派的說法，似乎各據其理，然茲就玄言詩的發展情狀來看，說郭璞「變創其體」則可，謂其「乖遠玄宗」則不可，並且玄言詩的濫觴也不是肇自郭璞，故無所謂「始會合道家之言」的說法。今追溯玄言入詩的源頭，如本文於醞釀期所述，早在東方朔〈誡子詩〉、仲長統〈見志詩〉中，已可覓其端跡，下逮正始，因著玄學的興起，玄言詩便開始大量的出現，例如在嵇康的作品中，以玄言題材入詩者即佔了百分之四十強，所以古直反駁檀說曰：

> 惟檀道鸞：「郭璞五言，始會合道家之言而韻之」之說，與此刺謬。尋詩用道家言，始于漢末仲長統《述志》。正始而後，其流彌廣。如嵇叔夜《答二郭》云：「至人存諸己，隱璞樂玄虛。」阮德輿《答嵇康》云：「恬和為道基，老氏戒強梁。」張華《贈虞仲洽》云：「恬淡養玄虛，沈精研聖猷。」孫楚《征西官屬送於陽侯作詩》：「莫大於殤子，彭聃猶為夭。」石崇《答曹嘉》云：「玄寂令神王，是以守至沖。」安在始於郭璞邪。﹝註14﹞

卷五十二、列傳第三十三，頁908。

﹝註11﹞ 古直《鍾記室詩品箋》釋「變創其體」謂：「蕭子顯云：『郭璞舉其靈變』，意與此同。」參看曹旭：《詩品集注》（上海：上海古籍出版社，1996年8月二刷），注引古直箋疏，頁31。

﹝註12﹞ 見黃侃：《文心雕龍札記》（臺北：文史哲出版社，民國62年2月再版），〈明詩第六〉轉錄《詩品講疏》，頁36。

﹝註13﹞ 見王瑤：《中古文學史論》（臺北：長安出版社，民國75年6月三版），〈中古文學風貌〉之〈玄言·山水·田園——論東晉詩〉，頁48～50。

﹝註14﹞ 同註11，頁31。又南京大學周勛初先生曾撰〈郭璞詩為晉「中興第一」

因此在玄言詩起點的論述上，《文心雕龍‧明詩篇》「正始明道，詩雜仙心，何晏之徒，率多浮淺」的判斷，當較符合實情〔註15〕。

其次，再就「變創其體」來看，論者或有以「乖遠玄宗」來規定「變創」的具體內容，只是徵諸景純詩，如〈答賈九州愁詩〉之「感彼時變，悲此物化」、「未若榮遺，閟情丘壑。逍遙永年，抽簪收髮」。〈與王使君詩〉之「道有虧盈，運亦凌替。」〈答王門子詩〉之「遺物任性，兀然自縱」。〈贈溫嶠詩〉之「尙想李嚴，逍遙杜肆」、「言以忘得，交以淡成」。〈遊仙詩〉之「漆園有傲史，萊氏有逸妻」、「明道雖若昧，其中有妙象」，俱顯玄言色彩，所以王瑤先生才解釋這種現

說辨析〉一文，其中嘗引程千帆先生之論，說：「按古書校勘有上下兩句誤倒例，程千帆以爲《續晉陽秋》中『至過江佛理尤盛』一句與『故郭璞五言始會合道家之言而韻之』一句互倒，此處應作『正始中，王弼、何晏好《莊》、《老》玄勝之談，而世遂貴焉，故郭璞五言始會合道家之言而韻之。至過江佛理尤盛，詢及太原孫綽轉相祖尚，又加以三世之辭，而《詩》、《騷》之體盡矣。』這樣，前後文義也就豁然貫通了。」收於香港中文大學、中國語言文學系主編：《魏晉南北朝文學國際研討會論文集》（臺北：文史哲出版社，民國83年11月初版），頁14。只是，程氏所論雖然解決了文句轉折與理解上的問題，可是仍然解釋不了玄言詩實際上的發展問題，因爲玄言詩的起點不在郭璞，所以對於《續晉陽秋》的詮釋脈絡便不該如此進行（說見本文〈第五章、第四節「援佛入詩，拓宇於三世之辭」〉），特別是程氏認定「至過江佛理尤盛」與「故郭璞五言始會合道家之言而韻之」兩句互倒，所據以判斷的只是古書上有上下兩句互倒之例，而並沒有舉出任何的版本證據來，這與余季豫先生說「至過江佛理尤盛」一段，「必原本殘缺，宋人肆臆妄塡」一樣，同屬臆測之詞。

〔註15〕張海明先生解釋「正始明道，詩雜仙心」謂：「『明道』實際上兼指道家思想的復興與玄學理論的創立。同樣，『詩雜仙心』也可以解釋爲老莊思想滲入詩歌，又解釋爲詩歌雜有神仙道教因素。」其中，「仙心」之所以能包含「老、莊」與「神仙道教」，乃是因爲「漢魏之際的神仙道教尚未形成自己獨立完整的理論體系，還必須依托借助道家思想；另一方面，道家思想特別是莊子學說中本不乏神仙因素，如『眞人之息以踵』（《大宗師》）、『藐姑射之山有神人居焉』（《逍遙遊》）一類，所以道家思想與道教思想往往纏夾在一起，其對詩歌的影響當然也是如此。」見氏著《玄妙之境》（吉林：東北師範大學出版社，1997年5月一刷），頁193～194。

象說：「他之乖遠玄宗，只是因爲他表現的方法與別人不同，並不是主旨思想的不同」〔註16〕，是以，對於鍾嶸「變創其體」的說法，自當擺落「乖遠玄宗」的詮釋進路，而另作一合理的言說。

　　事實上，所謂的「變創其體」可由「形式意義」與「內容意義」兩方面來加以闡釋，就「形式意義」方面言，《晉書》本傳說景純「詞賦爲中興之冠」〔註17〕，而劉勰亦謂「景純豔逸，足冠中興」〔註18〕，今觀其〈遊仙〉之作如「瓊林籠藻映，碧樹疏英翹。丹泉漂朱沫，黑水鼓玄濤」（十九首之十）、「朱門何足榮，未若託蓬萊。臨源挹清波，陵岡掇丹荑」（十九首之一）、「翡翠戲蘭苕，容色更相鮮。綠蘿結高林，蒙籠蓋一山。……放情凌霄外，嚼蕊挹飛泉。赤松臨上游，駕鴻乘紫煙」（十九首之三）、「朱霞升東山，朝日何晃朗。迴風流曲櫺，幽室發逸響」（十九首之八），此中，多富於形象的創造，又其用字設色，繽紛絢麗，並襯以光影聲響，使仙境之刻劃極具鮮明之色澤感〔註19〕；並且透過一系列動、植物與「乘、游、化、騰、駕、挹、托、臨、逍遙、嘯傲、邈茫、飄飆」等動態描繪，來烘托出「飄飄凌雲」的遊仙氣氛與神秘情調，既具安仁「爛若舒錦」、「彪炳可翫」之「豔麗」，亦懷松喬「滓穢塵網」、「餐霞倒景」之「逸興」，可說是綜合了「艷」表現方式和「逸」的內容特質〔註20〕，所以才

〔註16〕同註13，頁51。

〔註17〕同註4，卷七十二、列傳第四十二，頁1899。

〔註18〕《文心雕龍・才略篇》云：「景純豔逸，足冠中興，郊賦既穆穆以大觀，仙詩亦飄飄而凌雲矣。」引自李曰剛：《文心雕龍斠詮》（下冊）（臺北：國立編譯館中華叢書編審委員會，民國71年5月），頁2185。

〔註19〕郭璞遊仙詩在文辭運用上的特色，可參看楊瑟恩：〈郭璞遊仙詩析論〉一文，篇中對於郭詩之造詞修飾、用字設色、意象表現等，皆有論述，收於《輔大中研所學刊》第五期，（民國84年9月），頁223～244。

〔註20〕楊瑟恩先生謂：「劉勰以『艷逸』二字評景純，『艷』指修辭技巧，當針對淡然寡味的玄言詩而言；『逸』則可說是遊仙文學之特質。在此，艷逸的風格感受，代表先後二個層次之作用：『艷』是對景純遊仙詩的第一印象，主要源於文詞運用的特色，尤其以景純詩善用色，故有此視覺心理之作用。『逸』則是思想表現在語言上之特質，即《文

能在當時孫綽、許詢等人「辭趣一揆」的「平淡」詩風中,「挺拔而爲俊矣」〔註21〕。因此,所謂的「變創」,從詩歌表現的形式來說,當是就郭詩以其「文藻粲麗」〔註22〕的表現力,一反永嘉以來「淡乎寡味」的詩風而言,而非在詩歌流變的意義上,視景純詩之「變創」乃以〈遊仙〉取代〈玄言〉而爲玄言詩風的終結者。

再者,以如此方式來詮解「變創」的「形式意義」,除了可以較爲符合詩歌文本的實際情況外,並且參校以鍾嶸評郭璞詩爲「中興第一」,其所持的判準是「始變永嘉平淡之體」(鍾嶸評郭璞詩:「憲章潘岳,文體相輝,彪炳可翫,始變永嘉平淡之體。」)不僅可取得《詩品》系統內自相印證的邏輯一致性,亦有其在文獻脈絡意義上的合理性基礎。

另外再從「內容意義」方面看,則「變創」的意義即是在〈遊仙〉的傳統詩體裏,加入了玄言題材、隱逸思想及詠懷精神,而這樣的推論又牽涉到鍾嶸評郭璞,所謂:「遊仙之作,詞多慷慨,乖遠玄宗。其云:『奈何虎豹姿。』又云:『戢翼棲榛梗。』乃是坎壈詠懷,非列仙之趣也。」的問題,其中,「乖遠玄宗」一義,已辨之如前,它是在鍾嶸強調詩歌應富於「滋味」,要縐合賦、比、興三義,「酌而用之」,要「幹之以風力,潤之以丹彩,使詠之者無極,聞之者動心」的審美標準底下,對於郭詩一變永嘉平淡之體的表述,並且在其詩作中,多有玄言題材的引用,甚至如王瑤所說,「遊仙詩中所表現的何嘗不是老莊的思想?」〔註23〕誠如吳怡先生所論:

心雕龍・明詩》云『詩雜仙心』,《文選》李善注云『凡遊仙之篇,皆所以滓穢塵網,錙銖纓紱,餐霞倒景,餌玉玄都』……。」同註19,頁230。

〔註21〕《文心雕龍・明詩篇》云:「江左篇製,雖各有雕采,而辭趣一揆,莫能爭雄。所以景純詩篇,挺拔而爲俊矣。」同註18,頁239。

〔註22〕《世說新語・文學第四》引《璞別傳》謂:「璞奇博多通,文藻粲麗,才學賞豫,足參上流。其詩賦誄頌,並傳於世,而訥於言。」引自余嘉錫:《世說新語箋疏》(臺北:仁愛書局,民國73年10月),頁257。

〔註23〕同註13,頁50~51。

雖然嵇康有養生之論，曹植、阮籍、張華、何劭、張協、
郭璞等人都有遊仙之詩，但是他們嚮往的，乃是逍遙的境
界，乃是玄學的神仙，而非講求符籙咒語，作威作福的方
術的神仙。〔註24〕

所以說「乖遠玄宗」之論，並不確實。至於郭璞的〈遊仙詩〉究竟是
「列仙之趣」還是「坎壈詠懷」，則又是歷來詩評家爭論的焦點，其
中如李善《文選注》云：

凡遊仙之篇，皆所以滓穢塵網，錙銖纓紱，餐霞倒景，餌
玉玄都。而璞之制，文多自敘，雖志狹中區，而辭無累俗，
見非前識，良有以哉。〔註25〕

陳祚明《采菽堂古詩選》：

景純本以仙姿遊於方內，其超越恆情，乃在造語奇傑，非
關命意。〈遊仙〉之作，明屬寄託之詞，如以「列仙之趣」
求之，非其本旨矣。〔註26〕

何焯《義門讀書記》：

景純〈遊仙〉，當與屈子〈遠遊〉同旨。蓋自傷坎壈，不成
匡濟，寓旨懷生，用以寫鬱。鍾嶸《詩品》譏其無列仙之
趣，此以辭害意也。〔註27〕

沈德潛《古詩源》：

遊仙詩本有託而言，坎壈詠懷，其本旨也。鍾嶸貶其少列
仙之趣，謬矣。〔註28〕

〔註24〕於此，吳怡先生所謂「作威作福」的說法或略嫌激切，然而說郭璞
詩中的旨趣，要在適性逍遙的精神追求而非長生不老的肉體修鍊，
則是不易之論，而這也是詩歌吟詠性情的本質特徵。參看吳怡：《禪
與老莊》，（臺北：三民書局，民國81年11月八版），頁33。

〔註25〕引自〔梁〕蕭統、〔唐〕李善注：《文選》（臺北：藝文印書館，民國
80年12月十二版，影印清嘉慶十四年胡克家重刻宋淳熙本文選），
第二十一卷、〈郭景純遊仙詩七首〉李善注，頁313。

〔註26〕轉引自北京大學中國文學史教研室選注：《魏晉南北朝文學史參考資
料》（臺北：里仁書局，民國81年3月十六日），〈關於郭璞的評價〉，
頁314。

〔註27〕同前註，頁314。

〔註28〕引自〔清〕沈德潛：《古詩源》（臺北：古亭書屋，民國59年4月影

劉熙載《藝概》：

> 嵇叔夜、郭景純皆亮節之士，雖〈秋胡行〉貴玄默之致，〈遊
> 仙詩〉假棲遯之言，而激烈悲憤，自在言外，乃知識曲宜
> 聽其真也。〔註29〕

陳沆《詩比興箋》：

> 景純〈遊仙〉，振響兩晉。自鍾嶸謂其「詞多慷慨，乖遠玄
> 宗」，「坎壈詠懷，非列仙之趣」，李善亦謂其文多自敘，未
> 能餐霞倒景，錙銖塵網，見非前識，良匪無以。質諸弘農，
> 竊恐啞然。夫殉物者繫情，遺世者冥感。繫情者難平尤怨，
> 冥感者但任沖玄。取捨異途，情詞難飾。今既蟬蛻塵寰，
> 霞舉物外，乃復骯髒權勢，流連寒修。匪惟旨謬老、莊，
> 毋亦卜迷詹尹。是知君平兩棄，必非無因，夷叔長辭，正
> 緣篤感云爾。世累人繁，此情未覯；毀譽兩非，比興如夢。
> 是用屏彼藻繪，直揭胸懷。〔註30〕

凡此諸論，皆環繞「詠懷」一義而發，故而何義門遂有專寫遊仙蓋斯
體之「正格」，坎壈詠懷乃其「變格」，所謂「何敬祖遊仙詩，遊仙正
體，宏農其變」(《義門讀書記卷二》)的說法。然而亦有持對反意見
者，例如李豐楙先生對於「坎壈詠懷」與「列仙之趣」的問題就有一
段極精闢的論述，首先，李先生認為「詠懷」它基本上屬於文學的本
質問題，本就是士大夫文學的重要特徵，而郭璞的〈遊仙詩〉則是《楚
辭》系士大夫文學在兩晉社會的新翻版，郭璞他具現了《楚辭》遊仙
文學中「遊」與「憂」的兩大主題：其於前者，仍繼續遊仙的逍遙之
樂，只是多賦予了一層新仙說的色彩；至於後者，則延續士不遇型的
詠懷之思，而又增多東晉南渡時亂世的時代意識。因此，大體而言，
從屈原《楚辭》以下的遊仙文學，其共同的基調均源於空間與時間的
迫阨之感，從而這種對時空所形成的壓力，採取一個超越時空的遊仙

印初版)，卷三，頁 205。
〔註29〕同註26，頁 315。
〔註30〕引自〔清〕陳沆：《詩比興箋》(臺北：鼎文書局，民國 68 年 2 月初
　　　　版)，〈郭璞遊仙詩箋〉，頁 61～62。

模式，而成為一種「基型」（Archetype），只是表層的時代經驗各自不同而已。是以李先生評斷說：

> 郭璞借遊仙的題材以抒寫懷抱，遠承屈原楚騷、近師阮籍詠懷，都是遊仙詩史上不同時代的代表作：屈原忠而被謗，又不願效遊士的周遊各國，因而假借遠遊仙境，表現其內心的衝突。阮籍生逢「天下多故，名士少有全者」的時局；因而不得已借用遊仙題材，以寓託懷抱。而郭璞則在士族社會與渡江之後的政局中，借遊仙詩以寓託其不得意之情。因此從遊仙的觀點言，都是遊仙詩在形成、發展過程中，不同時代的產物，也就都是遊仙詩。〔註31〕

今觀其〈遊仙詩十九首之六〉云：「雜縣寓魯門，風暖將為災。吞舟涌海底，高浪駕蓬萊。神仙排雲出，作見金銀臺。陵陽挹丹溜，容成揮玉杯。姮娥揚妙音，洪崖頷其頤。升降隨長煙，飄颻戲九垓。奇齡邁五龍，千歲方嬰孩。燕昭無靈氣，漢武非仙才。」（中冊‧頁866）〈之九〉云：「採藥遊名山，將以救年頹。呼吸玉滋液，妙氣盈胸懷。登仙撫龍駟，迅駕乘奔雷。鱗裳逐電曜，雲蓋隨風迴。手頓羲和轡，足蹈閶闔開。東海猶蹄涔，崑崙螻蟻堆。遐邈冥茫中，俯視令人哀。」（中冊‧頁866）詩中的陵陽、容成、姮娥、洪崖俱為仙人之寫，而採藥服食，食氣吐納，並多狀繪馳騁太清之句，「傾心於自己的幻設」〔註32〕。所以說，郭璞的遊仙詩雖亦間抒胸臆，但是其中的遊仙本質卻並不因此而被遮掩，誠如李豐楙先生所論，「詠懷」本就是士大夫文學的特徵，而景純的〈遊仙詩〉正是在遊仙文學的發展過程中，加入自己的時代與際遇的表現，是在遊仙的間架裏，多元的綜合了玄

〔註31〕參看李豐楙：〈郭璞──遊仙詩變創說之提出及其意義〉一文，收於《中國文學講話──（五）魏晉南北朝文學》（臺北：巨流圖書公司，民國77年3月一版二刷），頁197～232。

〔註32〕林文月先生說：「曹植、嵇康、甚至於屈原，雖也寫仙境、述仙語，然而與郭璞相比，他們或憤世嫉俗，或託辭述懷，都不如他的認真，傾心於自己的『幻設』，故稱郭璞為遊仙詩人之宗，當不成問題。」參看林文月：《山水與古典》（臺北：三民書局，民國85年6月初版），〈從遊仙詩到山水詩〉，頁1～23。

言、隱逸與詠懷的精神。是以「變創」之說，從內容方面來看，其所變所創即是就此仙、玄、隱融會於一爐的獨特風格而言，並且本節之所以標題爲「變創其體，賦玄於列仙之趣」，亦是在考察玄言詩的流變中，對郭璞詩此一特色的把握。

二、郭璞詩中的仙趣與玄思

王逸〈遠遊章句〉云：「屈原履方直之行，不容於世。上爲讒佞所譖毀，下爲俗人所困極。章皇山澤，無所告訴。乃深爲元一，修執恬漠，思欲濟世，則意中憤然。文采秀發，遂敘妙思，託配仙人，與俱遊戲，周歷天地，無所不到。」〔註33〕而清人朱乾《樂府正義》說：「屈子〈遠遊〉乃後世遊仙之祖」〔註34〕，黃節《曹子建詩注》謂：「是遊仙之作，始自屈原」〔註35〕，這是歷來對於神仙思想與文學交融之源頭的論斷。然而推究神仙思想和詩歌的結合卻可在淮南王劉安的〈八公操〉、茅濛〈巴謠歌〉及一些樂府作品裏找到線索〔註36〕，下逮魏晉，其流益廣，如三曹父子、嵇康、阮籍、成公綏、棗據、張華、何劭、庾闡等人，皆有所作，不過其中特別值得注意的是曹植的〈桂之樹行〉：

> 桂之樹，桂之樹，桂生一何麗佳，揚朱華而翠葉，流芳布天涯。上有棲鸞，下有盤螭。桂之樹，得道之眞人咸來會講仙，教爾服食日精。要道甚省不煩，淡泊無爲自然。乘蹻萬里之外，去留隨意所欲存。高高上際於眾外，下下乃

〔註33〕見何錡章編：《王逸注楚辭》（臺北：黎明文化事業公司，民國62年9月），〈遠遊章句第五〉，頁99。

〔註34〕見〔清〕朱乾：《樂府正義》（日本：京都大學，昭和五十五年12月十日初版，影印清乾隆五十四年朱氏秬香堂刊本），卷十二。

〔註35〕黃節：《曹子建詩註》（臺北：宏業書局，民國72年4月），卷二、〈遊僊〉題下黃節案語，頁79。

〔註36〕關於六朝以前遊仙詩的概觀，可參見康萍：〈論魏晉遊仙詩的興衰與類別〉，收於《中外文學》第三卷、第五期，（民國63年10月）、洪順隆：〈試論六朝的遊仙詩〉，《六朝詩論》（臺北：文津出版社，民國74年3月再版）等篇章。

窮極地天。(上冊・頁 437)

詩中倡言「要道甚省不煩,淡泊無爲自然」,已見老子「道常無爲而無不爲」(〈三十七章〉)、「道之出口,淡乎無味,視之不足見,聽之不足聞,用之不足既」(〈三十五章〉)、「爲學日益,爲道日損。損之又損,以至於無爲」(〈四十八章〉)、「見素抱樸,少私寡欲」(〈十九章〉)之旨,正如其在〈釋愁文〉託喻「玄靈先生」之口所說的:

> 吾將贈子以無爲之藥,給子以淡泊之湯,刺子以玄虛之針,灸子以淳樸之方,安子以恢廓之宇,坐子以寂寞之床。使王喬與子攜手而逝,黃公與子詠歌而行,莊子與子具養神之撰,老聃與子致愛性之方。趣避路以棲跡,乘輕雲以高翔,於是精駭魂散,改心回趣,願納至言,仰崇玄旨,眾愁忽然不辭而去。〔註37〕

已可窺見仙趣與玄思合流的跡象。又如嵇叔夜的〈答二郭詩三首之三〉:

> 詳觀淩世務,屯險多憂虞。施報更相市,大道匿不舒。
> 夷路值枳棘,安步將焉如。權智相傾奪,名位不可居。
> 鸞鳳避罻羅,遠託崑崙虛。莊周悼靈龜,越稷畏王輿。
> 至人存諸己,隱璞樂玄虛。功名何足殉,乃欲列簡書。
> 所好亮若茲,楊氏歎交衢。去去從所志,敢謝道不俱。
>
> (上冊・頁 487)

〈四言詩十一首之十〉:

> 羽化華岳,超遊清霄。雲蓋習習,六龍飄飄。
> 左配椒桂,右綴蘭苕。淩陽讚路,王子奉辭。
> 婉孌名山,眞人是要。齊物養生,與道逍遙。(上冊・頁 484)

同樣是仙與玄的雙調交響,甚至在〈答二郭詩〉中的「詳觀淩世務,屯險多憂虞」、「夷路植枳棘,安步將焉知」,不僅是繼承屈子:「悲時俗之迫阨兮,願輕舉而遠遊」所作範並爲後世延續的遊仙文學創作動機,亦是郭璞〈遊仙詩〉綰合「坎壈詠懷」與「列仙之趣」的前兆。

〔註37〕引自〔明〕張溥:《漢魏六朝百三名家集》(臺北:文津出版社,民國),《陳思王集》卷一,頁 114〜115。

今據《晉書》本傳所載，郭璞「妙於陰陽曆算」，時「有郭公者，客居河東，精於卜筮，璞從之受業。公以《青囊中書》九卷與之，由是遂洞五行、天文、卜筮之術，禳災轉禍，通致無方，雖京房、管輅不能過也」﹝註38﹞，且傳中所敘亦多爲占卜術數之事﹝註39﹞，或許也正因爲他「學習方術、關心奇異」的根柢與性格，方才孕育了他在文學中表現「飄飄而凌雲」的遊仙種子。

其〈遊仙詩十九首之一〉云：

　　京華遊俠窟，山林隱遯棲。朱門何足榮，未若託蓬萊。
　　臨源挹清波，陵岡掇丹荑。靈谿可潛盤，安事登雲梯。
　　漆園有傲吏，萊氏有逸妻。進則保龍見，退爲觸藩羝。
　　高蹈風塵外，長揖謝夷齊。（中冊・頁865）

此詩以「京華遊俠窟」與「山林隱遯棲」雙起，是對於兩種不同生活的描述，所謂的「遊俠」雖可有不同的理解，不過相對於後句浪跡於山巔水涯，遠離塵寰的遯隱之士的形象，這裏所指的「京華遊俠窟」，當是「貴族子弟呼嘯酒市、奢華放浪的行徑，就像曹植〈名都篇〉所寫的『寶劍值千金，被服麗且鮮。鬥雞東郊道，走馬長楸間』的那種景象」﹝註40﹞，故而下兩句說「朱門何足榮，未若託蓬萊」，前者是對世俗富貴的否定，而後者則是心志的蘄向，其中也包含了詩人生命情調的抉擇，而句中的「蓬萊」則與「方丈」、「崑崙」並稱爲道教仙境的「三島」，是仙人所居住的「洞天福地」。接下來四句，便是對這種仙隱生活的描述，在澄徹的泉水上挹飲清波，又登上高岡採食初生的赤芝，於是置此鍾天地之靈氣的山林，已可韜養心性，快慰吾生，又何須「自致於青雲之上」，貪戀利祿﹝註41﹞，

────────────

﹝註38﹞同註4，頁1899～1910。

﹝註39﹞林文月先生嘗據郭璞本傳衍爲〈陰陽怪氣說郭璞〉一文，篇中即對郭璞一生「充滿了許多陰陽怪氣神秘莫測」的事迹，多所著墨。同註30，頁191～202。

﹝註40﹞參看吳小如等撰：《漢魏六朝詩鑑賞辭典》（上海：上海辭書出版社，1996年5月五刷），頁440。

﹝註41﹞關於「靈谿可潛盤，安事登雲梯」一句，或有以李善注引庾仲雍《荊

從而詩人舉出莊子與老萊子等賢哲爲例，《史記・老子申非列傳》記載：「楚威王聞莊周賢，使使厚幣迎之，許以爲相。莊周笑謂楚使者曰：『千金、重利；卿相、尊位也，子獨不見郊祭之犧牛乎！養食之數歲，衣之以文繡，以入太廟，當是之時，雖欲爲孤豚，豈可得乎？子亟去，無污我。我寧遊戲污瀆之中自快，無爲有國者所羈，終身不仕，以快吾志焉。」〔註42〕而《列女傳》亦載：「老萊子逃世，耕於蒙山之陽。楚王駕至老萊之門，請他出仕，老萊許諾。妻曰：『……今先生食人酒肉，受人官祿，爲人所制也。能免於患乎？妾不能爲人所制』，投其畚而去。老萊乃隨而隱。」〔註43〕是以詩中又引《周易・乾卦・九二》：「見龍在田，利見大人」與〈大壯・上六〉：「羝羊觸藩，不能退，不能遂」〔註44〕的典故，認爲進而求仕，雖可見重於君王，可是一但陷於困境，到時想再退隱，那可就如同羝羊觸藩，爲其所拘而進退兩難了，於是作者遂希心高遠，抗志塵表，選擇了擺脫俗累，而高蹈於風塵之外。〔註45〕

再看其〈遊仙詩十九首之八〉：

州記》「大城西九里有靈谿水」以作解者，並以「雲梯」爲成仙之路，然元青先生釋此詩謂：「『靈谿』未必是專名，應只是泛指幽深山谷中的溪流。山水鍾天地之靈氣，可以養性，故謂『靈谿』。『雲梯』更不能指成仙之路，否則『安事登雲梯』作爲否定的句子，與詩題直接衝突。其實，乘雲而上作爲政治上飛黃騰達的比喻，由來已久。《史記・范睢傳》中，『不意君能自致於青雲之上』，便是此意。這兩句的意思，是說山巔水涯，深可留連，無需費心求祿，自致於青雲之上。」說甚合理，今從其義。同前註，頁440。

〔註42〕見〔日〕瀧川龜太郎：《史記會注考證》（臺北：洪氏出版社，民國75年9月版），卷六十三、〈老子韓非列傳第三〉，頁855～856。

〔註43〕參看〔漢〕劉向：《列女傳》（臺北：廣文書局，民國68年5月初版），卷二、〈楚老萊妻〉，頁55～56。

〔註44〕見〔魏〕王弼〔晉〕韓康伯注、〔唐〕孔穎達正義：《周易正義》（臺北：藍燈書局影印清嘉慶二十年江西南昌學府重刊十三經注疏本），頁8、86。

〔註45〕沈德潛注「進則保龍見，退則觸藩羝。高蹈風塵外，長揖謝夷齊。」曰：「進謂仕進，言仕進者爲保全身名之計，退則類觸藩之羝。孰若高蹈風塵，從事於遊仙乎？」見《古詩源》，同註28，頁205。

　　暘谷吐靈曜，扶桑森千丈。朱霞升東山，朝日何晃朗。
　　迴風流曲櫺，幽室發逸響。悠然心永懷，眇爾自遐想。
　　仰思舉雲翼，延首矯玉掌。嘯傲遺世羅，縱情在獨往。
　　明道雖若昧，其中有妙象。希賢宜勵德，羨魚當結網。

　　（中冊・頁866）

詩中亦如同景純其它〈遊仙詩〉一樣，多有仙境之寫，並且此仙境「已
不再是純然的幻想仙界，卻是將理想中神仙異人安置在吾人肉眼所能
看見的原始大自然裏」〔註46〕，李豐楙先生對此有段以道教理論爲着
眼的闡釋，認爲這是「隱逸與地仙說新結合的仙隱思想的產物」，他
說：

　　原始地仙說原以西方系崑崙樂園說與東方系蓬瀛仙島說爲
　　主，爲仙人準備昇上天庭前棲集之所，稱爲地仙。其後仙
　　境逐漸由飄渺雲海間的仙山、仙島落實於輿圖上實際的名
　　山，因而棲息的仙人或等待上天，或不急於上天者就可逍
　　遙自在地嬉遊於名山洞府中，既可免人間世的紛擾與死亡
　　的危機；又可逍遙遨遊於人間，這種隱逸與地仙結合後的
　　新地仙說，遍見於當時仙傳，如葛洪撰《神仙傳》；也搜集
　　於《抱朴子》中，代表漢晉之際仙隱說的主要成分。〔註47〕

而詩中不僅有新仙說的注入，亦有玄思的表現，例如「嘯傲遺世羅，
縱情在獨往。明道雖若昧，其中有妙象」，此與前首的「漆園有傲吏，
萊氏有逸妻。進則保龍見，退爲觸藩羝」一樣，「其思想中本即具有
老莊崇尚自然之氣」，故而余嘉錫先生論之曰：

　　觀其所詠漆園傲吏，高蹈風塵；潁陽高人，臨河洗耳。因
　　微禽之變，而哀吾生之不化；觀雜縣之至，而懼風煖之爲
　　災。言或出於《南華》，義實取之柱下。至於徵文數典，驅
　　策群言，若赤松、容成之倫，浮邱、洪崖之輩，非本劉向
　　之傳，即採葛洪之書，此其合《莊》、《老》與神仙爲一家
　　之證也。〔註48〕

〔註46〕同註32，頁12。
〔註47〕同註31，頁220。
〔註48〕同註9，〈文學第四〉條八十五，余嘉錫〈箋疏〉，頁264。

　　因此，總的來說，郭璞的〈遊仙詩〉之所以具有「變創」的意義，乃是在詩歌的形式上，呈顯出綺麗華美的風格，一變於永嘉以來平淡的詩風；在詩歌的內容上，以著遊仙的基調，綰合了玄言、隱逸及詠懷等多樣質素，造成迥異於傳統遊仙詩的面貌，因而從郭璞被視為遊仙詩變體作家的評論現象中，亦正適足以突顯出郭璞的變創精神。就像王鍾陵先生所說的：「坎壈之懷，為郭璞的〈遊仙詩〉提供了深厚的內蘊；列仙之趣，則使他的〈遊仙詩〉表現出一種恢闊的境界和雄浩的氣勢。由此，郭璞詩，卓犖騰踔於時流之外，『挺拔而為俊矣』！」〔註49〕可見，非惟景純詩的「變創其體說」當由此解，其「景純豔逸，足冠中興」、「詞賦為中興之冠」、「故稱中興第一」之論，亦可循此脈絡以明。

第二節　孫許文宗，引領於過江之後

　　六朝人論東晉玄言詩壇，輒以孫、許並稱，譽為文宗，引領風騷於過江之後，如：

　　　　一、檀道鸞《續晉陽秋》：「詢及太原孫綽轉相祖尚，又加
　　　　　　以三世之辭，而《詩》、《騷》之體盡矣。詢、綽並為
　　　　　　一時文宗，自此作者悉體之」。

　　　　二、鍾嶸《詩品序》：「爰及江表，微波尚傳，孫綽、許詢，
　　　　　　桓、庾諸公，詩皆平典，似《道德論》，建安風力盡矣」。
　　　　　　又評王、杜、孫、許詩：「永嘉以來，清虛在俗，王武
　　　　　　子輩，貴道家之言。爰洎江表，玄風尚備。真長、仲
　　　　　　祖、桓、庾諸公猶相襲。世稱孫、許，彌善恬淡之詞」。

　　　　三、沈約《宋書・謝靈運傳》：「自建武迄乎義熙，歷載將
　　　　　　百，雖綴響聯辭，波屬雲委，莫不寄言上德，託意玄
　　　　　　珠，遒麗之辭，無聞焉爾。仲文始革孫、許之風，叔

〔註49〕王鍾陵先生於論列中古詩歌時，亦以「坎壈詠懷與列仙之趣兼備」
　　　　標目郭璞的〈遊仙詩〉，參看氏著：《中國中古詩歌史》（江蘇：江蘇
　　　　教育出版社，1988 年 5 月一刷），頁 481～495。

源大變太元之氣」。

四、蕭子顯《南齊書‧文學傳論》:「江左風味,盛道家之
言,郭璞與其靈變,許詢極其名理,仲文玄氣,猶不
盡除,謝混清新,得名未盛」。

凡此,俱以孫綽、許詢等人爲「江左風味」的代表,以下便逐一討論,
用明其梗概。

一、孫 綽

孫綽字興公,《晉書》本傳說他「博學善屬文,少與高陽許詢俱
有高尚之志。居于會稽,游放山水,十有餘年」,又說:「綽少以文
才垂稱,于時文士,綽爲其冠。溫、王、郗、庾諸公之薨,必須綽
爲碑文,然後刊石焉」﹝註50﹞,是知孫綽以文才享譽於當代,又如
《世說新語》記載興公作〈天台賦〉成,以示范榮期,云:「卿試擲
地,要作金石聲」。范曰:「恐子之金石,非宮商中聲!」然每至佳
句,輒云:「應是我輩語」﹝註51﹞,俱顯其文藻之富贍,故而史傳贊
之曰:「彬彬藻思,綽冠群英」,而這也或許就是檀道鸞「文宗」之
說的由來。

至於他的「高尚之志」,孫綽嘗自敍道:「下官才能所經,悉不如
諸賢;至於斟酌時宜,籠罩當世,亦多所不及。然以不才,時復託懷
玄勝,遠詠《老》、《莊》,不與時務經懷,自謂此心無所與讓也。」
﹝註52﹞又其〈遂初賦〉序曰:「余少慕老莊之道,仰其風流久矣。卻
感於陵賢妻之言,悵然悟之。乃經始東山,建五畝之宅,帶長阜,倚

﹝註50﹞ 見〔唐〕房玄齡等撰:《晉書》(冊二)(臺北:鼎文書局,民國 76
年 1 月五版),卷五十六、列傳第二十六,頁 1539~1548。又余嘉錫
《世說新語箋疏》亦引《文選集注》六十二公孫羅《文選鈔》引《文
錄》云:「于時才華之士,有伏滔、庾闡、曹毗、李充,皆名顯當世。
綽冠其道焉。故溫、郗、王、庾諸公之薨,非興公爲文,則不刻石
也。」見《世說新語箋疏》(臺北:仁愛書局,民國 73 年 10 月),〈語
言第二〉、條八十四,頁 141。
﹝註51﹞ 《世說新語‧文學第四》條八十六,同註9,頁 267。
﹝註52﹞ 此爲孫綽答司馬昱之語,見《世說新語‧品藻第九》,同註9,頁 521。

茂林，孰與坐華幕，擊鐘鼓者，同年而語其樂哉！」〔註53〕而這種「託懷玄勝，遠詠老莊」的生命情態，因茲歌詠，煥爲文采，也就成了興公詩作中的主要基調，如其〈詩〉云：

> 野馬閑於羈，澤雉屈於樊。神王自有所，何爲人世間。
>
> （中冊・頁902）

《莊子・養生主》說：「澤雉十步一啄，百步一飲，不蘄畜乎樊中。神雖王，不善也」，而成玄英疏之曰：「夫澤中之雉，任於野性，飲啄自在，放曠逍遙，豈欲入樊籠而求服養！譬養生之人，蕭然嘉遁，唯適情於林籟，豈企羨於榮華！」〔註54〕故而興公引此做喻，認爲養生之旨要，在乎「俯仰於天地之間，逍遙乎自得之場」（郭象注語），且「鳥既如此，人亦宜然」，進而在「閑」與「屈」的境況對比中，突顯出「神王」的價值抉擇來，與其栖栖遑遑於紛擾的塵世，不如縱情於丘壑，以求心神的清暢，而這種希心遠引、「山棲嘉遯」（〈答許詢詩九章之九〉）的生命情調，不僅是詩人少所企慕的老莊之道，也如同成玄英所疏解的「蕭然嘉遁，唯適情於林籟，豈企羨於榮華」哉。

又如〈答許詢詩九章〉云：

> 遺榮榮在，外身身全。卓哉先師，修德就閑。
> 散以玄風，滌以清川。或步崇基，或恬蒙園。
> 道足匈懷，神棲浩然。（之三）
>
> 咨余沖人，稟此散質。器不韜俗，才不兼出。
> 斂衽告誠，敢謝短質。冥運超感，遘我玄逸。
> 宅心遼廓，咀嚼妙一。（之四・中冊・頁899）

〈贈溫嶠詩五章〉：

> 大樸無像，鑽之者鮮。玄風雖存，微言靡演。
> 逸矣哲人，測深鉤緬。誰謂道邈，得之無遠。（之一）

〔註53〕引自〔明〕張溥：《漢魏六朝百三名家集》（冊三）（臺北：文津出版社，民國68年8月），《孫廷尉集》，頁2419～2420。
〔註54〕見〔清〕郭慶藩：《莊子集解》（臺北：木鐸出版社，民國77年元月再版），〈養生主第三〉，頁126。

　　既綜幽紀，亦理俗羅。神濯無浪，形渾俗波。

　　穎非我朗，貴在和光。振翰梧摽，翻飛丹霞。（之二）

　　無則無慕，有必有希。仰蔭風雲，自同蘭夷。

　　辭以運情，情詣名遺。忘其言往，鑒諸旨歸。

　　（之五‧中冊‧頁897）

〈答許詢詩九章之三〉起首謂「遺榮榮在，外身身全」，其典出自《老子‧七章》：「是以聖人後其身而身先，外其身而身存」，王淮先生解釋說：「所謂『後其身』，即是一種謙讓、退藏與收斂的精神」〔註55〕，然而正是這種謙讓、收斂的精神，才能在摒棄了俗世的糾結與人性的詐偽之後，在生命的轉折處，柳暗花明地發現了一方生命境界的新天地。於是詩人借由稱賞先哲的睿智來寄託自己內心的企願，「脩德就閑」〔註56〕，沐浴於玄風、清川之間，暢抒襟懷，由於「道」足於胸，所以無往不適、隨遇皆安，心神也恍如棲處於廣大沖漠的境地當中，與天地共振同響。再者，〈答許詢詩九章之四〉有「宅心遼廓，咀嚼妙一」之語，此「宅心遼廓」義同於「棲神浩然」，是人存有者對自然造化的契應，而「妙一」所指的「一」，則是《老子‧三十九章》：「昔之得『一』者：天得『一』以清；地得『一』以寧；神得『一』以靈；谷得『一』以盈；萬物得『一』以生；侯王得『一』以為天下正」〔註57〕，那個絕對無偶、做為「道」之代稱的「一」，並且，在這個「得」的字義裏，實隱含了精神主體為求上契自然之道所從事的修養和實踐的把握〔註58〕，因此，對於「妙一」的「咀嚼」也由是具

〔註55〕見王淮：《老子探義》（臺北：臺灣商務印書館，民國58年1月初版），頁32。

〔註56〕《莊子‧天地篇》封人答堯問曰：「天下有道，則與物皆昌；天下無道，則脩德就閑」，而成玄英疏云：「時逢擾亂，則混俗韜光，脩德隱迹，全我生道，嘉遁閑居，逍遙遁世。所謂隱顯自在，用捨隨時。」同註54，頁421～422。

〔註57〕引自朱謙之：《老子校釋》（臺北：里仁書局，民國74年3月二十五日），頁154～155。

〔註58〕杜保瑞先生詮解《老子‧三十九章》說：「『天清、地寧、神靈、谷盈、萬物之生、侯王之天下貞』等都是認識一般中的存在界的本事，

有了修養、鍛鍊的意味。

至於在〈贈溫嶠〉諸章中，或言那個大樸〔註59〕的「道」的表象，雖是「大音希聲、大象無形」（《老子‧四十一章》）、是「視之不見，聽之不聞，搏之不得」的（《老子‧十四章》），然而它的實存，卻是「大道氾兮」（〈三十四章〉）的流行於天地之間，只要鑽味之便有所獲；或陳「挫其銳，解其紛，和其光，同其塵」的「玄同」之理（《老子‧五十六章》），因爲臻於「玄同」，所以能「消除個我的固蔽，化除一切的封閉隔閡，超越於世俗褊狹的人倫關係之局限，以開豁的心胸與無所偏的心境去待一切人物」〔註60〕，因此也才能「神濯無浪，形渾俗波」；或標無心、無爲、體無、用無的至理，以其不滯於心知的定執、情識的纏結，能擺落言筌，發揮「無」的妙用，從而能「忘其言往，鑒諸旨歸」。

再看〈贈謝安詩〉：

> 緬哉冥古，邈矣上皇。夷明太素，結紐靈綱。
> 不有其一，二理曷彰。幽源散流，玄風吐芳。
> 芳扇則歇，流引則遠。朴以彫殘，實由英蕍。
> 捷徑交軫，荒塗莫踐。超哉沖悟，乘雲獨反。
> 青松負雪，白玉經飆。鮮藻彌映，素質逾昭。
> 凝神內湛，未釂一澆。遂從雅好，高蹈九霄。
> 洋洋浚泌，藹藹丘園。庭無亂轍，室有清絃。

存在界中的幾個根本性的存在範域，每一個存在範域都要有它的常保自身的本事，這些本事的內容爲何，可以是老子自己的知識認知中的假性設定，是老學形態的特殊規定，……但是把存在範域與它自身的常保本事連在一起的操作觀念，則是一個基本的哲學問題，是一個功夫操作的哲學問題。」見《反者道之動》（臺北：鴻泰圖書公司，民國84年7月一版一刷），頁262。

〔註59〕《老子‧三十七章》云：「吾將鎮之以無名之樸」，「無名」乃指「道」言，而「樸」是形容「道」的眞樸；又《老子‧三十二章》亦有「道常無名、樸」（此處斷句有兩種說法，見陳鼓應《老子註釋及評介》）之句，則可對觀於〈三十七章〉之說。

〔註60〕此爲陳鼓應先生疏解「玄同」境界之語，參看《老子註釋及評介》（北京：中華書局，1994年8月五刷），頁283。

足不越疆，談不離玄。心憑浮雲，氣齊浩然。
仰詠道誨，俯膺俗教。天生而靜，物誘則躁。
全由抱朴，災生發竅，成歸前識。孰能默覺。
曖曖幽人，藏器掩曜。涉易知損，棲老測妙。
交存風流。好因維縶。自我不遘，寒暑三襲。
漢文延賈，知其弗及。戴生之黃，不覺長揖。
與爾造玄，迹未偕人。鳴翼既舒，能不鶴立。
整翰望風，庶同遙集。（中冊・頁 900）

觀其「幽源散流，玄風吐芳」、「超哉沖悟，乘雲獨反」、「凝神內湛，
未醻一澆」之語，「談不離玄」、「全由抱朴」、「仰詠道誨，俯膺俗教」、
「涉易知損，棲老測妙」之句，則詩人之感悟、內心之懷抱、處世之
態度、生命之情調，俱由斯顯，亦如孫綽自敘其志所說的：「然以不
才，時復託懷玄勝，遠詠《老》、《莊》，不與時務經懷，自謂此心無
所與讓」，而類似「遠詠老莊」的文字，徵諸興公其它文體作品亦所
在多有，如〈天台山賦〉之「體靜心閑，害馬已去，世事都捐。投刃
皆虛，目牛無全，凝思幽巖，朗詠長川」、又「散以象外之說，暢以
無生之篇，悟遣有之不盡，覺涉無之有間」、「渾萬象以冥觀，兀同體
於自然」；〈太傅褚裒碑〉之「深量體於自然，沖識足乎弱冠。含章內
映，而不運皦察之明；玄識沈通，而不以浮藻曜物」；〈丞相王導碑〉
之「玄性合乎道旨，沖一體之自然」；〈聘士徐君墓頌〉之「含真獨暢，
心夷體沖」；〈王長史誄〉之「余與夫子，交非勢利。心猶澄水，同此
玄味」〔註61〕，凡此，從一方面說或許莊老玄勝本就是晉人風尚，然
從另一方面來看，不也顯示了作者道家之學的修養和心理趨向，張溥
說他「蓋遠詠老莊，蕭條高寄，其素志也」〔註62〕意即在此。

此外，昔人論玄言詩多謂其弱於情采、寡於雕琢，因而有「理
過其辭，淡乎寡味」、「遒麗之詞，無聞焉爾」等評判，然而被譽爲

〔註61〕所引孫綽諸文，悉以張溥《漢魏六朝百三名家集》爲據，同註 53，
頁 2413～2438。
〔註62〕見張溥〈孫廷尉集題辭〉，殷孟倫：《漢魏六朝百三家集題辭注》（臺
北：世界書局，民國 68 年 10 月再版），頁 157。

「文宗」的孫綽，也並不是所有的作品都呈顯出平淡之風，他也有
言情之作，也有富於采藻的詩歌，如其〈情人碧玉歌二首〉：「碧玉
小家女，不敢攀貴德。感郎千金意，慚無傾城色。」、「碧玉破瓜時，
相爲情顛倒。感郎不羞赧，回身就郎抱。」（中冊・頁902）這和他
的玄言詩相比，簡直判若兩人，所以《樂府詩集》就認爲這應出自
劉宋汝南王之手。〈情人碧玉歌〉寫的是男女歡愉的作品，而〈表哀
詩并序〉談的則是親子的骨肉之情，自言慈母辭世後「自我酷痛，
載離寒暑。寥寥空堂，寂寂響戶。塵蒙几筵，風生棟宇。感昔有恃，
望晨遲顏。婉孌懷袖，極願盡歡。奈何慈妣，歸體幽埏。酷矣痛深，
剖髓摧肝。」其悼念情深，讀來感人肺腑，所以張溥稱賞說：「〈表
哀詩〉哀號罔極，欲繼〈蓼莪〉，即若祖〈除婦服詩〉，未若其關道
義，繫人倫也」〔註63〕，是以孫綽也不乏言情之作。

　　再看他的〈蘭亭詩二首〉：「春詠登臺，亦有臨流。懷彼伐木，宿
此良儔。修竹蔭沼，旋瀨縈丘。穿池激湍，連濫觴舟。」（之一）、「流
風拂枉渚，停雲蔭九皋。鶯語吟脩竹，游鱗戲瀾濤。攜筆落雲藻，微
言剖纖毫。時珍豈不甘，忘味在聞韶。」（之二）及〈三月三日詩〉：
「姑洗斡運，首陽穆闡。嘉卉萋萋，溫風暖暖。言滌長瀨，聊以游衍。
縹萍漾流，綠柳蔭坂。羽從風飄，鱗隨浪轉。」不也都是富於詞采、
形象鮮明、匠意雕琢的詩作，足見詩人作品風格的表現本就是豐富而
多元的，孫綽也並非只會寫玄言詩，他仍然有像〈碧玉情人詩〉、〈三
月三日詩〉這樣藻繪雕飾，男女言情的作品存在，因此吾人既不應拘
泥於孫綽玄言詩的刻板印象以蓋全，也不當輕率地拿詩評家對於某些
作品的特稱判斷來做無限的理論推演。特別是類此富於情采的文字，
在孫綽的作品中也並非就是玄言詩類與非玄言詩類，截然兩判，此中
亦有情、理、景三者融會並用的詩篇，譬如其〈秋日詩〉一首就是狀

〔註63〕同註53，頁157。文中「若祖」即指其祖孫楚，楚有〈除婦服詩〉
　　　一首，王濟深美之曰：「未知文生於情，情生於文，覽之淒然，增伉
　　　儷之重。」

寫細膩、形象鮮明、借景抒情、即情言理的佳作，詩云：

> 蕭瑟仲秋月，飂戾風雲高。山居感時變，遠客興長謠。
> 疏林積涼風，虛岫結凝霄。湛露灑庭林，密葉辭榮條。
> 撫菌悲先落，攀松羨後凋。垂綸在林野，交情遠市朝。
> 澹然古懷心，濠上豈伊遙。（中冊‧頁901）

劉勰說：「物色之動，心亦搖焉」、「是以獻歲發春，悅豫之情暢；滔滔孟夏，鬱陶之心凝；天高氣清，陰沈之志遠；霰雪無垠，矜肅之慮深」，所以說「歲有其物，物有其容；情以物遷，辭以情發」〔註64〕，而用此來解讀興公的〈秋日詩〉，則可謂是深契於彥和「目既往還，心亦吐納」、「情往似贈，興來如答」的要旨。該詩於起首即點明節候的變化，「仲秋」是農曆八月，歲當此際，正是霜露漸起，草木殘彫的景象，再襯以飂戾風吼，天高雲淡，那種「蕭瑟」的氣氛也就不言可喻了。於是人處此境，心理上也由是產生反應，「山居感時變，遠客興長謠」，季節的轉換，特別容易地讓遠客的旅人有種莫名的故鄉之思、悲涼之感，以至於要長歌來排遣內心積鬱的愁悶。而這種時序的變遷，觸目皆是，它像是從四面八方映入作者的眼簾，然後在作者的內心中翻騰出無數的意義符號，遠望是「疏林積涼風，虛岫結凝霄」，近看是「湛露灑庭林，密葉辭榮條」，而這寥落的樹林，陣陣的涼風，光凸的山巒，濃蔭的雲霧，無疑更加渲染了秋的氣氛。從而詩人的心理活動，便在這蕭瑟的氛圍裏，由因景生情走向了附情於景，於是自然的世界也在作者濃郁的愁思裏感染上一層主觀的色彩，「撫菌悲先落，攀松羨後凋」，《莊子‧逍遙遊》說：「朝菌不知晦朔，蟪蛄不知春秋，此小年也」，菌之與松本都是自然界的植物，可是詩人卻關注其相對的命限，遂有悲、羨之感，只是人夭壽、窮達，並非全都操之在己，是「有命焉」、是「求無益於得也」，於是心念一轉，對於人生的理想也有不同的汰擇，「垂綸在林野，交情遠市朝。澹然古懷心，濠上豈伊遙」，莊子觀魚於濠梁之上說：「鯈魚出遊從容，是魚

〔註64〕見《文心雕龍‧物色》，引自《文心雕龍斠詮》，同註18，頁1894。

之樂也」（《莊子‧秋水》），莊子之所以別於惠施，這是藝術心態與認知心態的差別，而也是興公遊於林野與覊於市朝的人生理想的簡別。

二、許　詢

許詢與孫綽雖同爲當時「文宗」，可是玄度留存下來的詩作極少，《晉書》亦無其傳〔註65〕，想要討論他的人和詩，也只能從一些斷簡殘篇與片言隻語的記載中窺想一二，因此有關許詢的文獻雖如吉光片羽，但也捨此無由，據何法盛《晉中興書》所載：

> 高陽許詢字玄度，寓居會稽，司徒蔡謨辟不起。詢有才藻，善屬文，能清言，于時士人皆欽愛之。

又：

> 高陽許詢字元度，丹陽許元字遠遊，並養高不仕。詢有才藻，能清言；元山居服食，志求仙道，遊會稽臨海山，誓不歸家，乃與婦書令改適後入剡深山莫知所止，或以爲仙。
> 〔註66〕

臧榮緒《晉書》載：

> 許詢從會稽出都，船泊淮渚，劉眞長爲丹陽尹，數往船造之。詢移居皋屯之巖，常與沙門支遁及謝安石、王羲之等，同遊往來，今皋屯呼爲許度巖。〔註67〕

檀道鸞《續晉陽秋》云：

〔註65〕關於許詢《晉書》無傳之事，清人李慈銘《越縵堂日記》嘗論之曰：「《晉書》無許詢、支遁等傳。名言佳事，刊落甚多。蓋以鳩摩羅什、佛圖澄皆有道術，故入之〈藝術傳〉。遁既緇流，而以風尚著稱，無類可歸，遂從闕略。然不列詢於〈隱逸〉，又何説乎？若收許詢，便可附入道林。因及釋道安、竺法深、慧遠諸人，標舉勝會，亦自可觀，作史者所不當遺也。許詢《剡錄》有傳，集《晉書》及《晉陽秋》、《中興書》而成者。」是知李氏對許詢等「名言佳事，刊落甚多」，亦有憾也。引自余嘉錫《世説新語箋疏》，同註9，頁127～128。

〔註66〕引自《晉書》（冊五）《九家舊晉書輯本》，何法盛《晉中興書》卷七，同註4，頁480～481。

〔註67〕引自《晉書》（冊五）《九家舊書晉書輯本》，臧榮緒《晉書》卷十六，同註4，頁164。

許詢字玄度，高陽人，魏中領軍允玄孫。總角秀惠，眾稱
神童，長而風情簡素，司徒掾辟，不就，蚤卒。〔註68〕

《文選集注》六十二引公孫羅《文選抄》：

徵爲司徒掾，不就。故號徵君。好神遊，樂隱遁之事。祖
式，濮陽太守。父助，山陰令。」〔註69〕

許嵩《建康實錄》：

詢字玄度，高陽人。父歸，以瑯玡太守隨中宗過江，遷會
稽內史，因家于山陰。詢幼沖靈，好泉石，清風朗月，舉
酒永懷。中宗聞而徵爲議郎，辭不受職。遂託跡，居永興。
肅宗連徵司徒掾，不就。乃策杖披裘，隱于永興西山。憑
樹構堂，蕭然自致。至今此地，名爲蕭山。遂捨永興、山
陰二宅爲寺。家財珍異，悉皆是給。既成，啓奏。孝宗詔
曰：「山陰舊宅，爲祇洹寺。永興新居，爲崇化寺。」既而
移皋屯之巖，常與沙門支遁、謝安石、王羲之往來。至今
皋屯呼爲許玄度巖也。〔註70〕

又據余季豫先生考證，詢父許歸，爲會稽內史，歸父許式，字儀祖，
官至濮陽內史、平原太守，式父許猛，猛父許允，爲魏中領軍鎮北
將軍〔註71〕。由是可知許詢其字玄度，爲高陽（今河北省蠡縣）人，
幼時「秀惠」、「沖靈」有「神童」之譽，其性「風情簡素」，「好神
遊，樂隱遁之事」，又以才藻爲士人欽愛，能清言，善屬文，有司屢
辟不就，常與沙門支遁、謝安石、王羲之等往來，如《世說新語》

〔註68〕見《世說新語・言語第二》條六九注引《續晉陽秋》，同註9，頁126
～127。
〔註69〕見《世說新語・言語第二》條六九注引《續晉陽秋》，同註9，頁128。
〔註70〕見《世說新語・言語第二》條六九余嘉錫〈箋疏〉引，同註9，頁
128。又文中「山陰舊宅，爲祇洹寺」之語，明人溥洽〈送會天元住
紹興能仁寺〉詩嘗賦云：「許詢故宅祇園寺，童稚嬉遊不記年。樓閣
參差宵漢上，山川迢遞斗牛邊。紫池畫引芙蕖水，負郭秋登杷稆田。
今日送君迷舊跡，都門回首一淒然。」詩中「許詢故宅祇園寺」，即
典出此處。引自馬大品等主編：《中國佛道詩歌總彙》（臺北：建宏
出版社，1997年12月初版一刷），頁914。
〔註71〕參看《世說新語箋疏》，同註9，頁128～129。

注引《中興書》說:「(謝)安先居會稽,與支道林、王羲之、許詢
共遊處。出則漁弋山水,入則談說屬文,未嘗有處世意。」〔註 72〕
至於其好泉石、樂隱遁之事,《世說新語》亦有記載,〈棲逸第十八〉
條十三云:「許玄度隱在永興南幽穴中,每致四方諸侯之遺。或謂許
曰:『嘗聞箕山人,似不爾耳!』許曰:『筐篚苞苴,故當輕於天下
之寶耳!』」〔註 73〕、同篇條十六云:「許掾好遊山水,而體便登陟。
時人云:『許非徒有勝情,實有濟勝之具。』」〔註 74〕能清言之例,
像〈文學第四〉條三八:「許掾年少時,人以比王苟子,許大不平。
時諸人士及於法師並在會稽寺講,王亦在焉。許意甚忿,便往西寺
與王論理,共決優劣。苦相折挫,王遂大屈。許復執王理,王執許
理,更相覆疏;王復屈。許謂支法師曰:『弟子向語何似?』支從容
曰:『君語則佳矣,何至相苦邪?豈是求理中之談哉!』」〔註 75〕而
許詢這種有才藻、善屬文、能清言的才具,加以沖靈秀惠的資質,
不羈於祿位、好山水樂隱遁的風情,或許也是他深受士人欽愛和歡
賞的原因之一,譬如簡文帝蕭綱便與許詢契素,並且雅愛其才情,〈賞
譽〉條一四四即載曰:「許掾嘗詣簡文,爾夜風恬月朗,乃共作曲室
中語。襟懷之詠,偏是許之所長。辭寄清婉,有逾平日。簡文雖契
素,此遇尤相咨嗟。不覺造膝,共叉手語,達于將旦。」〔註 76〕此
外,在《世說新語》中還有幾條以孫、許對舉的品評之例,如〈品
藻〉條五四:

> 支道林問孫興公:「君何如許掾?」孫曰:「高情遠致,弟
> 子蚤已服膺,一吟一詠,許將北面。」〔註 77〕

〔註 72〕見《世說新語‧雅量第六》條二八,同註 9,頁 369。
〔註 73〕同註 9,頁 661。
〔註 74〕同註 9,頁 662。
〔註 75〕同註 9,頁 225。
〔註 76〕同註 9,頁 492。又該條注引《續晉陽秋》曰:「詢能言理,曾出都
　　　　迎姊,簡文皇帝、劉眞長說其情旨及襟懷之詠。每造膝賞對,夜以
　　　　繼日。」
〔註 77〕同註 9,頁 529。

〈品藻〉條六一：

孫興公、許玄度皆一時名流。或重許高情，則鄙孫穢行；
或愛孫才藻，而無取於許。〔註78〕

可見以孫、許相較而論，玄度栖心高遠，不嬰世務，時人多稱美其逸
情高致，而孫綽「博涉經史，長以屬文」，自認「一吟一詠，許將北
面」，然亦以沾滯俗務，而爲時人所短。

至於許詢的詩歌作品，雖然簡文帝嘗稱說：「玄度五言詩，可謂
妙絕時人。」〔註79〕可是許詩留傳下來的甚少，據逯欽立所輯，只有
〈竹扇詩〉、〈農里詩〉與兩句應是殘篇的句子。

〈竹扇詩〉：

良工眇芳林，妙思觸景騁。

篾疑秋蟬翼，團取望舒景。（中冊·頁894）

〈農里詩〉：

疊疊玄思得，濯濯情累除。（中冊·頁894）

〈詩〉：

青松凝素髓，秋菊落芳英。（中冊·頁894）

另外，嚴可均尚輯有〈墨塵尾銘〉：

卑尊有宗，貴賤無始。器已通顯，廢興非已。

偉質輶蔚，岑條疏理。體隨手運，散飆清起。

通彼玄詠，申我先子。

與〈白塵尾銘〉：

蔚蔚秀氣，偉我奇姿。荏葻輶潤，雲散雪飛。

君子運之，探玄理微。因通無遠，廢興可師。〔註80〕

孫綽〈答許詢詩〉說：「貽我新詩，韻靈旨清。粲如揮錦，琅若叩瓊。」
詩中說玄度詩「韻靈旨清」、「粲如揮錦，琅若叩瓊」，此或雜有文人

〔註78〕同註9，頁533。而該條注引宋明帝《文章志》云：「綽博涉經史，
長於屬文，與許詢俱有負俗之談。詢卒不降志，而綽嬰綸世務焉。」
又引《續晉陽秋》曰：「綽雖有文才，而誕縱多穢行，時人鄙之。」

〔註79〕見《世說新語·文學第四》條八五，同註9，頁262。

〔註80〕見《世說新語箋疏》，同註9，頁266。

間往返贈答的客套與溢美，然觀其「青松凝素髓，秋菊落芳英」之句，
則知孫語亦非鄉壁虛造。至於許詢詩中的玄言表現，則囿於存作甚
少，而無緣覩其全貌，然由〈農里詩〉：「疊疊玄思得，濯濯情累除」
與二銘所謂「通彼玄詠」、「探玄理微」，或可窺想其一二。今考江淹
〈雜體詩〉三十首，中有文通擬〈孫廷尉綽雜述〉與〈許徵君詢自敘〉，
雖非出自二君之手，然誠如余季豫所說：「譬之唐臨晉帖，可以窺其
筆意矣」〔註81〕。

　　〈雜體詩三十首之孫廷尉綽雜述〉：

　　　太素既已分，吹萬著形兆。寂動苟有源，因謂殤子夭。
　　　道喪涉千載，津梁誰能了。思乘扶搖翰，卓然凌風矯。
　　　靜觀尺棰義，理足未嘗少。囧囧秋月明，憑軒詠堯老。
　　　浪迹無蚩妍，然後君子道。領略歸一致，南山有綺皓。
　　　交臂久變化，傳火乃薪草。疊疊玄思清，胸中去機巧。
　　　物我俱忘懷，可以狎鷗鳥。（中冊・頁 1576）

　　〈雜體詩三十首之許徵君詢自敘〉：

　　　張子闇內機，單生蔽外象。一時排冥筌，泠然空中賞。
　　　遣此弱喪情，資神任獨往。采藥白雲隈，聊以肆所養。
　　　丹葩耀芳蕤，綠竹陰閒敞。苕苕寄意勝，不覺凌虛上。
　　　曲櫺激鮮飆，石室有幽響。去矣從所欲，得失非外獎。
　　　至哉操斤客，重明固已朗。五難既灑落，超迹絕塵網。

　　（中冊・頁 1576）

觀〈雜述〉之作，其要旨仍然不出「漆園之義疏」，故詩由天地業已
形成，萬物各自顯露自己的形體敘起，說大道之要，本是動寂無源，
今以其有源，那麼夭壽異轍，也就以殤子為夭子。從而詩人有「世喪
道矣，道喪世矣，世與道交相喪」〔註82〕之歎，又有誰能瞭解尋道的
津梁。於是心想著乘旋風直上青雲，隨風飄揚，靜靜端想「一尺之棰，

─────────────

〔註81〕見余嘉錫《世說新語箋疏》，同註9，頁266。
〔註82〕《莊子・繕性》：「由是觀之，世喪道矣，道喪世矣。世與道交相喪
　　　也。」同註54，頁554。

日取其半，萬世不竭」〔註83〕之義，方知至理本自具足而未嘗少。從
而趁此秋月澄朗之際，倚窗吟詠著堯和老子，只要能捐落形跡就無美
醜之分，也由是體悟了天地之道，就好像領略了萬物齊一的道理，所
以園公、綺季、夏黃公、角里先生避入商雒深山〔註84〕，潛光隱曜。
所以說天地的推移變化，本就不可執留，即使是「交臂相守」，亦「不
能令停」〔註85〕，惟有勤奮地追想那清靜無為的大道，除去胸中的
智謀機巧，猶如添薪傳火，讓自然之理永不熄滅，那麼自我之精神
主體便能契入天地的造化流行，機心退盡，物我兩忘，鷗鳥也相與
之遊〔註86〕。而〈自敘〉一詩，則著重在闡述道家的「達生」〔註87〕
之理，「張子闇內機，單生蔽外象」，《莊子‧達生篇》載：「魯有單豹
者，巖居而水飲，不與民共利，行年七十而猶有嬰兒之色；不幸遇餓
虎，餓虎殺而食之。有張毅者，高門縣薄，無不走也，行年四十而有

〔註83〕《莊子‧天下》：「一尺之捶，日取其半，萬世不竭。」同註 54，頁
　　　　1106。
〔註84〕《漢書‧王貢兩龔鮑傳第四十二》載云：「漢興有園公、綺里季、夏
　　　　黃公、用角先生，此四人者，當秦之世，避而入商雒深山，以待天
　　　　下之定。」即所謂「商山四皓」也。見〔漢〕班固：《漢書》（臺北：
　　　　鼎文書局，民國 75 年 10 月六版），卷七十二，頁 3056。
〔註85〕《莊子‧田子方》載仲尼答顏淵云：「吾終身與汝交一臂而失之，可
　　　　不哀與！」其意是說，我一直和你這麼接近而你卻不能了解宇宙的
　　　　道理，可不悲哀嗎？所以郭象注說：「夫變化不可執而留也。故雖執
　　　　臂相守而不能令停，若哀死者，則此亦可哀也。」成玄英疏曰：「孔
　　　　丘顏子，賢聖二人，共修一身，各如交臂，而變化日新，遷流迅速，
　　　　牢執固守，不能暫停，把臂之間，欻然已謝，新既行矣，故以失焉。
　　　　若以失故而悲，此深可哀也。」同註 54，頁 709～710。
〔註86〕《列子‧黃帝第二》云：「海上之人有好漚鳥者，每旦之海上，從漚
　　　　鳥遊，漚鳥之至者百住而不止。其父曰：『吾聞漚鳥皆從汝遊，汝取
　　　　來，吾玩之。』明日之海上，漚鳥舞而不下也。故曰：至言去言，
　　　　至為無為。齊智之所知，則淺矣。」引自楊伯峻：《列子集釋》（北
　　　　京：中華書局，1996 年 2 月四刷），頁 67～68。
〔註87〕陳鼓應先生釋「達生」說：「達生篇，主旨在說養神，強調人的精神
　　　　作用。『達生』，暢達生命。」又云：「通達生命實情的人，不重財物、
　　　　名位、權勢，認為健的生命、精神充足（形全復精），與自然為一（與
　　　　天為一）」。見《莊子今註今譯》（臺北：商務印書館，民國 70 年 11
　　　　月五版），頁 509。

內熱之病以死。豹養其內而虎食其外，毅養其外而病攻其內，此二子者，皆不鞭其後者也。」〔註88〕由於單、張兩人都「不能勉其所不足」，所以都不得養生之要。必定要能從名韁利鎖中掙脫出來，才能有列禦寇御風而行的賞心之樂，也必須要排遣惡死悅生的慣性思維，才能一任精神所適，無所往而不安。從而心念一轉，於白雲深處採摘靈藥，聊以供軀體之養，且置身這丹葩耀芳、綠竹幽蔭之所，也不覺地要將心志寄託此勝境，因而心神也隨之輕盈超脫起來。再加以窗櫺吹進清新的山風，石穴發出自然的音響，更覺得人當順其自性，躅棄世俗的毀譽，追求自我心靈的根本歸向，猶如郢人和匠石都能合心於道一樣，名利、喜怒、聲色、滋味、神慮這「五難」〔註89〕既已灑落，那麼心神也就能超脫於塵網之外了。

三、劉琨、盧諶

向來越石詩就一直以著「悽戾之詞」、「清拔之氣」〔註90〕的風貌而爲後世所稱美，甚至楊慎以爲東晉之詩，當以劉越石爲稱首〔註91〕，這都是緣其英雄失路，滿衷悲憤，所以暢懷吟詠也就呈顯出「雅壯而多風」〔註92〕的姿態來。然則，劉琨詩的主體風格雖然多爲時遇之感，

〔註88〕同註54，頁646。
〔註89〕嵇康〈答難養生論〉曰：「養生有五難：名利不滅，此一難也；喜怒不除，此二難也；聲色不去，此三難也；滋味不絕，此四難也；神慮精散，此五難也。」如果這「五難」不去，縱使是「心希難老，口誦至言，咀嚼英華，呼吸太陽，不能不回其操，不夭其年也。」相反的「五者無於胸中，則信順日濟，玄德日全。不祈喜而有福，不求壽而自延，此養生之大旨也。」引自夏明釗：《嵇康集譯注》（黑龍江：黑龍江人民出版社，1989年2月一刷），頁75。
〔註90〕鍾嶸《詩品》論劉琨詩曰：「其源出於王粲。善爲悽戾之詞，自有清拔之氣。琨既體良才，又罹厄運，故善敍喪亂，多感恨之詞。」引自王叔岷：《鍾嶸詩品箋證稿》（臺北：中央研究院中國文哲研究所，民國81年3月初版），頁244。
〔註91〕楊慎《升庵詩話》云：「東晉之詩，劉越石爲稱首。」見丁福保輯：《歷代詩話續編》（中冊）（臺北：木鐸出版社，民國77年7月）。
〔註92〕《文心雕龍・才略篇》：「劉琨雅壯而多風，盧諶情發而理昭，亦遇之於時勢也。」同註18，頁2185。

悽戾之詞，而爲歷來論詩者所關注，如沈德潛謂：「越石英雄失路，萬緒悲涼，故其詩隨筆傾吐，哀音無次」〔註93〕、劉熙載：「劉公幹、左太沖詩壯而不悲，王仲宣、潘安仁悲而不壯，兼悲壯者，其惟劉越石乎？」〔註94〕、陳祚明：「越石英雄失路，滿衷悲憤，即是佳詩。隨筆傾吐，如金笳成器，本擅商聲，順風而吹，嘹飄悽戾，足使櫪馬仰歊，城鴉俯咽。」、陳延傑：「越石困於逆亂，擴暢幽憤，故其詩哀怨。」〔註95〕，不過在劉琨的詩中仍可找到玄言題材的蹤跡，《晉書》本傳說：「琨少得儁朗之目，……時征虜將軍石崇河南金谷澗中有別廬，冠絕時輩，引致賓客，日以賦詩。琨預其間，文詠頗爲當時所許。秘書監賈謐參管朝政，京師人士無不傾心。石崇、歐陽建、陸機、陸雲之徒，並以文才降節事謐，琨兄弟亦在其間，號曰『二十四友』。」、又言：「琨少負志氣，有縱橫之才，善交勝己，而頗浮誇。」〔註96〕及至「國破政家亡，親友凋殘」，投身於軍戎之後，心志情態方始轉折，而這樣的改變便表現在他的〈答盧諶詩序〉之中：

> 琨頓首，損書及詩，備辛酸之苦言，暢經通之遠旨，執玩反覆，不能釋手，慨然以悲，歡然以喜。昔在少壯，遠慕老莊之齊物，近嘉阮生之放曠，怪厚薄何從而生，哀樂何由而至，自頃辀張，困於逆亂，國破家亡，親友彫殘。塊然獨坐，則哀憤兩集；負杖行吟，則百憂俱至。時復相與舉觴對膝，破涕爲笑，排終身之積慘，求數刻之暫歡。譬由疾疢彌年，而欲一丸消之，其可得乎？夫才生於世，世實須才，和氏之璧，焉得獨曜於郢握；夜光之珠，何得專玩於隨掌，天下之寶，固當與天下共之。但分析之日，不能不悵恨爾。然後知聃周之爲虛誕，嗣宗之爲妄作也。昔駿驥倚輈於吳坂，鳴於良樂，

〔註93〕見〔清〕沈德潛：《古詩源》（臺北：古亭書屋，民國 59 年 4 月影印初版），卷三、頁 199。

〔註94〕引自〔清〕劉熙載：《藝概》（臺北：華正書局，民國 77 年 9 月版）卷二、〈詩概〉，頁 54。

〔註95〕轉引自王叔岷：《鍾嶸詩品箋證稿》，同註 8，頁 245。

〔註96〕同註 4，卷六十二、列傳第三十二，頁 1679～1690。

知與不知也；百里奚愚於虞而智於秦，遇與不遇也。今君遇
之矣，朂之而已，不復屬意于文，二十餘年矣，久廢則無次，
想必欲其一反，故稱指送一篇，適足以彰來詩之益美耳。琨
頓首頓首。（中冊・頁850）

從「遠慕老莊之齊物，近嘉阮生之放曠」到「然後知聃周之爲虛誕，
嗣宗之爲妄作」，這是世極迍邅，哀憤兩集的結果，也是整個生命情
調在人生際遇頓挫和人生信念在失落與〔註97〕重捨的過程中所導致
的轉折，其詩云：

天地無心，萬物同塗。禍淫莫驗，福善則虛。
逆有全邑，義無完都。英藥夏落，毒卉冬敷。
如彼龜玉，韞櫝毀諸。芻狗之談，其最得乎。

（之二・中冊・頁850）

《老子・五章》說：「天地不仁，以萬物爲芻狗」，其意本指天地自然
的理法，乃順任自然，無所偏愛，沒有人類的意志、情感以及目的性
的意圖與價值，所以「不仁」，是天地無私的表現；芻狗萬物，則是
「天地無心而不相關，非天地忍心而不憫惜」，因而以結芻爲狗作喻，
祭則用之，已則棄之，蓋意在不着意而相忘之，故越石「天地無心，
萬物同塗」即本此而言，而「芻狗之談，其最得乎」則又是假言於此
而爲全詩意脈的結穴，以著窮極問天的深沉喟歎，來託寓著天不我憐
的悲感。

此外，盧諶有〈贈劉琨詩二十章〉，本是劉琨身繫囹圄求援子諒，
而諶以此詩復越石之作，〈序〉中盧諶自言：「稟性短弱，當世罕任，
因其自然，用安靜退。在木闕不材之資，處鴈乏善鳴之分」，說自己
恐力有未逮，並於詩中陳言：

爰造異論，肝膽楚越。惟同大觀，萬塗一轍。
死生既齊，榮辱奚別。處其玄根，廓焉靡結。（之十八）

〔註97〕錢鍾書先生釋「天地不仁，以萬物爲芻狗」說：「芻狗萬物，乃天地
無心而不相關，非天地忍心而不憫惜。」見《談藝錄》（臺北：書林
出版社，1988年11月），頁80。

　　　　福爲禍始，禍作福階。天地盈虛，寒暑周迴。

　　　　夫差不祀，釁在勝齊。句踐作伯，祚自會稽。

　　　（之十九‧中冊‧頁 880）

以莊生「齊物」之論來勸慰劉琨齊一生死、混同榮辱，能心處玄根，
自無情識之纏結，並引《老子》「禍兮，福之所倚；福兮，禍之所伏」
（〈五十八章〉）之言，用句踐先辱後霸之典，冀越石能寬其心懷。

　　再者，《晉書》本傳載盧諶「清敏有思理，好《老》、《莊》」，又
曾注《莊子》〔註98〕，其〈時興詩〉一首，即爲感時興懷，託物起情，
又歸結於莊老玄理的作品：

　　　　疊疊圓象運，悠悠方儀廓。忽忽歲云暮，游原采蕭藿。

　　　　北踰芒與河，南臨伊與洛。凝霜霑蔓草，悲風振林薄。

　　　　摵摵芳葉零，榮榮芬華落。下泉激洌清，曠野者遼索。

　　　　登高眺遐荒，極望無崖崿。形變隨時化，神感因物作。

　　　　澹乎至人心，恬然存玄漠。（中冊‧頁 884）

詩中寫景蕭索，因時序之推移、物態之變化，而思見天地運行、萬物
生滅消息的規律，進而人處其間，自當與此規律相爲協調、同其律動，
此謂之以人同天，猶如至人般恬然自適於玄漠之境。

四、庾闡、張翼、袁宏、陸沖、謝道蘊、湛方生

　　本文在六朝玄言詩的發展期中談到，西晉的玄言詩作中有一類是
「即自然以味玄懷」，這類作品的明顯特徵是在詩歌內容上加進了許
多自然景物的描寫，讓詩人於窺情風景之中，將玄思性的精神主體以
著主觀意味的觀照投射出去，使客觀景物隨著主體心靈的頻率延伸進
來，而順著此一脈絡，這樣的型態在東晉時期亦有表現。如庾闡的〈觀
石鼓詩〉：

　　　　命駕觀奇逸，徑騖造靈山。朝濟清溪岸，夕憩五龍泉。

　　　　鳴石含潛響，雷震駭九天。妙化非不有，莫知神自然。

　　　　翔霄拂翠嶺，綠澗漱巖間。手藻春泉潔，目翫陽葩鮮。

〔註98〕同註4，卷四十四、列傳第十四，頁 1259。

（中冊・頁 873）

又〈衡山詩〉：

> 北眺衡山首，南睨五嶺末。寂坐挹虛恬，運目情四豁。
>
> 翔虬凌九霄，陸鱗困濡沫。未體江湖悠，安識南冥闊。

（中冊・頁 874）

前一首乃仲初對石鼓山「奇逸」之景的描寫，作者身歷其境，時經朝夕，山中溪清泉澄，清幽可翫，又有飛鳥翱翔於雲端、輕拂於翠嶺，澗碧如綠，奔騰於山巖之間，清響溢滿山林，是以置身此境，手藻目翫，真感自然之妙化，景之奇逸，山之有靈，其神奧雖莫知然卻感其實有。而後一首則寫心寂虛恬，情隨目運，神與物遊之感，如其〈三月三日詩〉所詠：

> 心結湘川渚，目散沖霄外。清泉吐翠流，綠醽漂素瀨。
>
> 悠想眇長川，輕瀾渺如帶。（中冊・頁 873）

「目散沖霄外」，自然有別於單純的留連光景，而是流眄於宇宙天地，因見其造化玄妙的神思，亦不單止於耳目的感觀之娛，而是更有其深層的精神領悟。特別是在這些作品中，以「拂」狀鳥翔之態，以「漱」擬澗流之姿，「手藻」、「目翫」遣字斟酌，句勢倒裝，又寫清泉吐翠，綠醽漂素，極富於繪彩之美，末句「輕瀾渺如帶」，祝振玉先生更譽其「雋逸傳神，似為後來謝朓名句『澄江靜如練』（晚登三山還望京邑）所本」〔註99〕，而此造語清新、寫景雅潔，亦別於「理過其辭，淡乎寡味」的純粹說理之作。

再看張翼的〈詠懷詩三首之三〉：

> 遙遯播荊衡，杖策憩南郢。遭動逐浪迹，遇靖恬夷性。
>
> 拊卷從老語，揮綸與莊詠。遐眺獨緬想，蕭神颷塵正。
>
> 時無喜惠偶，絕韻將誰聽。習子茂芳標，有欣徽音令。
>
> 穎敷陵霜倩，葩熙三春盛。拂翮期霄翔，豈與桑榆競。
>
> 我混不材姿，遺情忘雕暎。雖非嶧陽梧，聊以韻泗磬。

〔註99〕參看吳小如等：《漢魏六朝詩鑒賞辭典》（上海：上海辭書出版社，1996 年 5 月五刷），頁 449。

（中冊‧頁 892）

君祖詩雖富於物候之寫，然一切景語皆為情語，所以言在寫景而意在
「詠懷」，且詩云「拊卷從老語，揮綸與莊詠」，這正是作者所以能遣
情俗累，獨抱襟懷的價值來源之所在。

又如袁宏的〈從征行方頭山詩〉：

峨峨太行，凌虛抗勢。天嶺交氣，窈然無際。
澄流入神，玄谷應契。四象悟心，幽人來憩。

（中冊‧頁 920）

陸沖〈雜詩二首之二〉：

肆觀野原外，放心希太和。景嶽造天漢，豐林冒重阿。
清芬乘風散，艷藻映漾波。（中冊‧頁 948）

謝道蘊〈泰山吟〉：

峨峨東嶽高，秀極沖青天。巖中間虛宇，寂寞幽以玄。
非工復非匠，雲構發自然。器象爾何物，遂令我屢遷。
逝將宅斯宇，可以盡天年。（中冊‧頁 912）

湛方生〈帆入南湖詩〉：

彭蠡紀三江，廬岳主眾阜。白沙淨川路，青松蔚巖首。
此水何時流，此山何時有。人運互推遷，茲器獨長久。
悠悠宇宙中，古今迭先後。（中冊‧頁 944）

〈秋夜詩〉：

悲九秋之為節，物凋悴而無榮。嶺頹鮮而殞綠，木傾柯而
落英。履代謝以惆悵，睹搖落而興情。信皁壞而感人，樂
未畢而哀生。秋夜清分何秋夕之轉長，夜悠悠而難極，月
皦皦而停光。播商氣以溫情，扇高風以革涼。水激波以成
漣，露凝結而為霜。凡有生而必凋，情何感而不傷。苟靈
符之未虛，孰茲戀之可忘。何天懸之難釋，思假暢之冥方。
拂塵衿於玄風，散近滯於老莊，攬逍遙之宏維，總齊物之
大綱。同天地於一指，等太山於毫芒。萬慮一時頓渫，情
累豁焉都忘。物我泯然而同體，豈復夭壽於彭殤。（中冊‧
頁 946）

這些詩的共同特徵都是在萬物的變化、時序的推移之中，窺見天地造化的大情，如彥伯因「天嶺交氣」之景，而有「窈然無際」之思；陸沖以縱情肆觀，心體自然，自見天地之大美；道蘊冥會於東嶽之自然神妙，而有順任遷化，以盡天年之想；方生緣山川何歲之問，遂生悠悠宇宙，人事代謝之感；至於〈秋夜〉之作，更是即景會理，暢達物情的佳篇，其言：「拂塵衿於玄風，散近滯於老莊，攬逍遙之宏維，總齊物之大綱」，能如此，自可情累都忘，物我同體，萬慮頓滌，無復有彭殤、夭壽之別。

　　因此，總括看來，各詩雖說理不同，託景寓理的方式復殊，然假景敘理，富於江山之寫、草木之繪則一，所以這類以山水縮合玄言的作品，實為靈運之先導，而范文瀾先生亦以為「寫山水之詩，起自東晉初庾闡諸人」。〔註100〕

五、王胡之、符朗、王康琚、江逌、孫放

　　說理意味較濃的作品也是東晉玄言詩壇的類型之一，它的前身就是本文所論玄言詩發展期那些「詠莊老以體至道」的篇什。在這類的作品中，或是歌詠道家式的人生哲學、處世態度、接物之方，進退之道；或是表達對自然理序的冥會、對造化推移的徹悟，進而在這種冥會、徹悟之中，讓精神主體契合於自然之道的律動，與天地交融無礙，自我也緣此而能快然暢適。如王胡之〈贈庾翼詩八章〉：

> 江海能大，上善居下。侯王得尊，心同觸寡。
> 廢我處冲，虛懷無假。待來制器，如彼鑪冶。
> 天下何事，去其害馬。（之四）

> 友以淡合，理隨道泰。余與夫子，自然冥會。
> 覿面豁懷，傾枕解帶。玉液相潤，瓊林增藹。
> 心齊飛沈，相望事外。譬諸龍魚，陵雲潛瀨。（之五）

〔註100〕　見范文瀾：《文心雕龍註》（臺北：粹文堂書局，未著出版日期），卷二，〈明詩第六〉，頁92。

> 元直言歸，武侯解鞅。子魚司契，幼安獨往。
>
> 神齊玄一，形寄爲兩。苟體理分，動寂忘象。
>
> 仰味高風，載詠載想。（之七·中冊·頁886）

《老子·六十六章》說：「江海之所以能爲百谷王者，以其善下之，故能爲百谷王」，又〈三十九章〉說：「貴以賤爲本，高以下爲基。是以侯王自稱孤、寡、不穀。此非以賤爲本邪？」〔註101〕所謂「江海能大，上善居下。侯王得尊，心同觸寡。」即本此而發，所以持天下之道，能處卑、容小，方能成其高大。至於〈之五〉以「道」之自然而然，譬喻「友以淡合」；〈之七〉寫對於神齊玄一、體應理分之境的企慕，俱在託言喻道中表現出一種對於玄理的欣向。

再看符朗〈臨終詩〉云：

> 四大起何因，聚散無窮已。既適一生中，又入一死埋。
>
> 冥心乘和暢，未覺有始終。如何箕山夫，奄焉處東市。
>
> 曠此百年期，遠同嵇叔子。命也歸自天，委化任冥紀。
>
> （中冊·頁932）

王康琚〈反招隱詩〉：

> 小隱隱陵藪，大隱隱朝市。伯夷竄首陽，老聃伏柱史。
>
> 昔在太平時，亦有巢居子。今雖盛明世，能無中林士。
>
> 放神青雲外，絕迹窮山裏。鵾鷄先晨鳴，哀風迎夜起。
>
> 凝霜凋朱顏，寒泉傷玉趾。周才信眾人，偏智任諸己。
>
> 推分得天和，矯性失至理。歸來安所期，與物齊終始。
>
> （中冊·頁953）

孫放〈詠莊子詩〉：

> 巨細同一馬，物化無常歸。修鯤解長鱗，鵬起片雲飛。
>
> 撫翼搏積風，仰凌垂天翬。（中冊·頁903）

佛教認爲，天地萬物均由地、水、火、風等四大基本元素構成，而此四種元素的聚散遂形成萬物的生滅，故而符朗以此來說明人的生死現象，借由對生死的了悟，以得出一個「命也歸自天，委化任冥紀」的

〔註101〕 同註57，頁316、218。

人生態度來。又如王康琚以「推分得天和，矯性失至理」來論證人之
出處當順隨個人性分的應然之理，《莊子・天道》說：「夫明白於天地
之德者，此之謂大本大宗，與天和者也；所以均調天下，與人和者也。
與人和者，謂之人樂；與天和者，謂之天樂」，成玄英疏云：「夫靈府
明靜，神照潔白，而德合於二儀者，固可以宗匠蒼生，根本萬有，冥
合自然之道，與天合也」〔註102〕，能依任自然而行，適情於一己的
性分，則可與萬化同流，所以莊子又說：「知天樂者，其生也天行，
其死也物化。靜而與陰同德，動而與陽同波。故知天樂者，無天怨，
無人非，無物累，無鬼責」（〈天道〉），如若不然，違情矯性那就失去
了天所以與人的應然之理，因此歸來隱居所期待的就是脫落矯飾，順
己之性，而和萬物相為終始。至於孫放的〈詠莊子詩〉則觀其題名、
內容，俱顯「漆園義疏」之意，《晉書》本傳說孫放「幼稱令慧」〔註
103〕，《孫放別傳》記載：「（放）年八歲，太尉庾公召見之，放清秀
欲觀試，乃授紙筆令書，放便自疏名字，公題後問之曰：『為欲慕莊
周邪？』放書答曰：『意欲慕之。』公曰：『何故不慕仲尼而慕莊周？』
放曰：『仲尼生而知之，非希企所及，至于莊周，是其次者，故慕耳。』
公謂賓客曰：『王輔嗣應答，恐不能勝之。』」〔註104〕而這首詩就是
孫放對其企慕的莊子義理的歌詠。詩首二句云「巨細同一馬，物化無
常歸」，《莊子・齊物論》說：「天地一指也，萬物一馬也」，這個「一
指」、「一馬」是從天地萬物同質的觀點來說他們的共同性，所以〈德
充符〉說：「自其同者視之，萬物皆一也」，成玄英疏云：「天下雖大，

〔註102〕　同註54，頁458。

〔註103〕　同註4，（冊三），卷八十二、列傳第五十二，頁2149。

〔註104〕　同註4，（冊五），〔清〕湯球輯《晉諸公別傳》，頁519～520。又《世
　　　　　說新語・言語第二》亦載云：「孫齊由、齊莊二人小時詣庾公，公
　　　　　問：『齊由何字？』答曰：『字齊由。』公曰：『欲何齊邪？』曰：『齊
　　　　　許由。』『齊莊何字？』答曰：『字齊莊。』公曰：『欲齊何？』曰：
　　　　　『齊莊周。』公曰：『何不慕仲尼而慕莊周？』對曰：『聖人生知，
　　　　　故難企慕。』庾公大喜小兒對。」同註9，頁109～110。

一指可以蔽之；萬物雖多，一馬可以理盡」〔註105〕，這是莊子「齊物」的要旨。接下來作者又引《莊子・逍遙遊》的鯤鵬作喻，寫其鯤化為鵬，怒而飛，翼若垂天之雲，鵬徙於南冥，水擊三千里，摶扶搖而上者九萬里，以其奮飛凌霄的形象來比喻超然物外、任天而遊的情境。是以合此兩者來看，「逍遙」是對於體道境界的表述，而「齊物」則是修道工夫與境界之所以可能落實人存有者的保證，因為能夠齊觀生死、消解是非、泯除毀譽、擺落榮辱，所以也才能順適其性，逍遙無礙。並且此詩以著較為形象性的手法來託寓莊子的義理，自然也就較顯姿彩，祝振玉先生即就此論曰：

> 同其它的「理過其辭」的玄言詩相比，孫放的這首詩，對莊子之義理文章，尚不能說是「買櫝還珠」。作者吸取了莊子的義理，更繼承了他的文風。《莊子》全書，不僅玄意精微，且形象生動。其文筆汪洋恣肆，妙喻迭出不窮，對後世文學影響極大。此詩後四句，雖曰隱括〈逍遙遊〉句意，然能自鑄新辭，作者描寫鯤鵬展翅逍遙凌空，比之莊子原文，更有詩歌語言之洗鍊特色。因這首詩是借莊子之妙喻明道，故又不失形象之鮮明，雖在用典，卻無隔霧觀花之嫌。全篇義理辭采，精要恣健，與《莊子》風格，庶幾彷彿，和當時那些侈談名理，淡乎寡味的玄言詩相比，這首詩應該算是上乘之作了。〔註106〕

第三節　玄對山水，散懷於蘭亭之會

　　從金谷宴遊到蘭亭集會，它不僅意味著晉人在自我覺醒之後，方才開啟了山水的獨立地位，在主體精神的轉變中，以著一種非功利、純粹審美、純粹賞玩的眼光，去觀賞自然，然後真正的怡情於山水，窺見原始的自然之美；並且，從金谷到蘭亭似乎也標誌著兩晉士人的心理轉折，是對於找尋生命安頓與發掘人生真象的進一步深化，將〈金

〔註105〕同註54，頁69。
〔註106〕同註99，頁457。

谷詩敍〉與〈蘭亭集序〉兩相比較，即可明顯地感受到這樣的差異。
在石崇的〈敍〉裏寫的是：「有別廬在河南縣界金谷澗中，或高或下，
有清泉茂林，眾果柏竹、藥草之屬，莫不畢備。又有水碓、魚池、土
窟，其爲娛目歡心之物備矣。時征西大將軍祭酒王詡當還長安，余與
眾賢共送往澗中，晝夜遊宴，屢遷其坐。或登高臨下，或列坐水濱。
時琴瑟笙筑，合載車中，道路並作。及住令與鼓吹遞奏。遂各賦詩，
以敍中懷。或不能者，罰酒三斗。感性命之不永，懼凋落之無期。故
具列時人官號、姓名、年紀、又寫詩箸後。後之好事者，其覽之哉！」
〔註 107〕其中雖也有性命不永之感，不過卻是淡筆輕點，並不深入，
反而在晝夜遊宴的對顯下，〈敍〉文予人的感覺是及時行樂、是縱情
歡愉，誠如羅宗強先生所論：

> 石崇和他同時的名士們，他們所理解的人生歡樂，主要是
> 金碧輝煌，是錦繡歌鐘，是豪華的物質享受。音樂與詩與
> 山水的美，只是這種生活的點綴，使這種本來過於世俗（甚
> 至是庸俗）的生活得到雅化，帶些詩意。或者可以說，這
> 是世族豪門對他們的身份的一種體認。他們似乎察覺到他
> 們的優越感裡，除了榮華富貴之外，還應該增加一點什麼，
> 還應該在文化上有一種優於寒素的地方。因之，他們除了
> 鬥富之外，便有了詩、樂和山水審美。但是他們的主要追
> 求，還更多的是物質的。他們的平庸的情趣還沒有因著最
> 初的雅化而從世俗裏擺脫出來。就是說，山水審美還沒有
> 成爲他們內心不可或缺的一種精神需要，而只是他們生活
> 中的一種點綴而已。把點綴變成不可或缺的精神需要的，
> 是東晉士人。〔註 108〕

〔註 107〕 見《世說新語·品藻第九》條五十七，同註 9，頁 530。

〔註 108〕 此段文字本爲羅先生對於兩晉士人山水怡情與山水審美意識發展
的論述，文中或許較多的強化了世族與寒門之間的階級分別，可是
對於兩晉士人們，那種深層心理與精神面貌的差異的把握，卻是深
刻的。見氏著：《玄學與魏晉士人心態》（臺北：文史哲出版社，民
國 81 年 11 月初版），頁 327。

於是到了〈蘭亭集序〉〔註 109〕，他們「仰觀宇宙之大，俯察品類之盛」，以著極敏銳的心靈去體會天地萬物，並且試圖著從中啓發出一些對於生命的意義來，特別是那種從「遊目騁懷，足以極視聽之娛，信可樂也」到「及其所之既倦，情隨事遷，感慨係之矣」的巨大的起落，那種對於人壽「修短隨化，終期於盡」的感歎的深沉，都在在突顯了東晉士人與西晉諸輩的區別，而這種對於生命本質的探索與生命現象的反省，它不僅濃烈的表現在右軍的〈蘭亭集序〉，同時也反映於大部分的蘭亭諸詩，甚至可以說蘭亭詩人的一個共相，便是對於生命眞象的關注與對於安頓生命的探尋，他們以詩人敏感細緻的心靈之眼，流眄天地造化的眞實，或歌詠、或讚歎，徜開胸懷體貼於自然的律動，並且提出自我生存於此中的應然態度來，倘若進一步追溯這種同體於自然的生命情調，自有其更根源性的因素可說，無疑地，這就是一種莊、老的處世態度，是一種玄學的人生觀，是詩人們在人生情態的指向裏回過頭來，然後才發現生命原來在儒家式積極用世的領域外，還有一方天地，人生還有不同的價值、意義與理想存在，而後才緣此珍視自我精神、崇尚老莊思想的心理脈絡，以著一種「玄對山水」〔註 110〕的態度，窺見天地造化的樞機，領略山川草木的大美。

再者，據〈蘭亭集序〉所載，逸少諸人之所以聚會於蘭亭，本有著以「修禊」爲核心的時空背景，所謂的「修禊」原爲上古的一種風俗，人們於三月上旬的巳日在水濱「釁浴」以祓除不潔，大抵是一種帶有宗教性意義的祈福攘禍的祭祀活動〔註 111〕。關於修禊的源流與

〔註 109〕 引自〔清〕嚴可均：《全上古三代秦漢三國六朝文》（冊四）（臺北：世界書局，民國 71 年 2 月四版），《全晉文卷二十六・王羲之》，頁9～10。

〔註 110〕 孫綽〈庾亮碑文〉曰：「公雅好所託，常在塵垢之外。雖柔心應世，蟠屈其迹，而方寸湛然，固以玄對山水。」見《世說新語・容止第十四》條二十四劉注引，同註 9，頁 618。

〔註 111〕 《春秋左傳正義・昭公十八年》釋「被禳於四方」一句，其下云：「《周禮》女巫掌祓除、釁浴，祓、禳皆除凶之祭」，見〔晉〕杜預注、〔唐〕孔穎達等正義，《春秋左傳正義》（臺北：藍燈書局影印清嘉慶二十

內容，則可透過下列數則文獻來加以說明：

（一）《周禮·春官》：「女巫，掌歲時祓除、釁浴」。鄭玄注曰：「歲時祓除，如今上巳，如水上之類。釁浴，謂以香薰草藥沐浴」。賈公彥疏云：「歲時祓除者，非謂歲之四時，惟謂歲之三月之時，故鄭君云：如今三月上巳。解之一月有三巳，據上旬之巳而爲祓除之事，見今三月三日水上戒浴是也。云釁浴，謂以香薰草藥沐浴者，若直言浴則惟有湯，今兼言釁，明沐浴之物必和香草，故云以香薰草藥。經直云浴兼言沐者，凡絜靜者相將，故知亦有沐也」。〔註112〕

（二）《韓詩》曰：「三月桃花水之時，鄭國之俗，三月上巳，之溱、洧兩水之上，執蘭招魂續魄，拂除不祥」。〔註113〕

（三）《史記·外戚世家》：「武帝祓霸上還」，裴駰：《史記集解》：「徐廣曰：『三月上巳，臨水祓除，謂之禊』」。〔註114〕

（四）應劭《風俗通義·祀典》：「《周禮》：『男巫掌望祀望衍，旁招以茅；女巫掌歲時，以祓除釁浴。』禊者，潔也。春者，蠢也，蠢蠢搖動也。《尚書》：『以殷仲春，厥民析。』言人解析也。療生疾之時，故於水上釁潔之也。巳者，祉也，邪疾已去，祈介祉也」。〔註115〕

年江西南昌學府重刊十三經注疏本），卷四十八，頁842下。

〔註112〕　見〔漢〕鄭玄注、〔唐〕孔穎達等正義，《周禮正義》（臺北：藍燈書局影印清嘉慶二十年江西南昌學府重刊十三經注疏本），卷二十六，頁400下。

〔註113〕　引自〔唐〕歐陽詢：《藝文類聚·卷八·歲時》（臺北：木鐸編輯室，1974年8月），頁62。據《韓詩》此文所載，則已將上巳風俗追溯到東周時期的鄭國，《詩經·國風·鄭風》：「溱與洧，方渙渙兮。士與女，方秉蘭兮。女曰：觀乎？士曰：既且。且往觀乎洧之外，洵訏且樂。維士與女，伊其相謔，贈之以勺藥。」關於詩中的「秉蘭」，《薛氏章句》：「秉，執也；蘭，蘭也。當此盛流之時，眾士與眾女方執蘭拂除邪惡」。

〔註114〕　引自〔日〕瀧川龜太郎：《史記會注考證》（臺北：洪氏出版社，1986年9月），頁777。

〔註115〕　見〔漢〕應劭撰、王利器注：《風俗通義校注》（臺北：漢京文化事業有限公司，1983年9月12日），卷八、〈祀典〉，頁382。

（五）司馬彪《續漢書‧禮儀志》曰：「是月上巳，官民皆絜於東流之上，曰洗濯祓除去宿垢疢爲大絜。絜者，言陽氣布暢，萬物訖出，始絜之矣」。劉昭注云：「謂之禊也。……一說云：後漢有郭虞者，三月上巳產二女，二日中並不育，俗以爲大忌，至此月日諱止家，皆於東流水上爲祈禳自潔濯，謂之禊祠。引流行觴，遂成曲水。」〔註116〕

（六）《晉書‧禮志》：「漢儀，季春上巳，官及百姓皆禊於東流水上，洗濯祓除去宿垢。而自魏以後，但用三日，不以上巳也。晉中朝公卿以下至于庶人，皆禊洛水之側。」〔註117〕

（七）《宋書‧禮志》：「舊說後漢有郭虞者，有三女。以三月上辰產二女，上巳產一女。二日之中，而三女並亡。俗以爲大忌。至此月此日，不敢止家，皆於東流水上爲祈禳，自潔濯，謂之禊祠。分流行觴，遂成曲水。史臣案：《周禮》女巫掌歲時祓除釁浴，如今三月上巳如水上之類也。釁浴謂以香薰草藥沐浴也。韓詩曰：「鄭國之俗，三月上巳，之溱、洧兩水之上，招魂續魄。秉蘭草，拂不祥。」此則其來甚久，非起郭虞之遺風、今世之度水也。……自魏以後但用三日，不以巳也。」〔註118〕

（八）《南齊書‧禮志》：「三月三日曲水會，古禊祭也。漢《禮儀志》云「季春月上巳，官民皆絜濯於東流水上，自洗濯祓除去宿疾爲大絜」。……史臣曰：案禊與曲水，其義參差。舊言陽氣布暢，萬物訖出，姑洗絜之也。巳者祉也，言祈介祉也。一說，三月三日，清明之節，將脩事於水側，禱祀以祈豐年。」〔註119〕

（九）宗懍《荊楚歲時記》：「三月三日，四民並出江渚汔沼間，

〔註116〕 司馬彪《續漢書‧禮儀志》爲范曄所採，見《後漢書‧志第四‧禮儀上》（臺北：鼎文書局，1987年元月五版），冊五，頁3110～3111。
〔註117〕 引自《晉書》，志第十一‧禮下，同註4，頁671。
〔註118〕 引自（南朝梁）沈約：《宋書》（臺北：鼎文書局，1974年6月），志第五‧禮二，頁385～386。
〔註119〕 引自（南朝梁）蕭子顯：《南齊書》（臺北：鼎文書局，1978年11月再版），志第一‧禮上，頁149～150。

臨清流爲流杯曲水之飲」。〔註120〕

透過上述文獻記載，則對於修禊的內容、時間、作用及意義約可歸結如下：

（一）就修禊的內容來看：「禊」本爲古代一種祭祀的儀典，「絜於東流之上」舉行「釁浴」這是修禊的儀式，而「洗濯祓除、去宿垢疢」則是修禊的目的，《風俗通義》說：「禊者，潔也」，此「潔」不僅是現實意義的滌除塵垢以潔身，同時也具有著「祓除疾病」的宗教性意涵，除此之外，它還包含著祈福的意義，所謂「巳者，祉也，邪疾已去，祈介祉也」。

再者，於進行「祓禊」時，還需要「釁浴」，就是要以香薰草藥來沐浴，猶如賈公彥所說：「云釁浴，謂以香薰草藥沐浴者，若直言浴則惟有湯，今兼言釁，明沐浴之物必和香草，故云以香薰草藥」。所以人們在舉行修禊的儀典時，到水邊祭祀，以香薰草藥來沐浴，爲的是祓除疾病和不祥以祈求福祉。

（二）就修禊的時間來看：根據勞榦先生〈上巳考〉〔註121〕一文的考證，中國古代的傳統節令可分爲兩個不同的系統：第一種是以單數的月加上相同數目的日子組成，如三月三日、五月五日、七月七月、九月九日；第二種是一些以干支來計算的特殊日子，如春社、伏日、秋社和臘日，然而三月三日在此中卻是相當特殊的，就三月三日看它自屬第一種系統，可是《續漢書‧禮儀志》卻明白說「祓除」是在三月上巳日，是三月的第一個巳日，也就是用地支的巳來作標準，和臘日用戌的方法相同，於是它又屬於第二種系統，上巳或三月三日兼有兩個系統，則是意味著它在民俗中的重要性，及「自魏以後，但用三日，不以上巳也」，亦即「上巳」在魏以後，便已固定在三月三日舉行，不再去細察三月的第一個巳日是什麼時候了。

〔註120〕　見王毓榮：《荊楚歲時記校注》（臺北：文津出版社，1988 年 8 月），頁 126～137。

〔註121〕　參看勞榦：〈上巳考〉，中央研究院《民族學研究所集刊》（第 29 期），1970 年春季號，頁 243～262。

（三）就修禊所蘊涵的意義來看：在禊祭中透過釁浴洗濯潔除，以求禳邪去病，本就反映著人們面對生命存在的命限所引發的本能的焦慮和恐懼的內在心理，以及相伴而來的對有生的眷戀與力圖延續生命的期待和渴望，交織在此恐懼和渴望之中的心緒，則體現爲一種看待生死的態度、一種關注於生死的生命意識，特別是司馬彪在《續漢書‧禮儀志》中提到：「絜者，言陽氣布暢，萬物訖出，始絜之矣」，對此，鄭毓瑜先生引述道：這是三月陽春所具有的調暢和泰的節氣特質，並且也是整個禊禮祈祝內在的根本意蘊〔註122〕。是以在面對如此自然節候的氛圍與特性，人們所感受到並賦加在修禊之上的人文意義是：在那陽氣布暢、萬物訖出，宇宙天地呈顯出一種充盈豐沛的生命感的時序下，人們自然氣感地沁入這種氛圍，同時也融入於修禊的禮俗之中，表現出一種對生命存在本身的凝視與關注，並對這種關注做一種本質性意義地追問，提昇到一種超越情緒性悲喜的高度，而做一種本體意義的探詢。所以當我們讀到〈蘭亭集序〉及蘭亭詩中，之所以會有那麼濃烈的「遷逝之歎」、「憂生之嗟」，以及對於生命實感的探索和反省，或許正可從「暮春三月」的自然節候與人文意涵的相關性上，取得一種富於內在關聯性的理解。

（四）就修禊活動的轉變來看：追溯三月上巳舉行「祓禊」的原始意義，可知它本是一種在水邊聚浴，以香薰草藥塗身，用以除災祈福的禮俗，但到了後來，這樣聚會的形式遂逐漸轉變成一種宴飲春遊的社交活動，下迄六朝，甚至春遊才是主要目的，祓禊只是附帶條件〔註123〕，如蕭穎士在〈蓬池禊飲序〉中即曾論道：「禊，逸禮也，鄭風有之。蓋取諸勾萌發達，陽景敷煦，握芳蘭，臨清川，柔和蠲潔，

〔註122〕 參看鄭毓瑜：〈由修禊事論蘭亭詩、蘭亭序「達」與「未達」的意義〉，收於《漢學研究》第十二卷、第一期（1994年6月），頁251～273。

〔註123〕 勞榦先生曾論道：「把古代上巳所代表的因素來分析，最重要的當然是宗教義的洗濯潔除，其次是安排男女間交談的機會，再其次才是純粹的游春，包括曲水流觴以及貴冑富人的炫富。」同註121，頁255。

用徽介祉，厥義存矣。晉氏中朝，始參燕胥之樂，江右宋齊，又間以文詠，風流遂遠，鬱爲盛集焉」〔註124〕。

今看晉人潘尼〈三月三日洛水作〉：「……暮春春服成，百草敷英蕤。聊爲三日遊，方駕結龍旂。廊廟多豪傑，都邑有艷姿。朱軒蔭蘭皐，翠幙映洛湄。臨崖濯素手，步水搴輕衣。沈鈎出比目，舉弋落雙飛。羽觴乘波進，素俎隨流歸」〔註125〕、成公綏〈洛禊賦〉：「考吉日，簡良辰，袚除解禊，司會洛濱。妖童媛女，嬉遊河曲，或振纖手，或濯素足。臨清流，坐沙場，列罍樽，飛羽觴」〔註126〕、張協〈洛禊賦〉：「……緣阿被湄，振袖生風，接衽成幃。若夫權戚之家，豪侈之族，采騎齊鑣，華輪方轂，青蓋雲浮，參差相屬，集乎長洲之浦，曜乎洛川之曲。遂乃停肇蕙渚，稅駕蘭田，朱幔紅舒，翠幙蜿連，羅樽列爵，周以長筵」〔註127〕，根據文中的描繪，多爲朱衣華服、華輪方轂、羽觴乘波、嬉遊河曲之寫，足證「修禊」的宗教性色彩漸淡，春遊讌飲、文人雅集的意味加深的轉變之跡，從而這也就是我們在蘭亭修禊中，看到那種暮春出遊、引曲水以爲流觴的面貌的原因所在。

有了對「修禊」的時空背景的瞭解，再回到詩作的本身來看，則蘭亭諸詩中，涉及玄言題材者，約可分從三個面向來加以考察：

一、欣此暮春，陽氣布暢

在蘭亭詩作中，有部分的作品乃是窺情風景，著意於山水觀遊的刻畫，這固然可推因於此時袚禊釁浴的宗教意義已逐漸變淡，文人雅士們春遊燕集的社交色彩加濃，所以賦詩言情，便富於春景之寫，然而倘由玄言詩的角度來看，卻可以更進一層的發現，這類以春景爲基

〔註124〕　引自〔清〕董誥等編：《全唐文》（上海：上海古籍出版社，1990年12月）（冊二），卷324，頁1451。
〔註125〕　引自《漢魏六朝百三名家集》，《潘太常集》，同註37，頁1871。
〔註126〕　引自《漢魏六朝百三名家集》（冊三），《成公子安集》，同註37，頁2087。
〔註127〕　引自《漢魏六朝百三名家集》（冊三），《張景陽集》，同註37，頁2113。

調的作品，實在是具體而微的，在個別景物的意態中，透露了天地孕育、生化萬物的訊息，猶如〈蘭亭集序〉所描寫的「此地有崇山峻嶺，茂林修竹，又有清流激湍，映帶左右」、「是日也，天朗氣清，惠風和暢」，所以仰觀俯察，草木蓊鬱茂美，山川自相映發，觸目映心的俱是一片生氣盎然，造化流行，大有浩蕩之春寓焉的氣象，如王羲之〈蘭亭詩〉云：

> 三春肇群品，寄暢在所因。仰望碧天際，俯磐綠水濱。
>
> 寥朗無涯觀，寓目理自陳。大矣造化功，萬殊莫不均。
>
> 群籟雖參差，適我無非新。（中冊‧頁895）

在這生意盎然的暮春三月裡，逸少敞懷於山水之中，並且以著一種「體悟冥鑒」〔註128〕的方式來觀察自然、親近自然，所以除了仰觀、俯瞰俱是碧空無滓、綠水澄朗的山川美感之外，在作者「寄暢」〔註129〕的情思底下，這種美感還予人一種神清慮淨、物我都忘的體驗，引領人的視線超然於物表，直透於宇宙的無窮處，領略造化的靈妙，覷見自然的理序，從而產生一種人與大化的和諧之情和自我生命與天地萬物的親和之感，於是天地的勃勃生氣似乎也體現著詩人的欣然意趣，詩人與物俱在自然的理序和律動之中，煥發著一種怡然喜悅的精神面貌。可見在詩人「遊目騁懷」並以此「寄暢」的過程中，主體精神已冥契於自然萬物，所以能寓目皆理，由自然山水的觀遊中領略造化的靈妙，特別是末句說「群籟雖參差，適我無非新」，更呈顯了一種物我和諧，主體生命與自然萬物相通契應

〔註128〕 錢志熙先生認爲逸少此詩是「詩人仰觀俯察，發抒幽懷，用一種體悟冥鑒的方式來接近自然界。」參看氏著：《魏晉詩歌藝術原論》（北京：北京大學出版社，1993年1月一刷），頁389。

〔註129〕 錢志熙先生特別標出「寄暢」，認爲這是東晉士人一個重要的思想，他說：「可以說『寄暢』是一種境界，也是一種方式，東晉人無論對待山水自然、藝術，還是文學創作，都懷有一種『寄暢』的態度。『寄暢』的理想境界應該是通過寄託於山水、藝術、文學之後，達到了一種物我兩忘的境地，也就是支道林所說的『寥亮心神瑩，含虛映自然。靄靄沈情去，彩彩沖懷鮮』，一種與道同體的境界。」同前註，頁390。

的親和感，所以宗白華先生盛讚此詩說：

> （王羲之〈蘭亭詩〉）眞爲代表晉人這純淨的心襟和深厚的
> 感覺所啓示的宇宙觀。「群籟雖參差，適我無非新」兩句尤
> 能寫出晉人以新鮮活潑自由自在的心靈領悟這世界，使觸
> 著的一切呈露新的靈魂，新的生命。於是「寓目理自陳」，
> 這理不是機械的陳腐的理，乃是活潑潑的宇宙生機中所含
> 至深的理。〔註130〕

又如魏滂〈蘭亭詩〉：

> 三春陶和氣，萬物齊一歡。明后欣時豐，駕言映清瀾。
> 疊疊德音暢，蕭蕭遺世難。望巖愧脫屣，臨川謝揭竿。
>
> （中冊·頁915）

王凝之〈蘭亭詩〉：

> 烟熅柔風扇，熙怡和氣淳。駕言興時遊，逍遙映通津。
>
> （中冊·頁912）

王羲之〈蘭亭詩〉：

> 代謝鱗次，忽焉以周。欣此暮春，和氣載柔。
> 詠彼舞雩，異世同流。迺攜齊契，散懷一丘。
>
> （中冊·頁895）

王肅之〈蘭亭詩〉：

> 嘉會欣時遊，豁爾暢心神。吟詠曲水瀨，淥波轉素鱗。
>
> （中冊·頁913）

謝萬〈蘭亭詩〉：

> 肆眺崇阿，寓目高林。青羅翳岫，修竹冠岑。
> 谷流清響，條鼓鳴音。玄崿吐潤，霏霧成陰。
>
> （中冊·頁906）

此中，像王凝之的「烟熅柔風扇，熙怡和氣淳」、王羲之的「欣此暮
春，和氣載柔」，都點出了節候上的特徵，尤其是魏滂的「三春陶和
氣，萬物齊一歡」，更是以其詩人的敏銳感受，將自己對於抽象的大

〔註130〕　見宗白華：〈論世說新語和晉人的美〉一文，收於《美從何處尋》（臺
　　　　　北：駱駝出版社，民國84年6月初版二刷），頁187～210。

自然無窮生命力的體驗具象化,讓三春的柔和之氣渙漫成萬物齊歡,生意一片。又如王羲之的「嘉會欣時遊,豁爾暢心神」,這是屬於主體的神情的怡悅,而「吟詠曲水瀨,淥波轉素鱗」,則是客體的自然景觀,我們無法從「發生秩序」上考究到底是客體的景觀引發了主體的精神怡悅?還是經由主體精神的點染、投射後,方才喚起了物之於我的美感呈顯?但是全詩那種內境心神暢適,外境鳶飛魚躍、生機盎然的意味卻是濃厚的,或可說,這就是在物我交融剎那的美感經驗的捕捉與詩化。至於謝萬〈蘭亭詩〉,那種逸少詩中的「寓目理自陳」在這裡已經轉變成「肆眺崇阿,寓目高林」,是在「玄對山水」的心理機轉下,由「以形媚道」的山河大地取代了自我的玄理表達,所以傅剛先生即認為「這是一首玄言詩人的山水詩」,將「景物描寫融入了詩人的哲學意識,因而使人感受著玄思的流蕩」。〔註131〕

二、馳心域表,散懷林丘

　　羅宗強先生於論述東晉士人的山水審美意識時,曾說:「東晉士人的山水審美意識,有著一個顯著的特點,便是移情山水,對於山水的美的欣賞,帶著強烈的主觀色彩,把強烈的生命意識移植於山山水水之中,《世說新語・言語》:『王子敬云:從山陰道上行,山川自相映發,使人應接不暇。若秋冬之際,尤難為懷。』(九十一條)所謂『尤難為懷』,便是一種情感的流注與交通,見山川景色而感情不可已已。」〔註132〕誠然,東晉士人確有其獨特的山水觀,而蘭亭諸詩之所以能夠成為玄言詩,其究竟義就是它不只是單純的模山範水、巧言切狀,而是在「玄對山水」態度裏,帶入了對於生命的思索,層疊映演成生命與山水的交響重奏。所以在右軍的〈蘭亭集序〉裏,充滿了對生命的體驗和反省,透過修褉的雅集「一方面讓人釋放內在蟄伏壓抑的情感(暢敘幽情),一方面又使人溶入自然,喚起宇宙意識(仰

〔註131〕　參看傅剛:《魏晉南北朝詩歌史論》(吉林:吉林教育出版社,1995年12月一刷),頁171。

〔註132〕　同註6,頁338。

觀宇宙之大，俯察品類之盛），在游目騁懷之餘，內外相應上下同流，由人際之和樂而進入與自然宇宙之和諧，將存在的剎那，擴充到頂點，而到達『信可樂也』的極致」〔註133〕，可是當此和諧自足的主觀體驗成爲過去之後，此一相得之樂在客觀世界時間之流的對顯下，那種「情隨事遷」、「感慨係之」的失落感便油然而生，於是世事的變易、時間的推移所引發的「修短隨化，終期於盡」、「死生亦大矣，豈不痛哉！」的傷逝之情，便如萬里波濤，奔赴眼底；千年感慨，齊上眉頭，因此李澤厚先生精闢地論道，以「情」爲核心正是魏晉文藝的美學基本特徵，而且它已從生離死別、從社會現象、從個人遭遇，發展到一個空前的深刻度，這個深刻度正在於：

> 它超出了一般情緒發泄的簡單內容，而以對人生蒼涼的感喟，來表達出某種的本體探詢。即是說，魏晉時代的「情」抒發，由於總對人生——生死——存在的意向、探詢、疑惑相交織，從而達到哲理的高層。這正是由於以「無」爲寂然本體的老莊哲學以及它所高揚著的思辨智慧，已活生生地滲透和轉化爲熱烈的情緒、銳敏的感受和對生活的頑強執著的緣故。從而，在這裏，一切情感都閃爍著智慧的光輝，有限的人生感傷總富有無垠宇宙的義涵。它變成一種本體的感受，即本體不只是在思辨中，而且還在審美中，爲他們所直接感受著、嗟歎著、詠味著。……這種觸目傷心的人生感懷、本體感受，便是深情兼智慧的魏晉美學。〔註134〕

而本文所謂的「玄對山水」的心理機轉正是這種「本體探詢」的同義表述。

其次，山水觀遊在蘭亭詩中除了具有「本體探詢」的意義外，它同時也具有排憂散懷、淨化心靈的作用，《世說新語·言語》載云：「王

〔註133〕　參看張淑香：〈抒情傳統的本體意識——從理論的「演出」解讀〈蘭亭集序〉一文，收於《中外文學》第二十卷、第八期，（民國81年1月），頁85～99。

〔註134〕　參見李澤厚：《華夏美學》（臺北：三民書局，民國85年9月初版），第四章〈美在深情〉，頁144～145。

司州至吳興印渚中看。歎曰:『非唯使人情開滌,亦覺日月清朗。』」
〔註135〕而這種「馳心域表,散懷林丘」的意向,猶如孫綽〈蘭亭後
序〉所述:

古人以水喻性,有旨哉斯談。非所以停之則清,混之則濁
邪!情因所習而遷移,物觸所遇而興感,故振轡於朝市,
則充屈之心生;閒步於林野,則寥落之志興。仰瞻羲唐,
邈然遠矣;近咏台閣,顧探增懷。聊於曖昧之中,思縈拂
之道,屢借山水,以化其鬱結。永日之一足,當百年之溢,
以暮春之始,禊於南澗之濱。高嶺千尋,長湖萬頃,隆屈
澄汪之勢,可謂壯矣,乃藉芳草,鏡清流,覽卉物,觀魚
鳥,具物同榮,資生咸暢。於是和以醇醪,齊以達觀,決
然兀矣,焉復覺鵬鷃之二物哉!耀靈縱轡,急景西邁,樂
與時會,悲亦繫之,往覆推移,新故相換,今日之跡,明
復陳矣。原詩人之致興,諒歌詠之有由。〔註136〕

緣於一種「觸物感興」的審美心理機制,遂得在「藉芳草,鏡清流,
覽卉物,觀魚鳥」的山水悠遊中,體驗及領略到一種齊物的達觀,頓
時快然自足,不辨鵬、鷃之為二物,可以忘卻俗世之煩憂,因此,「屢
借山水,以化其鬱結」也是蘭亭詩的特徵之一。

王徽之〈蘭亭詩〉云:

散懷山水,蕭然忘羈。秀薄粲穎,疏松籠崖。
遊羽扇霄,鱗躍清池。歸目寄歡,心冥二奇。

(中冊·頁914)

王玄之〈蘭亭詩〉:

松竹挺嚴崖,幽澗激清流。消散肆情志,酣暢豁滯憂。

(中冊·頁911)

曹茂之〈蘭亭詩〉:

時來誰不懷,寄散山林間。尚想方外賓,迢迢有餘閑。

〔註135〕同註9,條八十一,頁138～139。
〔註136〕引自《藝文類聚》卷四,《孫廷尉集》,又此本與張溥、桑世昌《蘭亭考》所載,詳略多有不同。

（中冊・頁909）

詩中所說的「散懷山水，蕭然忘羈」、所說的「消散肆情志，酣暢豁滯憂」、所說的「時來誰不懷，寄散山林間」，都是以山水來滌蕩俗累，讓一切的煩憂俱在疏松籠崖、鱗躍清池之中，消融於無形，並借由山水本身即表現自然造化之道、宇宙存在之理的寓目懷想，引領人「神超形越」〔註137〕，超拔於塵網之外，猶如庾友〈蘭亭詩〉所諷詠的「馳心域表，寥寥遠邁。理感則一，冥然玄會。」（中冊・頁908）可以說是在物我的交通往返裏，把心靈拓展出去，讓視野延伸進來，進而對山河大地展開審美的端詳和無限的領略，王肅之〈蘭亭詩〉說：「在昔暇日，味存林嶺。今我斯遊，神怡心靜。」（中冊・頁913）這種心與物冥、理緣境顯的契應，真可說是「人與山相得於一時」〔註138〕。

再看桓偉〈蘭亭詩〉：

　　主人雖無懷，應物貴有尚。宣尼遨沂津，蕭然心神王。
　　數子各言志，曾生發清唱。今我欣斯遊，慍情亦蹔暢。

（中冊・頁910）

袁嶠之〈蘭亭詩〉：

　　四眺華林茂，俯仰晴川渙。激水流芳醪，豁爾累心散。
　　遐想逸民軌，遺音良可翫。古人詠舞雩，今也同斯歎。

（中冊・頁910）

謝安〈蘭亭詩〉：

　　相與欣佳節，率爾同褰裳。薄雲羅陽景，微風翼輕航。
　　醇醪陶丹府，兀若遊羲唐。萬殊混一理，安復覺彭殤。

（中冊・頁906）

〔註137〕《世說新語・文學第四》：「郭景純詩云：『林無靜樹，川無停流。』阮孚云：『泓崢蕭瑟，實不可言。每讀此文，輒覺神超形越。』」同註9，頁257。

〔註138〕見〔唐〕白居易〈沃洲山禪院記〉，引自〔唐〕白居易著、朱金城箋校：《白居易集箋校》（冊六）（上海：上海古籍出版社，1988年12月一刷），頁3684～3689。

謝繹〈蘭亭詩〉：

> 縱觴任所適，回波縈遊鱗。千載同一朝，沐浴陶清塵。
>
> （中冊・頁916）

在這些詩作中，亦可看出「馳心域表」、「遊目騁懷」、「借山水以化其鬱結」仍是貫串其中的基調，如桓偉寫「今我欣斯遊，慍情亦蹔暢」、袁嶠之寫「激水流芳醪，豁爾累心散」，進而因茲遐想古人，共感其情志，將之對比於虞說〈蘭亭詩〉的：「神散宇宙內，形浪濠梁津。寄暢須臾歡，尚想味古人。」（中冊・頁916）可說是有著相同的意脈。而謝安言置身此一歡樂的佳節氣氛中，有良辰、有美景、有賞心、有樂事，從外在的「醇醪陶丹府」到內在的「兀若遊羲唐」，心神暢悅，情識盡淨，頓覺「萬殊一理」，體同自然，遂不復有彭殤夭壽之感，而這也正是謝繹「縱觴任所適」的雙關之處，「任所適」既是對曲水流觴的描寫，同時亦是自我順任其性、委諸大化的隱喻，能夠解悟此理，便恍如沐浴於大道之流，疏瀹靈明，澡雪塵垢，而能有「千載同一朝」的達觀。

東晉戴道安〈閒遊贊〉嘗云：

> 昔神人在上，輔其天理，知溟海之禽，不以籠樊服養；櫟散之質，不以斧斤致用，故能樹之于廣漢，棲之於江湖，載之以大猷，覆之以玄風，使夫淳朴之心，靜一之性，咸得就山澤，樂閒曠，自此而箕嶺之不，始有閒遊之人焉。降及黃綺，逮于臺尚，莫不有以保其太和，肆其天眞者也。且夫巖嶺高則雲霞之氣鮮，林藪深則蕭瑟之音清，其可以藻玄瑩素，疵其皓然者，舍是焉。故雖援世之彥，翼教之傑，放舞雩以發詠，聞乘桴而懷屬，況乎道乖方內，體絕風塵，理楫長謝，歌鳳逡巡，盪八疵于玄流，澄雲崖而頤神者哉！然如山林之客，非徒逃人患，避鬥爭，諒所以翼順資和，滌除機心，容養淳淑，而自適者爾。況物莫不以適爲得，以足爲至，彼閒遊者，奚往而不適，奚待而不足？故陰映巖流之際，偃息琴書之側，寄心松竹，取樂魚鳥，

　　則澹泊之願于是畢矣。〔註139〕

文中說山水不只是「逃人患，避鬥爭」的處所，而是「翼順資和，滌
除機心，容養淳淑」，使人寄情其間，滯憂全消，形神豁然，暢遂「澹
泊之願」，快然自適的好地方，這非惟是蘭亭詩人的山水情懷，並且
也當是東晉士人的普遍山水觀。

三、冥然玄會，神浪濠津

　　在蘭亭詩作中，還有一部分的詩是在歌詠觀遊的感悟，它們跳脫
了春遊讌集的具體描寫，而直抒胸臆，諷詠縱身此山此水所冥會的造
化之機、人生之理，表現出一種莊子遊於濠梁之上，看到「儵魚出遊
從容，是魚之樂也」〔註140〕、由「達觀物情所以」而展現出神理交
映的藝術情態來。

　　例如王凝之〈蘭亭詩〉云：

　　　莊浪濠津，巢步潁湄。

　　　冥心眞寄，千載同歸。（中冊・頁912）

　　庾蘊〈蘭亭詩〉：

　　　仰想虛舟說，俯歎世上賓。

　　　朝榮雖云樂，夕弊理自因。（中冊・頁909）

在王凝之詩中，並沒有外境的狀繪，而是直抒心境的感悟，心冥莊生
的暢達物情，尚想巢父的遺累肆志，理往神寄，遂有「千載同歸」之
樂。至於庾蘊詩則引《莊子・山木篇》之典，說：「方舟而濟於河，
有虛船來觸舟，雖有惼心之人不怒；有一人在其上，則呼張歙之；一

〔註139〕引自《全上古三代秦漢三國六朝文》（冊五），《全晉文・卷一百三
　　　　　十七・戴逵》，同註109，頁3～4。
〔註140〕《莊子・秋水》云：「莊子與惠子遊於濠梁之上。莊子曰：『儵魚出
　　　　　遊從容，是魚之樂也。』」而成玄英〈疏〉云：「夫魚遊於水，鳥棲
　　　　　於陸，各率其性，物皆逍遙。而莊子達觀物情所以，故知魚樂也。」
　　　　　見《莊子集釋》，同註51，頁606。又，莊子與惠施論辯的差異，
　　　　　陳鼓應先生認爲這是「莊子觀賞事物的藝術心態與惠子分析事物的
　　　　　認知心態」的不同，參看氏著：《莊子今註今譯》（臺北：臺灣商務
　　　　　印書館，民國70年11月五版），頁451。

呼而不聞，再呼而不聞，於是三呼邪，則必以惡聲隨之。向也不怒而今也怒，向也虛而今也實。人能虛己以遊世，其孰能害之！」〔註141〕「虛己」就是「無心」（成玄英疏），無心以應世，便可優游其間，遠離禍患，所以庾蘊取義於此，喟歎世人不諳斯理，蓋萬物的枯榮興衰，自有其定然之理序，固當不以短暫的「朝榮」為樂，不因終歸「夕弊」為哀，虛己應世，委任自然，才是對於生命情狀的「正見」，而在詩人的詠歎中，我們也再一次地看到蘭亭詩人那種結合詩歌與生命意識所流露出的對「本體探詢」、對人生哲理的思索與關注。

又如孫統〈蘭亭詩〉：

　　茫茫大造，萬化齊軌。罔悟玄同，竟異摽旨。

　　平勃運謀，黃綺隱机。凡我仰希，期山期水。

　　（中冊・頁907）

孫嗣〈蘭亭詩〉：

　　望巖懷逸許，臨流想奇莊。

　　誰云真風絕，千載挹餘芳。（中冊・頁908）

王徽之〈蘭亭詩〉：

　　先師有冥藏，安用羈世羅。

　　未若保沖真，齊契箕山阿。（中冊・頁914）

王渙之〈蘭亭詩〉：

　　去來悠悠子，披褐良足欽。

　　超跡修獨往，真契齊古今。（中冊・頁914）

於此，春遊讌集的山水情趣已經轉變成山水玄趣，詩作跳脫了自然風物的刻畫，而山水也只成為主體精神的感興和理思的憑借，所以孫統的「期山期水」，並非以山水為審美對象，用一種藝術的態度去觀遊和賞玩，而是將山水視為啟悟玄理的媒介，來體認「茫茫大造，萬化齊軌」的道理；又像孫嗣由「望巖」、「臨流」懷想許由、莊子，並且以「逸」名「許」，以「奇」佩「莊」，這是作者對兩位古人的特別標舉，同時也蘊涵了作者的理解與欽仰所在，是以悠然神往，

〔註141〕見《莊子集釋》，同註54，頁674～675。

理自來會，使眞風不絕，千載餘芳；至於在王徽之、王渙之詩中，則以山水爲哲思媒介的傾向更是明顯，山的意象已成爲別於喧囂紅塵的清淨之地，是遠離俗累、保其沖眞、自足快然的象徵符號。

　　另外，王羲之還有幾首五言的〈蘭亭詩〉：

悠悠大象運，輪轉無停際。陶化非吾因，去來非吾制。
宗統竟安在，即順理自泰。有心未能悟，適足纏利害。
未若任所遇，逍遙良辰會。

猗與二三子，莫匪齊所託。造眞探玄根，涉世若過客。
前識非所期，虛室是我宅。遠想千載外，何必謝曩昔。
相與無相與，形定自脫落。

鑑明去塵垢，止則鄙吝生。體之固未易，三觴解天刑。
方寸無停主，矜伐將自平。雖無絲與竹，玄泉有清聲。
雖無嘯與歌，詠言有餘馨。取樂在一朝，寄之齊千齡。

合散固其常，脩短定無始。造新不暫停，一往不再起。
於今爲神奇，信宿同塵滓。誰能無此慨，散之在推理。
言立同不朽，河清非所俟。（中冊・頁895）

或寫大道之理，運轉無窮，非爲人的主觀意志所能宰制，故當委任所遇，順理而得其安泰；或言宅心虛室，造眞探玄，去其塵垢，解其天刑，而知合散固其常態，脩短有其命限，此種感慨雖人皆有之，但推明斯理也就不以之縈懷了。

第四節　援佛入詩，拓宇於三世之辭

　　檀道鸞《續晉陽秋》於論述東晉玄言詩的題材轉變時，曾謂：「至過江佛理尤盛。故郭璞五言始會合道家之言而韻之。詢及太原孫綽轉相祖尚，又加以三世之辭，而《詩》、《騷》之體盡矣。」〔註142〕由於渡江之後佛教漸盛，佛理在傳播初期爲了取得與中土社會的適應

〔註142〕見《世說新語・文學》條八五劉孝標注引檀道鸞《續晉陽秋》，引
　　　　自徐震堮：《世說新語校箋》（臺北：文史哲出版社，民國 74 年 7
　　　　月初版），頁 143。

性，以及藉著莊老玄勝，乘風流播，而有「格義佛學」等玄、釋交涉的現象產生，再加以名僧與名士的交遊往返，或談玄說法、或賦詩屬文、或登山臨水、或設齋禮佛，於是一如《莊》、《老》由論理、談辯入主詩國一樣〔註143〕，佛理也順隨玄、佛交涉的總體文化氛圍，讓玄言詩的題材來源，由《周易》、《老》、《莊》拓宇於「三世之辭」，遂有佛理篇什的產生。因此，就詩歌興起的背景考察來看，佛理詩的形成是「文變染乎世情」、是「歌謠文理，與世推移」（《文心雕龍‧時序》）、是文學之於時代的多元反映，而從詩歌本身的發展脈絡來看，那麼佛理又是玄言詩特徵中引哲理入詩的演變與流裔，特別是佛理詩的產生，不單是玄、佛交涉的文化現象於文學形式上的表現，而為文學史研究者於探賾東晉詩壇時，所不可不究心之處，其另一要點，更是在此詩與佛理、詩與僧人的發生關係裏，標誌著中國文化史上一個重要的意義——因為，這是佛教融入中國文學、援佛入詩的初始階段，是士、僧以詩歌唱和酬贈的濫觴，同時也是詩歌走進僧徒生活，以致後來有所謂詩僧出現的源頭，且若留意唐宋時，因著詩學與禪學、禪僧與詩客的交融互動，所替中國詩歌之批評與創作注入的新養份，從而豐富推擴了中國詩歌的審美和質感，那麼這個佛教文化與詩歌交流的起點，也必定要追溯到東晉玄言詩進程中的佛理階段來。

一、「至過江佛理尤盛」詮解

上引檀道鸞所謂「至過江佛理尤盛」、「又加以三世之辭」等語，本為論述東晉詩壇的一條重要文獻，不過，檀氏此論卻遭到余嘉錫先生的質疑，認為其說蓋「發此虛言，無的放矢」。然則，此一問題的核心實關涉著文學史上的一個詩歌發展問題，亦即過江之後，詩壇到

〔註143〕 近人洪順隆先生嘗謂：「當時，阮籍、傅玄、嵇康無不清談玄理，推波助瀾，玄言乃由口談入主詩國，……及至晉室南渡，玄風益熾；玄言範圍益廣，故佛理亦見玄言詩中，孫綽、許詢號稱玄言詩名家，可惜傳世之作不多；而與孫、許同時的僧人支遁，也是玄言詩作手……」，參看〈玄言詩論〉一文，收於《華學月刊》第九十四期，（民國68年10月21日）。

底有無佛理詩的出現？對此爭辯，實有加予釐清之必要性，故於敘述東晉佛理詩的內容之前，當先辨明。

今考余嘉錫先生於《續晉陽秋》「至江左李充尤盛」下疏云：

嘉錫案：各本「至過江，佛理尤盛」。《文選集注》六十二公孫羅引檀氏〈論文章〉作「至江左李充尤盛」。

又案：《宋書·謝靈運傳》論曰：「在晉中興，玄風獨扇。」《文心雕龍·明詩篇》曰：「江左篇製，溺乎玄風。」《詩品序》曰：「永嘉貴黃、老，尚虛談，爰及江左，微波尚傳。」三家之言皆源於檀氏。重規疊矩，并爲一談。不聞有佛理之說。檢尋《廣弘明集》，支遁始有讚佛詠懷諸詩，慧遠遂撰〈念佛三昧〉之集。雖在典午之世，卻非過江之初。且係釋家之外篇，無與詩人之比興。檀氏安得援此一端，概之當世乎？況下文云郭璞始合道家之言而韻之，若必如今本，是謂景純合佛理於道家也。郭氏之詩以〈遊仙〉爲最著，今存者十餘首。道家之言固有之，未嘗一字及於佛理也。檀氏安得發此虛言，無的放矢乎？此必原本殘闕，宋人肆意妄填，乖謬不通，所宜亟爲改正者矣。〔註144〕

根據上述文字看來，余氏所持的論點約可歸納爲三項：

一、「至過江，佛理尤盛」一句，《文選集注》六十二公孫羅引檀氏〈論文章〉乃作「至江左李充尤盛」。

二、沈約、劉勰、鍾嶸三家論晉詩，皆未聞有佛理之說，故不得援此一端，概之當世。

三、倘謂「郭璞始合道家之言而韻之」，則徵諸郭詩只有道家之言，而未有一字及於佛理者。

然則，今考檀氏《續晉陽秋》一段文字，本爲劉孝標爲解《世說新語·文學》八十五條：「簡文稱許掾云：『玄度五言詩，可謂妙絕時人』」所引之注語，是以就余氏第一點來看，劉注引《續晉陽秋》一段爲論詩之語，而公孫羅所引則是「論文章」之語，況且作

〔註144〕引自余嘉錫：《世說新語箋疏》，同註9，頁265～266。

「至過江，佛理尤盛」，既有當時歷史背景之佐證，又可呼應於下文「加以三世之辭」之義，並且，倘就「正始中，王弼、何晏好老莊玄勝之談，而世遂貴焉。至江左李充尤盛」的句意來看，文中的王弼、何晏、李充三人，皆非以詩名家，其既無大量詩作流傳，亦無詩評論及，是以此句所述，當專注於「玄勝之談」一義，是檀氏對魏晉時，詩風由「體則《詩》《騷》」轉向莊、老玄勝，所作的背景思潮轉變的前提表述，是對建安以來迄於江左的詩風轉折的文學背景說明，並且考察李充其人，《晉書》本傳載云：「（充）幼好刑名之學，深抑虛浮之士」〔註145〕，而觀其〈學箴〉一文，旨在消弭名教與自然之扞挌，而又歸本於名教之化，所謂「聖教救其末，老莊明其本，本末之塗殊而爲教一也」，「懼後進惑其如此，將越禮棄學而希無爲之風，見義教之殺而不觀其隆矣」，俱不見「尤盛」之意，所以作「至過江佛理尤盛」當較「至江左李充尤盛」爲可通。再者，余先生說沈、劉、鍾三人俱未提到「佛理」之說，所以此語當非檀氏原文，乃爲宋人妄塡，可是如此推論，也只能算是臆測之詞，並無資料上的確證。最後，「郭璞始會合道家之言而韻之」一語，余先生舉出郭詩「未嘗一字及於佛理」，可是關於此說卻有兩點可爲商議：其一，佛教在傳入初期，有相當一段時期被視爲神仙方術一類，因此「會合道家之言」，未嘗不可以理解爲雜揉神仙之說和道家思想〔註146〕；其二，則是對於文句理解的差異，順著整個文脈來看，劉注所引的整段文字爲：「詢有才藻，善屬文。自司馬相如、王褒、揚雄諸賢，世尚賦頌，皆體則《詩》、《騷》，傍綜

〔註145〕 見《晉書》，卷九十二、列傳第六十二，同註4，頁2389～2391。
〔註146〕 張海明先生對余嘉錫論郭璞詩「道家之言固有，未嘗一字及於佛理」曾辯之曰：「不過『佛理』二字，似亦不必專指佛學義理，而可以理解得寬泛些。我們知道，佛教傳入中土之後，在相當長的一個時期內被視爲神仙方術一類。所以，『會合道家之言而韻之』，未嘗不可以理解爲雜揉神仙之說和道家思想」。見《玄妙之境》（吉林：東北師範大學出版社，1997年5月一刷），頁214。

百家之言。及至建安，而詩章大盛。逮乎西朝之末，潘、陸之徒雖時有質文，而宗歸不異也。正始中，王弼、何晏好老莊玄勝之談，而世遂貴焉。至過江佛理尤盛。故郭璞五言始會合道家之言而韻之。詢及太原孫綽轉相祖尚，又加以三世之辭，而《詩》、《騷》之體盡矣。詢、綽並爲一時文宗，自此作者悉體之。至義熙中，謝混始改。」在這裡，檀氏認爲自司馬、王、揚以來的賦頌都是「體則《詩》、《騷》」，等到了建安年間，詩章大盛，迄於西晉潘、陸諸輩，仍是「歸宗不異」。及至正始中，整個社會的思潮，緣著何、王的愛好《莊》、《老》玄勝之談，於是世俗競相崇尚，典午南遷之後，又有佛教義理的加入。所以整個江左詩歌發展的態勢是，郭景純因著「莊老玄勝」的風尚，於是在詩中會合了道家之語，其後許詢、孫綽「轉相祖尚」，復於「佛理尤盛」的風尚下，引入了「三世之辭」，從而那種自漢以來的《詩》、《騷》之體便爲之淡盡。故而，從「正始中」到「至過江佛理尤盛」一段，乃是對於「文變染乎世情，興廢繫乎時序」、「歌謠文理，與世推移」（《文心雕龍・時序篇》）的文學發展轉變的時代背景的說明，而「故郭璞始會合道家之言而韻之」至「謝混始改」，才是對江左玄言詩發展情狀的描述。因此，郭璞的「會合」當是在檀氏視景純爲玄言詩正式起點的理解下〔註 147〕，說景純開始將「詩」與「道家之言」會合韻之〔註 148〕，然後孫、許

〔註147〕　如黃侃解《續晉陽秋》此段文字時亦云：「據檀道鸞之說，是東晉玄言之詩，景純實爲之前導。特其才氣奇肆，遭逢險艱，故能假玄言以寫中情，非夫抄錄文句者所可擬況。」是知黃季剛先生也認爲檀說意指郭璞爲玄言詩之正式起點。見氏著：《文心雕龍札記》（臺北：文史哲出版社，民國 62 年 6 月再版），〈明詩第六〉，頁 36。

〔註148〕　〔宋〕黃伯思〈跋唐人書蘭亭詩後〉云：「魏正始中，務談玄勝。及晉渡江，尤宗佛理。故郭景純韻合道家玄言，孫興公、許玄度轉相祖尚，又加以三世之辭，而詩騷之體盡矣。」（《東觀餘論・卷下》）又徐震堮《世說新語校箋》疏解檀道鸞此段文字，於「又加以三世之辭」下釋曰：「佛家以過去、現在、未來爲三世，言郭璞始以道家之言入詩，許詢、孫綽又雜以佛家語，故云：『《詩》、《騷》之體盡矣。』」見氏著：《世說新語校箋》，同註 142，頁

轉相祖尚，並且在詩歌題材上增益以「三世之辭」，把玄言詩推向了一個高峰，兩人并爲一時文宗，自此作者悉體之，而不應解作郭璞會合「佛理於道家」。特別是余先生在論證郭璞一段時，其方法是先定義「會合」之說是合佛與道，然後再以之檢尋今存郭詩，從而得出「未嘗一字及於佛理」的判斷，這在研究進路上是屬於「理論先在的演繹判斷」，如從「尊重作品先在的歸納判斷」來看，應是由景純〈遊仙〉諸作中，探究其道家之言，然後再相較於他人作品，以得出郭璞開始會合道家之言於詩中的結論，所以說余先生的推論形式並不是「尊重作品先在的歸納判斷」而是「理論先在的演繹判斷」〔註149〕。

是以，關於余嘉錫先生在反駁檀道鸞之說，並連帶加諸於東晉詩歌發展狀況的觀點，不論在推論的形式、推論所據的材料、對於檀說文意的理解，俱有理論效力的局限性存在，如果再將本文的辯駁，徵驗於實際的詩歌作品，那麼現存的佛理詩作，則將更確證了上述對於「至過江佛理尤盛」疏證的合理性。以下，便分由促成佛理詩興起的社會因素與佛理詩的內容表現，兩條進路，以明瞭時代的風尚和佛理入詩的眞實情狀。

二、佛理詩形成的社會背景考察

探究佛理詩形成的社會背景，其積極因素即在於佛教與當時文

143。凡此，二人之說皆可作爲本文以「會合道家之言」乃指會合「詩」與「道家之言」，及「正始中」以下至「過江佛理尤盛」一段，意在用作促使文學轉變的學術思潮之背景表述的佐證。

〔註149〕關於此項方法論問題，可參考顏崑陽：《李商隱詩箋釋方法論》（臺北：學生書局，民國80年3月初版），第一章、第一節〈問題的導出與解決的企圖〉，頁1～30。再者，如從「尊重作品先在的歸納判斷」出發，那麼應該是由郭璞的〈遊仙詩〉入手，考察景純詩中有著什麼樣的題材表現，然後再據以判斷檀道鸞所謂「會合」的實質意義，而不是從「理論先在的演繹判斷」出發，先主觀的認定所謂「會合」就是指「合佛理於道家」，然後再推論郭璞詩中，無此等詩作，兩者在詮釋的效力與合理性基礎上，自有分別。

化諸元的多面向互動，方才在一股文化氛圍的孕育下，讓佛理乘著玄言詩「引玄入詩」、「以詩談玄」的形式，由論理、由清談而進入詩囿，以著詩歌的藝術形式來闡揚、營造一種理境或表現出一種對於佛法的心理歸趨。這是詩歌發展在玄言詩階段向不同題材的自身演變，是劉彥和「因談餘氣，流成文體」的背景溯源，同時也是佛教文化進入到中國，與中國社會、文化相融合的具體表徵。特別是佛教到了晉世，士、僧交遊的風氣漸盛，僧人加入清談，士子研究佛理，復以釋家於闡明佛理之際，多引莊、老以表詮其義，遂營造了一股「玄、佛交涉」的文化氛圍〔註150〕，以人來說，當時的名僧如康僧淵、竺法深、道安、支遁、慧遠、僧肇等，或善於清談，或博通內外經典，多富於才情，預於時流，以其深厚之學養、超詣之品格，為士林所稱賞；以清談風尚來說，中有士、僧相辯於玄義，亦有清言共及於佛理者；再以學術思想來看，則緣於「老莊教行」、「因風易行」，遂取「經中數事，擬配外書」，而有格義佛教的產生。是以，所謂「玄、佛交涉」，即是就此開放多元的現象而言，並且也是在此交涉融合的活動背景下，方才促成了玄言詩題材由莊、老拓宇於釋典，從而孕育了佛理詩的產生。

（一）名士與名僧交遊

在所有文化的活動之中，無疑地，人是一切文化活動的主體，而活動的軌跡是由人自身出發，賦人文意義於任何因借的形式當中，最後也必定返回到人自身，透過其創造、參與、理解、詮釋，而獲得客觀意義的領略與主觀意義的感知，然後在時間的進程裏，作一種傳承和發展，於是就有了「史」的構成。相同的，在「玄、佛交涉」的過

〔註150〕 例如湯用彤先生論曰：「夫《般若》理趣，同符《老》、《莊》。而名僧風格，酷肖清流，宜佛教玄風，大振於華夏也。西晉支孝龍與阮、庾等世稱為八達。而東晉孫綽以七道人與七賢人相比擬，作〈道賢論〉。名人釋子共入一流。世風之變，可知矣。」參看湯用彤：《漢魏兩晉南北朝佛教史》（上冊）（臺北：駱駝出版社，民國 76 年 8 月），第七章〈兩晉際之名僧與名士〉，頁 153。

程中，人的互動也是交涉的邏輯基源，在此基礎下，才有清談、論理等活動形式的表現。今徵諸前代文獻，其於僧人與王公名士的交遊，多有記載，如：《高僧傳》言竺法深於「晉永嘉初，避亂過江，中宗元皇及蕭祖、明帝、丞相王茂弘、太尉庾元規並欽其風德，友而敬之。」〔註151〕又如《晉書‧謝安傳》載：「（安）寓居會稽，與王羲之及高陽許詢、桑門支遁遊處，出則漁弋山水，入則言詠屬文」〔註152〕、〈孫綽傳〉：「綽與（許）詢一時名流，或愛詢高邁，則鄙於綽；或愛綽才藻，而無取於詢。沙門支遁試問綽：『君何如許？』答曰：『高情遠致，弟子早已服膺；然一詠一吟，許將北面矣』〔註153〕、〈郗超傳〉：「沙門支遁以清談著名于時，風流勝貴，莫不崇敬，以爲造微之功，足參諸正始。而遁常重超，以爲一時之俊，甚相知賞」〔註154〕，於此，皆可見得士、僧之間的交遊往返，或欽仰其風德，或雅愛其才情，並漁弋山水、言詠屬文，相互知賞，俱顯情誼之深篤。再看《世說新語‧品藻》載：「郗嘉賓問謝太傅曰：『林公談如何嵇公？』謝云：『嵇公勤著腳，裁可得去耳。』又問『殷如何支？』謝曰：『正爾有超拔，支乃過殷。然聲聲論辯，恐殷欲制支』〔註155〕，〈排調〉云：「康僧淵目深而鼻高，王丞相每調之。僧淵曰：『鼻者面之山，目者面之淵。山不高則不靈，淵不深不清」〔註156〕，而孫綽〈道賢論〉則更以名

〔註151〕 參看〔梁〕沙門慧皎：《高僧傳》（臺北：廣文書局，民國75年元月再版），卷四、解義一〈剡東仰山竺道潛〉，頁232～236。而《世說新語‧方正》四十五條於論及深公時，劉注引《高逸沙門傳》曰：「晉元、明二帝，游心玄虛，託情味道，以賓友禮待法師。王公、庾公傾心側席，好同臭味也。」又〈文學〉條四十八亦載：「竺法深在簡文坐，劉尹問：『道人何以游朱門？』答曰：『君自見其朱門，貧道如游蓬戶。』注引《高逸沙門傳》曰：「法師居會稽，皇帝重其風德，遣使迎焉，法師暫出應命。司徒會稽王天性虛澹，與法師結殷勤之歡。」凡此，皆爲僧人與王公巨卿交遊之例。
〔註152〕 同註4，卷七十九、列傳第四十九，頁2072。
〔註153〕 同註4，卷五十六、列傳第二十六，〈孫楚傳附孫綽傳〉，頁1544。
〔註154〕 同註4，卷六十七、列傳第三十七，〈郗鑒傳附郗超傳〉，頁1805。
〔註155〕 同註9，頁534。
〔註156〕 同註9，頁799。

僧與名士相擬配，其謂：

> 護公德居物宗，巨源位登論道，二公風德高遠，足爲流輩
> 矣。帛祖釁起于管蕃，中散禍作於鐘會，二賢並以俊邁之
> 氣，昧其圖身之慮，栖心事外，輕世招患，殆不異也。法
> 乘安豐少有機悟之鑒，雖道俗殊操，阡陌可以相準。潛公
> 道素淵重，有遠大之量，劉伶肆意放蕩，以宇宙爲小，雖
> 高栖之業劉所不及，而曠大之體同焉。支遁、向秀雅尚莊、
> 老，二子異時風，好玄同矣。蘭公遺身高尚妙迹，殆至人
> 之流，阮步兵獨傲不群，亦蘭之儔也。〔註157〕

可見士、僧之間的交遊，除了對彼此品格才情的欣賞，更在於諸名僧
們能預入時流，迎合於社會習尚而和名士們氣味相投並贏得其稱美，
譬如《梁高僧傳》說康法暢「有才思，善爲往復」、「每值名賓則清談
盡日」；竺法雅「風采灑落，善於樞機」；竺法深「風姿容貌堂堂如也」、
「優游講席三十餘載，或暢方等，或釋老、莊」；支道林「神情俊徹」、
「造微之功不淺輔嗣」；于法蘭「風神秀逸，道振三河，名流四遠」；
竺法汰「形長八尺，風姿可觀，含吐蘊藉，詞若蘭芳」；慧遠「博綜
六經，尤善老莊。性度弘博，風鑒朗拔，雖宿儒英達，莫不服其深致」；
僧肇「才思幽玄，又善談說，承機挫銳，曾不滯流。時京兆宿儒及關
外英彥莫不挹其鋒辯」；竺道生「幼而穎悟，聰哲若神」、「吐納問辯，
辭清珠玉，雖宿望學僧，當世名士，皆慮挫詞窮，莫敢酬抗」，都是
高度契合於晉世那種爲時俗所普遍讚美的風神俊朗、精於論辯、善於
名理的名士形象，是則彼此間之所以能相互吸引、一拍即合，其時名
士如王導、庾亮、郗超、王洽、殷浩、劉惔、孫綽、許詢、王珣、謝
安、謝朗，王羲之、王胡之等，皆與僧徒交遊，此亦一由也。

（二）清談共辯於佛理

近人唐翼明先生曾爲清談下一現代定義，以說明當時參與人物的

〔註157〕引自《全上古三代秦漢三國六朝文》（冊四），《全晉文卷六十二·
　　　　孫綽》，同註109，頁4～5。

階層、談論的形式、內容，和談論活動的文化屬性，他說：

> 所謂「魏晉清談」，指的是魏晉時代的貴族知識分子，以探討人生、社會、宇宙的哲理為主要內容，以講究修辭與技巧的談說論辯為基本方式而進行的一種學術社交活動。〔註158〕

此中，得予贅述的尚有二端，首先以清談的內容來說，或有習引《顏氏家訓‧勉學篇》以《周易》、《老》、《莊》，所謂「三玄」為概括者〔註159〕，然自典午南遷之後，佛理成為清談的重要內容之一，則徵諸《世說新語》，所在多有，此自非「三玄」所能盡攝。其次，再從清談的文化屬性來看，唐先生說它是種「學術社交活動」，其實它甚至已經演繹成一種社會流行的風尚，是知識分子藉以炫才騁能的文化素養，所以在參與清談活動時，要手執塵尾，講究風姿的優雅，談論的內容貴能「拔新領異」，進而在修辭上更要「辭約旨達」、「才藻新奇，花爛映發」，注重語音節奏的抑揚流暢，甚至減少了學術的意味，而可「共嗟咏二家之美，不辯其理之所在」。於是清談在此廣義的社交活動底下，吸引了僧人、士子的共同參與，並且在談論的題材上，廣及於佛理，讓佛理走進清談，緣著「因談餘氣，流成文體」的浸染，逐漸靠近了詩國。

例如《世說新語‧文學》條三十載云：

> 有北來道人好才理。與林公相遇於瓦官寺，講《小品》。於時竺法深、孫興公悉共聽。此道人語，屢設疑難，林公辯答清析，辭氣俱爽。此道人每輒摧屈。孫問深公：「上人當

〔註158〕參看唐翼明：《魏晉清談》（臺北：東大圖書公司，民國81年10月初版），頁42～44。

〔註159〕《顏氏家訓‧勉學》云：「何晏、王弼，祖述玄宗，遞相誇尚，景附草靡，皆以農、黃之化狂乎己身，周孔之業棄之度外，……直取其清談雅論，辭鋒理窟，剖玄析微，妙得入神，賓主往復，娛心悅耳，然而濟世成俗，終非急務。洎於梁世，茲風復闡，《莊》、《老》、《周易》，總謂三玄。」見（北齊）顏之推撰‧〔清〕趙曦明註：《顏氏家訓注》（臺北：漢京文化事業有限公司影印盧文弨抱經堂刊本，民國70年4月二十日初版），第三卷〈勉學篇第八〉，頁148～154。

是逆風家，向來何以都不言？」深公笑而不答。林公曰：「白㲲檀非不馥，焉能逆風？」深公得此義，夷然不屑。〔註160〕

又〈文學〉條四十：

支道林、許掾諸人共在會稽王齋頭，支爲法師，許爲都講。支通一義，四坐莫不厭心；許送一難，眾人莫不忭舞。但共嗟咏二家之美，不辯其理之所在。〔註161〕

〈文學〉條六四：

提婆初至，爲東亭第講《阿毗曇》。始發講，坐裁半，僧彌便云：「都已曉。」即於坐分數四有意道人更就餘屋自講。提婆講竟，東亭問法岡道人曰：「弟子都未解，阿彌那得已解？所得云何？」曰：「大略全是，故當小未精覈耳。」〔註162〕

觀此中所記，士子與僧人並聚，究詰問難，共談佛理，可知佛學已被引入清談，其中所謂「小品」，有支婁迦讖《道行般若經》及支謙《大明度無極經》等異譯本，爲大乘佛教最初期說般若空觀的基礎之一，而《阿毗曇》則指《阿毗曇心論》，爲說一切有部的重要論書之一，書中對小乘佛教的基本概念，如有漏、無漏、色法、十八界、十二因緣、三十七道品進行論釋，於東晉孝武帝太元九年，由僧伽提婆譯爲漢文，十六年盧山慧遠整理成四卷〔註163〕。至於「支爲法師，許爲都講」一句，則是描述當時談論的景況，蓋於魏晉南北朝時，佛教學者講經乃採一問一答方式，由都講發問，再由講師詳予講解闡發，是以文中所謂「許送一難」、「支通一義」就是指此而言。

〔註160〕　同註9，頁219。

〔註161〕　同註9，頁227。

〔註162〕　同註9，頁242。

〔註163〕　《世說新語・文學》條六十四劉注即引慧遠〈阿毗曇序〉以明其旨歸與譯經原委曰：「《阿毗曇》者，《三藏》之要領，詠歌之微言。源流廣大，管綜眾經，領其宗會，故作者以心爲名焉。有出家開士字法勝，以《阿毗曇》源流廣大，辛難尋究，別撰斯部，凡二百五十偈，以爲要解，號之曰『心』。罽賓沙門僧伽提婆，少玩斯文，因請譯焉。」同註9，頁242。

（三）佛學以玄理格義

　　由於佛教初來，為求得與中國社會的適應性，又由於當時經由中亞、西域所傳來的佛學均屬大小品般若，其中所述的性空思想，頗能契合於老、莊的玄理，從而便在傳播上，藉著玄學的興盛，所謂「以斯邦人，莊老教行，與方等經兼忘相似，故因風易行也」（道安〈鼻奈耶序〉），因勢利導；在佛理的詮解上，以中土人士所易於理解的儒家、道家等名詞、概念和思想，去比附和表詮佛教的名詞、概念、思想，而有所謂「格義佛學」的產生。據《高僧傳》所載：

> 竺法雅，河間人。凝正有器度，少善外學，長通佛義，衣冠士子，咸附諮稟。時依雅門徒，並世典有功，未善佛理，雅乃與康法朗等，以經中事數，擬配外書，為生解之例，謂之格義。〔註164〕

文中所說的「事數」，即指佛典的名相術語而言，《世說新語・文學》條五十九劉孝標注曰：「事數：謂若五陰、十二入、四諦、十二因緣、五根、五力、七覺之屬」，由於這些概念多冠有數字，因此稱之為「數」。然則，「格義」一詞，並非單指「事數」的「擬配」而已，它同時也泛指藉由中國傳統思想，特別是老、莊學說，以會通佛教義理的方式〔註165〕。譬如支道林〈大小品般若對比要抄序〉言：「夫般若波羅密者，眾妙之淵府，群智之玄宗……無物於物，故能濟於物。無智於智，故能運於智。是故夷三脫於重玄，齊萬物於空同」、道安〈安般注序〉言：「損之又損，以至於無為」，〈道行經序〉言：「進度齊軫，逍遙俱

〔註164〕　同註151，卷四、〈竺法雅傳〉，頁227～228。

〔註165〕　例如《魏書・釋老志》云：「佛、法、僧，謂之三歸，若君子之三畏也。又有五戒，去殺、盜、淫、妄言、飲酒，大意與仁、義、禮、智、信同，名為異耳」。參見（北齊）魏收：《魏書》（臺北：鼎文書局，民國76年5月五版），卷一百一十四、〈志〉第二十，頁3026。又如《顏氏家訓・歸心篇》云：「內外兩教，本為一體。漸極為異，深淺不同。內典初門設五種禁，外典仁義禮智信，皆與之符。仁者不殺之禁也，義者不盜之禁也，禮者不邪之禁也，智者不飲之禁也，信者不妄之禁也」，同註159，頁261。於此，亦可窺見當時以儒家義理相擬配的情況。

遊」、僧肇〈維摩詰經序〉言：「眇莽無爲而無不爲，罔知所以然而能然」，孫綽〈喻道論〉言：「佛也者，體道者也。道也者，導物者也。應感須通，無爲而無不爲者也。無爲故，虛寂自然，無不爲故，神化萬物」，凡此，皆爲當時以玄理格義的例子。其後，雖有道安於中年之後，對此方法加以反省，以爲「先舊格義，多違於理」，而「弘贊教理，宜令允愜」，但是《高僧傳・慧遠傳》載：「(遠)年二十四便就講說。嘗有客聽講，難實相義，往復移時，彌增疑昧，遠乃引《莊子》義爲連類，於是惑者曉然，是後安公特聽慧遠不廢俗書」，則見格義之用，仍有其權宜之便。是以劉貴傑先生於論述晉世之「格義佛學」時，即謂：

> 晉代僧侶大抵皆以會通世典，爲弘法之便，支道林固爲其中之一，他如支孝龍抱一以逍遙，唯寂以至誠。竺法雅外典佛經，遞互講說。于道邃學道高明，內外該覽。竺道潛或暢方等，或釋老莊。故知時僧不外以莊老擬配佛典，而顯其般若思想之修養，故形成初期中國佛學思想。此既非純粹之印度佛學，亦非成熟之中國哲學，乃格義佛學之型態也。〔註166〕

三、佛理詩的內容與風貌

《文心雕龍・時序篇》有云：「自中朝貴玄，江左稱盛。因談餘氣，流成文體。是以世極迍邅，而辭意夷泰，詩必柱下之旨歸，賦乃漆園之義疏。」〔註167〕文中的「因談餘氣，流成文體」，即是形容「循著清談風氣的餘勢，文體上逐流衍而成玄體的詩文」的作品而言，誠如劉申叔先生所論：「東晉士人，承西晉清談之緒，……又西晉所云名理，不越老、莊，至於東晉，則支遁、法深、道安、慧遠之流，并精佛理，故殷浩、郗超諸人，并承其風，旁迄孫綽、謝尚、阮裕、韓

〔註166〕 參看劉貴傑：《支道林思想之研究——魏晉時代玄學與佛學之交融》
　　　　（臺北：商務印書館，民國76年8月二版），頁17～20。
〔註167〕 引自《文心雕龍斠詮》，〈時序〉第四十六，同註18，頁2124。

伯、孫盛、張憑、王胡之，亦均以為主」〔註168〕，從而這種談論題材的轉變，亦如同莊、老玄理之入於詩國一樣，佛教義理也開始出現在詩篇當中，如王鍾陵先生說：

> 佛理既滲入玄談，玄言詩在歌詠玄理時也就旁及於佛理了。〔註169〕

而蔣述卓先生也說：

> 一些佛教學者也採用玄言詩的形式闡述佛理。……佛學是在玄言詩的土壤上，「教播新的種子，結出新果實。」〔註170〕

並且，當此「玄佛交涉」之際，非惟僧人有佛理詩作，即在士子亦有同類的作品產生，如王齊之的〈念佛三昧詩〉、劉程之、王喬之、張野等人的〈奉和慧遠遊廬山詩〉、郗超的〈答傅郎詩〉以及張翼的〈贈沙門竺法頵〉、〈答庾僧淵〉等，而其中的贈答、奉和，更是士、僧往返酬唱之作。因此，就人而言，佛理詩的作者僧、俗皆有，而從內容言，則詩作又可略分為三種類型：

（一）循軌格義，玄佛雙運

在佛教義理的討論上既有所謂以老、莊術語比附擬配，以方便詮解的表達方式，那麼因之歌詠，自然也就出現了「玄佛雙運」的篇什。例如康僧淵〈代答張君祖詩〉：

> 真朴運既判，萬象森已形。精靈感冥會，變化靡不經。
> 波浪生死徒，彌綸始無名。捨本而逐末，悔吝生有情。
> 胡不絕可欲，反宗歸無生。達觀均有無，蟬蛻豁朗明。

〔註168〕　參看劉師培著、陳引馳編校：《劉師培中古文學論集》（北京：中國社會科學出版社，1997 年 6 月一刷），頁 52。

〔註169〕　參見王鍾陵：《中國中古詩歌史》（江蘇：江蘇教育出版社，1988年 5 月一刷），第三章、第五節〈東晉士人之寫佛詩〉，頁 523。

〔註170〕　見蔣述卓：《佛經傳譯與中古文學史思潮》（江西：江西人民出版社，1993 年 9 月二刷），第三章〈玄佛並用與山水詩的興起〉，頁 68。又，引文中「教播新的種子，結出新的果實」一句，乃蔣氏徵引錢仲聯〈佛教與中國古代文學的關聯〉之語，載於《夢苕庵清代文學論集》，齊魯書社，1983 年版。

　　逍遙眾妙津，棲凝於玄冥。大慈順變通，化育曷常停。

　　幽閑自有所，豈與菩薩并。摩詰風微指，權道多所成。

　　悠悠滿天下，孰誠秋露情。（中冊·頁1075）

此詩有序曰：「省贈法頠詩，經通妙遠，亹亹清綺，雖云言不盡意，殆亦幾矣。夫詩者，志之所之，意迹之所寄也。忘妙玄解，神無不暢，夫未能冥達玄通者，惡得不有仰鑽之詠哉。吾想茂得之形容，雖棲守殊塗，標寄玄同，仰代答之，未足盡美，亦各言其志也」。而詩中以莊子對生死變化的理解為楔子，從而喻言當絕其可欲、歸宗無生，以達觀來看待有無，自能襟懷豁朗，逍遙於妙津，而詩序又言「詩者，志之所之」云云，凡此，俱見佛理與玄義的轉相發明，並且在僧人對詩的領會與寫作中，也顯示了詩、僧交融的文化史意義。又如張翼〈贈沙門竺法頠三首〉的「止觀著無無，還淨滯空空。外物豈大悲，獨往非玄同。」（之一）、「苟能夷沖心，所憩靡不淨。萬物可逍遙，何必棲形影。勉尋大乘軌，練神超勇猛。」（之三）也同樣是在「空」「無」互用，「釋」「道」雙遣的形態裏，來寫修行的境界和對佛法的皈依。

　　再看支道林的〈詠懷詩五首之一〉：

　　傲兀乘尸素，日往復月旋。弱喪因風波，流浪逐動遷。

　　中路高韻益，窈窕欽重玄。重玄在何許，採真遊理間。

　　苟簡為我養，逍遙使我閑。寥亮心神瑩，含虛映自然。

　　亹亹沈情去，彩彩沖懷鮮。踟躕觀物象，未始見牛全。

　　毛鱗有所貴，所貴在忘筌。（中冊·頁1080）

該詩以「詠懷」為名，當為林公敘其生平襟懷之作。起首兩句，為其生命姿態與回顧過往之總括，自言以傲兀之高志，不營物務處於日往月來、自然推移的天地之間。次則由弱冠述起，說他早年遭逢動亂之時局，隨家人遷居江左，至中年後，栖心高韻，欽仰重玄，故詩以「重玄在何許」設問？以「採真遊理間」作答，而此「真」乃釋、道二家的最高境界，如佛教以得道羅漢為「真人」、稱出世間法為「真諦」；而道家以本性之自然為「真」，亦稱「與天為徒」者為「真人」，這是作者在心理蘄向上的歸宿。接下來十句，則是林公在作此抉擇後，對

於「採眞遊理」的修行和境界的描述，《莊子‧天運篇》云：「古之至人，假道於仁，託宿於義，以遊逍遙之虛，食於苟簡之田，立於不貸之圃。逍遙，無爲也；苟簡，易養也；不貸，無出也。古者謂是采眞之遊」〔註171〕，可見「採眞遊理間」之句，即點化〈天運篇〉的典故而來，以「苟簡」爲養，清心寡欲，因「逍遙」而得其閒適，所以也就能夠心神寥亮，譬之至人若鏡之用心〔註172〕，去其情累，顯其天眞，進而以此心靈俯瞰人生世相，便能如庖丁解牛，「以神遇而不以目視」，所以「未嘗見全牛」（《莊子‧養生主》），亦猶「筌者所以在魚，得魚而忘筌」（《莊子‧外物》），能達其道而棄其言迹。特別是「寥亮心神瑩，含虛映自然」一句，此中的「自然」當非現實世界中，萬象變化的實體自然，而是指現象背後之根本，或萬事萬物之根源，就莊、老言，可名爲「道」，以佛學言，則是「絕形越相、超越思想語言、光明清靜之原始眞如」，可用「實相」當之，劉貴傑先生於此論曰：

> 吾人心神光明透剔，一塵不染，本自清靜、本自皎潔，故曰「寥亮心神瑩」。然由於後天之氣稟所拘，物欲所蔽，而將完滿無缺之原性，陷於萬丈塵氛中，故須拋棄妄想，方可洞徹眞性；只要當下除妄，即能顯發眞我。就佛學而言，所謂主觀，即妄想妄念。而客觀──外在現象，只是由吾人主觀之妄念構成。不過爲虛妄之幻相而已。然此虛妄之幻相，卻能導致主觀之幻影。常人易將思維之主觀幻影視爲客觀之對象，而造成錯誤或錯覺。吾人若想拋棄成見與幻相，則須泯絕主觀與客觀；若能體悟主客皆空，四大皆假，則妄念立消。眞我自明，原性復出，而在虛冥空寂中，

〔註171〕 見〔清〕郭慶藩：《莊子集釋》，同註54，頁519。
〔註172〕 《莊子‧應帝王》：「無爲名尸，無爲謀府，無爲事任，無爲知主。體盡無窮，而遊無朕；盡其所受乎天，而無得見，亦虛而已。至人之用心若鏡，不將不迎，應而不藏，故能勝物而不傷。」同註54，頁307。所謂「用心若鏡」者，即在形容心境之澄明朗朗、空明如鏡，因其虛，故能如實地映現外物。

輝映透顯原本之自然，故曰「含虛映自然」。〔註173〕
而這種以老、莊來比況佛教義理的文字，徵諸林公詩作，所在多有，
這不僅標誌著「格義」的時代氛圍，同時亦透露了作者的思想淵源，
例如〈詠懷詩五首之二〉云：「涉老咍雙玄，披莊玩太初」、「道會貴
冥想，罔象掇玄珠」，用《莊子・天地》之典，遺其形迹（罔象）乃
能得其眞實（玄珠），又言：「心與理理密，形與物物疏。蕭索人事去，
獨與神明居」，由形物之蠲免，而得至理之密契，脫人事之羈累，以
感通自性之本存。再看〈述懷詩二首之二〉：「達觀無不可，吹累皆自
然。窮理增靈薪，昭昭神火傳」，《莊子・齊物論》說：「萬吹不同，
而使其自己也，咸其自取，怒者其誰邪」，萬竅的聲響之所以不同，
乃是其原性所使然，亦猶「般若眞如」或「自性原性」，吾人倘能感
悟此理，自可增益靈慧之薪，讓昭明之火永傳不滅。

又其〈八關齋詩三首〉云：

> 建意營法齋，里仁契朋儔。相與期良晨，沐浴造閑丘。
> 穆穆升堂賢，皎皎清心修。窈窕八關客，無褺自綢繆。
> 寂默五習眞，疊疊勵心柔。法鼓進三勸，激切清訓流。
> 悽愴願弘濟，闔堂皆同舟。明明玄表聖，應此童蒙求。
> 存誠夾室裏，三界讚清修。嘉祥歸宰相，藹若慶雲浮。
>
> （之一・中冊・頁1079）
>
> 三悔啟前朝，雙懺暨中夕。鳴禽戒朗旦，備禮寢玄役。
> 蕭索庭賓離，飄颻隨風適。踟躕歧路崵，揮手謝内析。
> 輕軒馳中田，習習陵電擊。息心投佯步，冷冷振金策。
> 引領望征人，悵恨孤思積。咄矣形非我，外物固已寂。
> 吟詠歸虛房，守眞玩幽賾。雖非一往遊，且以閑自釋。
>
> （之二・中冊・頁1080）
>
> 靖一潛蓬廬，愔愔詠初九。廣漢排林篠，流飆灑隙牖。
> 從容遐想逸，採藥登崇阜。崎嶇升千尋，蕭條臨萬畝。
> 望山樂榮松，瞻澤哀素柳。解帶長陵坡，婆娑清川石。

冷風解煩懷，寒泉濯溫手。寥寥神氣暢，欽若盤春藪。
達度冥三才，恍惚喪神偶。遊觀同隱丘，愧無連化肘。

（之二・中冊・頁 1080）

詩題所謂「八關齋」即於齋日奉行八種齋法，包括：（一）不殺生、
（二）不偷盜、（三）不婬、（四）不妄語、（五）不飲酒、（六）不
以華鬘裝飾自身，不歌舞觀聽、（七）不坐臥高廣華麗床座、（八）
不非時食。而林公序此詩謂：「間與何驃騎期，當為合八關齋，以
十月二十二日，集同意者在吳縣土山墓下，三日清晨為齋始，道士
白衣凡二十四人。清和肅穆，莫不靜暢，至四日朝，眾賢各去，余
既樂野室之寂，又有掘藥之懷，遂便獨往，於是乃揮手送歸，有望
路之想，靜拱虛房，悟身外之真，登山採藥，集巖水之娛，遂援筆
染翰，以慰二三之情。」於是詩寫此會的大致經過，兼及作者的感
懷，而詩中所謂「咄矣形非我，外物固已寂。吟詠歸虛房，守真玩
幽賾」、所謂「達度冥三才，恍惚喪神偶」，據《莊子・齊物論》載
云：「南郭子綦隱机而坐，仰天而噓，荅焉似喪其耦。」成玄英疏
之曰：「耦，匹也，謂身與神為匹，物與我為耦也。子綦憑几坐忘，
凝神遐想，仰天而歎，妙悟自然，離形去智，荅焉墜體，身心俱遣，
物我兼忘，故若喪其匹耦也。」〔註 174〕可見亦是用道家「荅焉似
喪其耦」、以心靈活動不為形軀所牽制的精神境界來比況所體悟「身
心俱遣，物我兼忘」的「身外之真」。

（二）佛以境顯，理深情奇

這類作品大抵是透過遊歷之所感、景物之冥會來映現一種關涉於
修行的心境或是佛教的世界觀。於此類詩作中，作者運用了較為豐富
的形象描寫，去營造、烘托出一種意境，然後透過這種意境，來表達
或是呈顯涵蘊於其中的理感。因此，就詩歌的表現而言，由於這類作
品富於形象性，自然較純粹說理的篇什，來得潤澤清麗，也較符合於
傳統詩歌的審美要求；其次，若從詩歌理感發生的邏輯基源來看，則

〔註174〕 見《莊子・齊物論》，同註 54，頁 43。

是主體賦予對象的客觀必然性以主體自由的形式來呈顯，用莊子的話說，那麼這便是「有眞人而後有眞知」〔註175〕，是能知主體（眞人）深刻體悟於宇宙、人生之後所獲得的主體性之知（眞知），並且此「知」的終極根據，並不在於客觀的自然造化，而是在於主體基於某一世界觀的心性體認，是以這樣的「知」，是主觀的修行上的觀照決定了客觀的存有的意義，進而點化「客觀的實有」變成「主觀的境界」。

首先，以廬山諸道人〈遊石門詩并序〉來看，其〈序〉曰：

> 石門在精舍南十餘里，一名障山，基連大嶺，體絕眾阜，闢三泉之會，並立而開流，傾岩玄映其上，蒙形表於自然，故因以爲名。此雖廬山之一隅，實斯地之奇觀，皆傳之於舊俗，而未睹者眾，將由懸瀨險峻，人獸迹絕，逕迴曲阜，路阻行難，故罕經焉。釋法師以隆安四年仲春之月，因詠山水，遂杖錫而遊，于時交徒同趣三十餘人，咸拂良晨征，悵然增興，雖林壑幽邃，而開塗競進，雖乘危履石，並以爲所悅爲安，既至則援木尋葛，歷險窮崖，猿臂相引，僅乃造整，於是擁勝倚巖，詳觀其下，始知七嶺之美蘊奇於此，雙闕對峙其前，重巖映帶其後，巒阜周迴以爲障，崇巖四營而開宇，其中則有石臺石池，宮館之象，獨類之形，致可樂也。清泉分流而合注，淥淵鏡淨於天池，文石發彩，煥若披面，檉松芳草，蔚然光目，其爲神麗，亦已備矣。斯日也，眾情奔悅，矖覽無厭，遊觀未久，而天氣屢變，霄霧塵集，則萬象隱形，流光迴照，則眾山倒影，開闔之際，狀有靈焉，而不可測也。乃其將登，則翔禽拂翮，歸雲迴駕，想羽人之來儀，哀聲相和，若玄音之有寄，雖琴瑟猶聞，而神以之暢，雖樂不期歡，而欣以永日，當其沖豫自得，信有味焉，而未易言也。退而尋之，夫崖谷之間，會物無主，應不以情而開興，引人致深若此，豈不以虛明朗其照，閒邃篤其情耶，並三復斯談，猶昧然未盡，俄而太陽告夕，所存已往，乃悟幽人之玄覽，達恆物之大情，

〔註175〕　見《莊子・大宗師》，同註54，頁226。

其爲神趣，豈山水而已哉。於是徘徊崇嶺，流目四矚，九
江如帶，丘阜成垤，因此而推，形有巨細，智亦宜然，乃
喟然嘆，宇宙雖遐，古今一契，靈鷲邈矣。荒途日隔，不
有哲人，風跡誰存，應深悟遠，慨焉長懷，各欣一遇之同
歡，感良辰之難再，情發於中，遂共詠之云爾：

超興非本有，理感興自生。忽聞石門遊，奇唱發幽情。
襃裳思雲駕，望崖想曾城。馳步乘長岩，不覺質有輕。
矯首登靈闕，眇若凌太清。端坐誰虛論，轉彼玄中經。
神仙同物化，未若兩俱冥。（中冊・頁 1085）

觀此〈序〉乃記遊之作，兼抒所感，而情文並茂，逸興高遠，多有可
觀。如寫石門之巒阜周迴、崇巖四營、清泉分流、淥淵鏡淨；復有文
石發彩，煥若披面，樫松芳草，蔚然光目，俱顯自然之神麗；而抒情
如：見翔禽拂翩，歸雲迴駕，乃想羽人來儀，若玄音有寄，而神以之
暢，又緣自然造化以領略其神趣，悟幽人之玄覽，達恆物之大情，而
知宇宙雖遐，古今一契之理，可謂寫景則狀在目前，抒情則溢於言表，
且暢理寫物之能，造形指事之巧，直可與右軍蘭亭之序互映於一代之
中，是以清人沈德潛即稱賞斯篇說：「一序奇情深理，發而爲文，無
禪習氣，亦無文士氣，詩復清灑不滓」〔註 176〕，而王夫之亦深美之
曰：「一絲密運，不立經緯，而自成文章，唯晉宋人能之。此及阮公
詩，說理而無理臼，所以足入風雅。唐宋人一說理，眉間早有三斛醋
氣。」〔註 177〕再觀詩中所詠，自言因「理感」而起興，於是寄真意
於筆端，發幽情爲奇唱，由於能「達物之情」、「沖豫自得」，所以登
臨流眄便如縱身靈闕、翱翔太清，並言與其如神仙之隨物而化，不如
雙遣而俱冥。近人鄧仕樑先生於論及此詩時，嘗謂：「大抵佛徒修靜，
輒託山川，故所作往往涉於山水」〔註 178〕，而這種以主體精神向自

〔註 176〕見〔清〕沈德潛：《古詩源》（臺北：古亭書屋，民國 59 年 4 月影
印初版），卷三，頁 236。
〔註 177〕見〔清〕王夫之評選、張國星校點：《古詩評選》（北京：文化藝術
出版社，1997 年 3 月一刷），卷四、〈五言古詩一〉，頁 208。
〔註 178〕參看鄧仕樑：《兩晉詩論》（香港：中文大學，1972 年 1 月初版），

然世界延伸、「比物取象，目擊道存」（許印芳《二十四詩品跋》）的過程，亦猶王羲之、孫嗣等人的蘭亭詩與謝靈運的山水玄言諸作，同樣是因「山水以形媚道」（宗炳〈畫山水序〉）所以能在「以玄對山水」（孫綽《庾亮碑文》）的逸興裏，「澄懷味像」、「澄懷觀道」，以領略天地的大美，在心靈世界的「南冥」處，「獨與天地精神往來」。

再看慧遠的〈廬山東林雜詩〉：

> 崇岩吐清氣，幽岫棲神跡。希聲奏群籟，響出山溜滴。
> 有客獨冥遊，逕然忘所適。揮手撫雲門，靈關安足闢。
> 流心叩玄扃，感至理弗隔。孰是騰九霄，不奮沖天翮。
> 妙同趣自均，一悟超三益。（中冊·頁 1085）〔註 179〕

劉程之〈奉和慧遠遊廬山詩〉：

> 理神固超絕，涉麗罕不群。孰至消煙外，曉然與物分。
> 冥冥玄谷裏，響集自可聞。文峯無曠秀，交嶺有通雲。
> 悟深婉沖思，在要開冥欣。中巖擁微興，□岫想幽聞。
> 弱明反歸鑒，暴懷傳靈薰。永陶津玄匠，落照俟虛斤。

（中冊·頁 937）

張野〈奉和慧遠遊廬山詩〉：

> 靚嶺混太象，望崖莫由檢。器遠蘊其天，超步不階漸。
> 竭來越重垠，一舉拔塵染。遼朗中大盼，迥豁遐瞻慊。
> 乘此攄瑩心，可以忘遺玷。曠風被幽宅，妖塗故死減。

（中冊·頁 938）

王喬之〈奉和慧遠遊廬山詩〉：

第四章〈佛理詩〉，頁 181。

〔註 179〕〔明〕楊慎：《升庵詩話》載云：「晉釋慧遠〈遊廬山詩〉：『崇岩吐清氣，幽岫棲神跡。希聲奏群籟，響出山溜滴。有客獨冥遊，逕然忘所適。揮手撫雲門，靈關安足闢。流心叩玄扃，感至理弗隔。孰是騰九霄，不奮沖天翮。妙同趣自均，一悟超三益。』此詩世罕傳，《弘明集》亦不載，獨見於廬山古石刻耳。『孰是騰九霄』，與陶靖節『孰是都不營』之句同調，真晉人語也。杜子美詩：『似得廬山路，真隨慧遠遊。』正用此事，字亦不虛。千家註杜，乃不知引此。」見丁福保：《歷代詩話續編》（臺北：木鐸出版社，民國 77 年 7 月），卷十二、頁 884。

超遊罕神遇，妙善自玄同。徹彼虛明域，曖然塵有封。
眾阜平寥廓，一岫獨凌空。宵景憑巖落，清氣與時雍。
有標造神極，有客越其峯。長河濯茂楚，險雨列秋松。
危步臨絕冥，靈墅映萬重。風泉調遠氣，遙響多喈嗡。
遐麗既悠然，餘盼覿九江。事屬天人界，常聞清吹空。

（中冊‧頁938）

慧遠詩題所謂「東林」即指「東林寺」言，乃晉江刺州史桓尹爲遠所
建，據《高僧傳》所載：「時有沙門慧永居在西林，與遠同門，舊好
遂要遠同止。永謂刺史桓尹曰：『遠公方當弘道，今徒屬已廣，而來
者方多，貧道所棲褊狹，不足相處，如何？』桓乃爲遠復於山東更立
房殿，即東林是也。」〔註180〕，其址在今江西廬山。而此詩開頭由
山景敘起，所云「崇巖吐清氣」蓋寫東林「卻負香爐之峰，傍帶瀑布
之壑」，而「森樹烟凝」、「白雲滿室」之狀，依慧遠〈廬山記〉云：「東
南有香罏山，孤峰獨起，游氣籠其上，則氤氳若香煙」〔註181〕，而
「幽岫栖神迹」則引廬山之掌故，說明於此仙境實曾有仙人居焉，〈廬
山記〉載曰：「有匡續先生者，出自殷周之際，遯世隱時，潛居其下，
或云續受道於僊人，而適游其巖，遂託室巖岫，即巖成館，故時人感
其所止，爲神僊之廬而名焉」。並且置身此山，雖萬籟相和，然卻如
老子所說之「大音希聲」（《老子‧四十一章》），在群籟的律動中反而
襯顯出一種「鳥鳴山更幽」的清寂來，進而詩由景物歸攝於詩人，由
情景之寫，帶入自身的感懷。畢竟遠公「冥遊」的意趣非在於山光水
色，而是通過此勝境之遊，來感悟、抒發所體悟到的玄理妙道，是以
「有客」以下所詠便是即景述懷，寓理於景，也因爲「冥遊」所重者
在神而非在身，所以才能有「徑然忘所適」之感。從而以「流心」之
意，喻心靈因理感而與物無隔，所以靈關本自朗暢，又何須疏辟求通，
於是心局既開，所觸皆理。然後詩人作一設問：如何才能不奮沖天之

〔註180〕同註151，卷六、義解三〈釋慧遠〉，頁307～334。
〔註181〕同註109，冊五，《全晉文卷一百六十二‧釋慧遠‧廬山記》，頁6
～7。

翩卻得以騰躍於九霄雲天？而其方便在「妙同趣自均，一悟超三益」，這是作者的自答也是全詩結語，所謂的「妙」，它在佛教裏蘊涵了無上精微之意，《法華玄義》說：「妙者，褒美不可思議之法也。」其心如能臻於此境，那麼不論所趨爲何？也就無復等差，而對此妙諦的體悟，其效果猶勝於儒家修身所謂「友直、友諒、友多聞」(《論語‧季氏》)的「三益」之法。是知，遠公詩中雖富於景物之寫，然「感至理現」、「妙同趣均」俱顯方外人之本色，所以沈歸愚評之曰：「高僧詩，自有一種清奧之氣。唐時詩僧，以引用內典爲長，便染成習氣，不可響邇矣。」〔註182〕而詩篇寓理於景、乘景言理，將之並觀於劉程之、張野、王喬之等人的奉和諸作，所謂「超步不階漸」、「一舉拔塵染」、「悟深婉沖思，在要開冥欣」、「事屬天人界，常聞清吹空」者，亦可看出其中所涵蘊的相同基調。

（三）詠佛成韻，詩止於理

在這類詩中，其主旨乃爲贊頌佛法，闡揚對佛理的體悟，於是在表現形式上，便自然呈現專事說理、趨於平直、文寡雕琢、弱於丹彩的風貌，甚至這樣的詩歌型態，已成爲載理之具，只是贊頌佛理的表現手段而已。鍾嶸《詩品序》曾評玄言詩「理過其辭，淡乎寡味」、「皆平典似道德論」〔註183〕，此中以《老》、《莊》、《易》爲題材者，如傅咸之〈周易詩〉、棗嵩之〈贈杜方叔詩十章之七〉、傅玄之〈天行篇〉〔註184〕，而以佛理爲題材者，就成了此類作品。

〔註182〕 同註93，卷三，頁239。
〔註183〕 鍾嶸《詩品序》云：「永嘉時，貴黃老，稍尚虛談。於時篇什，理過其辭，淡乎寡味。爰及江左，微波尚傳，孫綽、許詢，桓、庾諸公，詩皆平典似道德論，建安風力盡矣。」見王叔岷：《鍾嶸詩品箋證稿》(臺北：中央研究院中國文哲研究所，民國81年3月初版)，頁76～77。
〔註184〕 傅咸〈周易詩〉：「卑以自牧，謙而益光。進德修業，既有典常。暉光日新，照于四方。小人勿用，君子道長。」棗嵩〈贈杜方叔詩十章之七〉：「達節無累，貴彼脩身。不求善己，而務得人。進替惟意，與時屈申。萬物云云，飄若埃塵。」傅玄〈天行篇〉云：「天行一何健，

如鳩羅摩什〈十喻詩〉：

一喻以喻空，空必待此喻。借言以會意，意盡無會處。

既得出長羅，住此無所住。若能映斯照，萬象無來去。

（中冊·頁 1084）

據《佛光大辭典·大乘十喻條》所載：「諸大乘經典每以幻、炎、水中月、虛空、響、犍闥婆城、夢、影、鏡中像、化等十種譬喻，襯托出『空』之道理，以助學人成就空觀」〔註185〕，所以說「一喻以喻空，空必待此喻」。接著全詩便環繞「空」義言說，所謂「空」蓋對於「獨立實在性之否定」〔註183〕，由於教認為天地萬物的存在都是因緣而生，既無質的規定性亦無獨立實體，所以說是「空」。從而作者由大乘空宗的立場出發，為「空」作喻，並且說明所以「借言」譬喻其旨在「會意」，其意若得，便當擺落言筌，勿為名相所拘。進而脫此網羅的羈束，明瞭「住即不住，乃真無住也。本以住為有，今無住則無有，無有則畢竟空也」（《維摩詰經注》）之理，不遷不住，非有非無，然後使心性如明鑒朗照，森森萬象在此觀照下，也就不存在什麼來去生滅了。又如王齊之〈念佛三昧詩四首〉：

妙用在幽，涉有覽無。神由昧徹，識以照麤。

積微自引，因功本虛。泯彼三觀，忘此毫餘。（之一）

日月高無縱。百川皆赴海，三辰回泰蒙。」凡此，或是用典於《周易》，或是祖述於《老》、《莊》，典源雖異，然但為闡玄敘理則同。

〔註185〕 參看《佛光大辭典》（高雄：佛光山宗務委員會，1997 年 5 月），〈大乘十喻〉條。

〔註183〕 勞思光先生解釋「空」之意涵時，說：「『空』觀念本是佛教之共同觀念，但其確義，則在般若經論中方嚴格界定。若離開佛教之特殊用語，純就理論意義說，則所謂『空』即指『獨立實在性之否定』；說『一切法空』，即指一切法皆不是獨立實在」，又云：「龍樹通過『因緣所生』一觀念界定其所謂『空』之詞義；且同時亦標出般若經文所提出之『假名』觀念，作為『空』之另一解釋。換言之，說『一切法空』，與說『一切法皆因緣生』，『一切法但是假名』，乃對同一論點之不同描述，此論點即『無任何獨立實有』是也。參見《中國哲學史》（冊二）（臺北：三民書局，民國 80 年 8 月增訂六版），頁 194～199。

寂漠何始，理玄通微。融然忘適，乃廓靈暉。

心悠緬域，得不踐機。用之以沖，會之以希。（之二）

神資天凝，圓映朝雲。與化而感，與物斯群。

應不以方，受者自分。寂爾淵鏡，金水塵紛。（之三）

慨自一生，夙乏惠識。託崇淵人，庶藉冥力。

思轉毫功，在深不測。至哉之念，主心西極。（之四）

（中冊・頁 939）

廬山慧遠曾爲《念佛三昧詩集》作序，其文曰：「夫稱三昧者何？專思寂想之謂也。思專，則志一不分；想寂，則氣虛神朗。氣虛，則智恬其照；神朗，則無幽不徹。斯二者，是自然之玄府，會一而致用也。是故靖恭閒宇，而感物通靈，御心惟正，動必入微。此假修以凝神，積習以移性，猶或若茲，況夫尸居坐忘，冥懷至極，智落宇宙，而暗蹈大方者哉？」〔註 186〕是知凝思靜慮，不但爲一般人身心修養所必需，更何況是志在悟道成佛的人呢？接著慧遠又說：「諸三昧，其名甚眾。功高易進，念佛爲先。何者？窮玄極寂，尊號如來，體神合變，應不以方。故令入斯定者，昧然忘知，即所緣以成鑒。鑒明則內照交映而萬象生焉，非耳目之所暨而聞見行焉。」正因念佛所尊號的如來能與修行之人息息相應，不拘於一格，順隨修者之禪定狀態來體悟，所以在諸三昧之中，不僅功德最高而且也易見成效。因此慧遠與奉法諸賢，「洗心法堂，整襟清向，夜分忘寢，夙宵惟勤」，希望以「貞詣之功」，「通三乘之志，臨津濟物，與九流而同往」，其後遠公諸人又曾以念佛爲題，唱和酬答，將之結撰，遂成《念佛三昧詩集》，該序便由慧遠著筆，惟諸賢三昧詩已不可見，僅存王齊之上引詩作，而觀詩中所謂「神由昧徹」、「積微自引」、「應不以方，受者自分」、「融然忘適，乃廓靈暉」、「至哉之念，主心西極」，則知所述乃是對於修行過程中，「專思寂想」、「氣虛神朗」、「體神合變」、「內照交映」等要

〔註 186〕　見〔唐〕釋道宣編纂、鞏本棟釋譯：《廣弘明集》（高雄：佛光文化事業有限公司，1998 年 2 月初版），九〈統歸篇・念佛三昧詩集序〉，頁 373～378。

旨與所悟之境的描述。

再如支遁〈詠八日詩三首之一〉：

> 大塊揮冥樞，昭昭兩儀映。萬品誕遊華，澄清凝玄聖。
> 釋迦乘虛會，圓神秀機正。交養衛恬和，靈知溜性命。
> 動爲務下尸，寂爲無中鏡。（中冊‧頁1078）

廬山諸沙彌〈觀化決疑詩〉：

> 謀始創大業，問道叩玄篇。妙唱發幽蒙，觀化悟自然。
> 觀化化及己，尋化無間然。生皆由化化，化化更相纏。
> 宛轉隨化流，漂浪入化淵。五道化爲海，孰爲知化仙。
> 萬化同歸盡，離化化乃玄。悲哉化中客，焉識化表年。
>
> （中冊‧頁1087）

此中，或以「動」、「寂」對顯，揭舉養衛恬和之理；或陳觀化之悟，而伸「萬化同歸盡，離化化乃玄」之旨，率皆鋪陳佛理，鮮於雕彩，若以鍾嶸強調詩歌應有「滋味」，所謂「弘斯三義（賦比興），酌而用之，使味之者無極，聞之者動心，是詩之至也」的審美理想來看〔註187〕，那麼這類純粹說理的篇什，自然在詩歌的藝術形象上就流於「理過其辭，淡乎寡味」了。

承上所述，做爲玄言詩一系的佛理詩，除了在東晉詩壇的應有地位外，更有其於中國詩歌和文化史中的重要意義，誠如王鍾陵先生所說：

> 佛理入詩也是當時吸取哲理入詩中的一項，由於中國佛教
> 對於文學發展的巨大影響，佛教與詩歌的關係，是一個特

〔註187〕關於鍾嶸的詩歌審美理想，近人論之者甚夥，如王運熙先生說：「（鍾嶸）他既要求詩歌寫外界的事物，具有鮮明的形象；又要求詩歌表現內在的情志，做到含意深長，饒有餘味」，其不僅要恰當的運用賦、比、興等三種方法之外，還要將「風力」與「丹采」相結合，讓思想感情表現得鮮明爽朗、語言剛健有力、辭藻華美，使剛性的詩歌精神和柔性的辭采高度融合，體現出剛柔相濟的詩歌美學境界來。參見王運熙、顧易生主編：《中國文學批評通史——魏晉南北朝卷》（上海：上海古籍出版社，1996年12月一刷），第四章、第二節〈論詩歌的特徵和思想藝術標準〉，頁502～509。

別值得治文學史者隨機追蹤梳理其發展脈絡的問題。沒有
這樣的追蹤梳理，佛教與中國士人詩歌的關係是無法得到
清晰的認識的。〔註188〕

而羅宗強先生也論道：

這些以闡述佛理為旨歸的玄言詩，不僅說明詩被用來弘揚
佛教，而且開始了中國文化史的一種重要現象，即詩進入
了僧徒的生活之中。士人與僧人的詩文唱和，是中國士文
化的一個重要組成部分，後來甚至出現了詩僧。這一特有
文化現象的源頭，恐怕就應該追溯而東晉名僧與名士交往
時的詩歌創作上來。〔註189〕

可見佛理詩不僅是「玄、佛交涉」在藝術形式上的反映，是士、僧交
遊唱和的媒介，更是佛教文學史中詩歌發展的濫觴，是詩歌進入僧人
生活的源頭，從而綰合了文化與文學史的雙重意義。

　　而就玄言詩本身的發展流變來看，佛理入詩則是詩歌題材緣於世
風時變的自我轉折，其表現形式也如同其它玄言詩作──「玄以境
寫」、「以詩談玄」一般，只是將其中所蘊涵的玄義變成了佛理。故從
題材內容看，雖玄、佛有別，然由「以理入詩」的玄言詩本質特徵來
論，則是同源共脈，所以說佛理詩自屬玄言詩風下的流裔，而其定位
也由此揭明。繼而下逮唐宋，衍而有禪學與詩學的多元交融，其不僅
豐富了中國詩歌的批評與創作，開拓了詩歌審美中重意境、講空靈的
美學向度，並且中國詩歌其後之所以能奇彩紛呈、花爛映發，佛教文
化的注入，必有助力焉，而追溯此一佛教文化與詩歌多元交融的肇
始，那麼「觀瀾索源」、「先河後海」也必歸根於東晉的佛理詩篇。

〔註188〕　同註49，頁522。
〔註189〕　參看羅宗強：《魏晉南北朝文學思想史》（北京：中華書局，1996
　　　　　年10月一刷），頁149。